L'OMBRE DE WEST END

Roxane Descombes

"À toutes les âmes dont j'ai croisé le chemin, dans une vie antérieure ou dans cette vie présente. À toutes ces étoiles filantes qui, bien que rapides, ont constitué une partie de mon destin. À tous ces moments aussi éphémères qu'éternels. À toutes ces morts qui offrent une renaissance."

CHAPITRE 1
2008

Au matin du 11 octobre 2008, Rosa Rosso, pour la première fois depuis deux jours, se leva de son lit qui serait désormais son dernier refuge. À côté de cette couchette simple, entièrement blanche, se trouvait une petite table, une modeste chaise, et, selon sa demande préalable, des feuilles de papier et des stylos. La veille au soir, elle avait expressément demandé qu'on lui en apporte, et ce matin-là, elle trouva enfin la force de passer de son lit à la chaise pendant quelques instants.

Du souffle et de l'énergie, elle n'en avait plus que très peu ; elle avait économisé le peu de force qui lui restait pour accomplir une dernière mission. Elle allait consacrer des minutes, ou peut-être bien des heures, à écrire sur ces feuilles immaculées. Une tâche aussi simple qu'une dissertation d'écolière, pourrait-on imaginer. Futile, pourrait-on penser. Facile, diraient d'autres.

Pourtant, de la force, elle en avait besoin, et du temps, elle en avait peu. Depuis sa chambre en soins palliatifs, Rosa savait qu'elle était en train de mourir. Elle avait abandonné depuis si longtemps déjà ; à quoi bon lutter, elle qui était déjà morte une première fois il y a tant d'années ? Pourtant, elle avait décidé qu'elle ne se laisserait pas entraîner six pieds sous terre avant d'avoir posé ses mots sur le papier. Avant que le spectre de la mort ne vienne toquer à la porte de sa sinistre chambre, elle allait écrire une dernière lettre adressée à sa famille ; sa fille et sa petite-fille. Elle allait enfin leur dévoiler le grand secret de sa vie avant son ultime voyage.

Elle se leva, faible et blanche. Elle n'avait pas mangé depuis des jours, mais ne connaissait plus la faim. Sa maladie avait consumé l'intérieur de son corps, mais elle ne ressentait plus la douleur. Elle savait qu'elle allait partir, mais avait oublié ce qu'était la tristesse ou la peur. Elle n'était plus qu'un être maigre et livide sur le point de coucher une confession sur papier avant de disparaître pour toujours. Elle s'installa sur cette chaise d'habitude réservée aux visiteurs et s'empara de l'un des stylos. Elle se mit à écrire.

Elle, qui croyait ne pas savoir par où commencer ni comment

terminer, elle qui pensait écrire de nombreux brouillons et gaspiller plusieurs pages avant d'achever l'ultime lettre, se mit à écrire des lignes entières sans aucune hésitation ni rature. Après avoir rempli une page entière de son écriture, et lorsqu'elle posa ce stylo, elle sut que c'était la toute dernière chose importante qu'elle aurait accomplie de son existence. Désormais, elle n'avait plus rien à faire ; elle pouvait enfin tout lâcher et partir sans aucun regret. Elle n'avait plus qu'à retourner à son lit, s'installer confortablement, en attendant qu'on vienne la chercher.

CHAPITRE 2

Au matin du 10 octobre 2008, le silence enveloppait la pièce où dormait une étudiante. Isabella se réveilla, encore étourdie par les excès de la soirée passée. Les événements flous de la nuit précédente dansaient dans son esprit, accompagnés par une migraine. Elle ouvrit péniblement les yeux, confrontée à une nouvelle matinée dans le monde réel.

Son téléphone, qui reposait sur la table de chevet, se mit alors à sonner. Elle s'empara de l'appareil d'un geste maladroit. La voix de sa mère résonna à l'autre bout de la ligne, portant le poids d'une nouvelle insoutenable. Rosa, sa grand-mère maternelle, celle qui avait été le pilier silencieux de sa vie, venait d'intégrer les soins palliatifs la veille au soir, plusieurs mois après qu'on ne lui ait découvert un cancer du pancréas. Les souvenirs des péripéties de la nuit précédente s'estompèrent, remplacés par une douleur à laquelle elle croyait être préparée. La chambre semblait s'effondrer autour d'elle, emportant avec elle le souvenir de Rosa, alors même que le monde extérieur semblait continuer de tourner.

Isabella le savait, elle allait devoir contacter son université pour s'excuser de son absence à venir, préparer rapidement un sac de voyage et se précipiter dans le premier bus allant de Rome à Naples. Il était environ 10 heures quand, dans le bus, elle fixait l'horizon qui défilait, l'agitation de la capitale s'estompant lentement tandis que le véhicule prenait la route en direction de Naples. Le trajet était long, et Isabella ne pouvait pas se résoudre à somnoler. Les souvenirs de Rosa flottaient dans son esprit ; qu'allait-elle lui laisser une fois partie ?

À la station de bus de Naples, Isabella descendit avec hâte, l'estomac nauséeux par tout l'alcool qu'il avait dû ingérer, et aussi probablement à cause de la nouvelle. Elle scruta les visages à la recherche de celui de sa mère, Luciella. Lorsque leurs regards finirent par se croiser, elle se sentait enfin comme arrivée à la maison. Elles décidèrent de ne pas passer par la maison et se rendirent directement là où celle qui avait été le pilier fondateur de leur existence souffrait en silence. Elles ignoraient combien de jours, d'heures ou même de minutes il restait sur le compte à rebours ; elles n'avaient pas une seconde à perdre.

Isabella et Luciella pénétrèrent dans l'enceinte des soins palliatifs. Lorsqu'elles traversaient les couloirs silencieux, elles semblaient entendre résonner des murmures silencieux et des chuchotements. Certains priaient, d'autres observaient en silence l'être cher qui serait bientôt arraché à eux, tandis que les plus courageux gardaient la face et agissaient comme s'ils allaient partir ensemble en tour du monde l'année prochaine.

Pour Luciella, c'était une troisième visite ; elle avait aidé sa mère à s'installer la veille au soir et était repassée plus tôt dans la matinée. Mais pour Isabella, c'était une entrée dans un monde qui lui était inconnu. Elle n'avait pas vu sa grand-mère depuis plus d'un mois, et l'image qui s'imposa à elle la figea un instant. Elle était enfoncée profondément dans son lit et avait l'air minuscule. Elle était maigre, perfusée, livide et fragile. Isabella, sous le choc de cette transformation physique, mais qui devait pourtant rester forte, avait une crainte : que cette image ne vienne balayer tous ses souvenirs avec elle.

Luciella, bien que déjà habituée à ce décor mélancolique, ressentait chaque visite comme un pénible pèlerinage. Elle guida Isabella vers le lit de Rosa, l'atmosphère s'alourdissant à chaque pas. C'était un silence de mort qui régnait, uniquement rompu par le bruit des machines environnantes et le souffle de Rosa. Le regard d'Isabella croisa celui de sa grand-mère, et à cet instant, le temps sembla suspendu entre le passé et le présent.

Derrière ces retrouvailles se cachait une dure réalité ; c'était l'une des dernières fois, et peut-être bien même la toute dernière, qu'elles se retrouvaient à trois. Ces trois personnes, qui étaient trois femmes de trois générations différentes, portaient trois noms différents, et pourtant étaient d'une seule et même famille. Rosa, Luciella et Isabella le savaient : il n'y aurait plus de Noël, plus de Pâques, plus de soirées d'été ni de promenades. Elles passèrent le reste de la journée ensemble, puis la soirée jusqu'à la fin des horaires d'autorisation de visites.

Rosa, une fois seule, à moitié entre l'éveil et le sommeil, se sentait légère. Au plus profond d'elle-même, elle savait que cette nuit du 10 au 11 octobre 2008 serait sa toute dernière nuit et que demain serait son ultime lever du jour.

Au matin du 11 octobre, Rosa savait que c'était pour aujourd'hui ; il lui restait peu de temps. Elle se mit à écrire cette lettre qui bouleversera le destin de sa descendance et la rangea soigneusement dans le tiroir de sa table de chevet avant de regagner son lit. Cette journée était spéciale, aux yeux de Rosa, et pour plusieurs raisons, dont certaines avaient été dévoilées dans sa lettre.

Son premier visiteur fut son frère, qui n'avait pas pu venir avant. Francesco Rosso était un peu plus âgé que Rosa. Il était plutôt vieux, un peu fatigué, mais il lui restait encore de nombreuses et belles années devant lui. Une vingtaine d'années auparavant, il avait décidé de suivre sa seconde épouse dans les Alpes françaises. Lorsqu'il s'en est allé, il avait promis de revenir aussi souvent que possible. À ce moment, il croyait sincèrement en sa promesse, mais au fil des années, le cycle de la vie s'était imposé à lui et aux siens. Leurs parents quittèrent ce monde, ses enfants étaient partis vivre ailleurs. Parmi ses autres proches tels que ses cousins ou bien ses amis, certains s'en allaient ; pour ceux qui restaient, le temps faisait naturellement son œuvre et les éloignait petit à petit. Les racines qui encraient Francesco à sa ville natale se désintégraient petit à petit, et il avait ainsi chaque jour un peu moins de choses auxquelles se raccrocher pour revenir. Au début, il venait plusieurs fois par an. Puis, il ne venait plus qu'à Noël ou parfois l'été. À mesure que les années passaient, une chaise restait inoccupée à la table de la maison familiale lors des célébrations, une place réservée à l'absence de Francesco.

Lorsque ce dernier apprit que c'était bientôt la fin pour Rosa, il s'empressa de venir à son chevet, avec la peur au ventre de ne pas arriver à temps. Il se sentait coupable, lui qui était le dernier frère vivant de Rosa. Le voyage jusqu'à cet endroit avait laissé sur son visage des traces de fatigue, mais il était déterminé à être aux côtés de sa sœur dans ces moments difficiles. Rosa se sentait apaisée ; malgré ses absences, il était l'unique pilier qu'elle avait depuis sa naissance et qui aura survécu au temps de sa venue au monde jusqu'à sa mort. Au fur et à mesure que la visite se déroulait, Francesco, sentant le poids des années, évoquait des anecdotes du passé, des moments joyeux, des peines surmontées ensemble. Rosa écoutait avec une attention particulière, absorbant chacune de ses paroles.

Lorsque vint le moment de partir, Francesco prit la main fragile de Rosa et lui annonça qu'il repasserait le lendemain. Souriante malgré son état, elle accepta la proposition comme si demain était une certitude. Le lendemain n'arriverait pas pour Rosa, mais elle préféra préserver son frère de cette réalité. Ils échangèrent des adieux déguisés en au revoir, chacun dissimulant la douleur qui se cachait en dessous. Francesco s'éloigna de la chambre, laissant Rosa seule avec ses pensées avant que ne viennent sa fille et sa petite-fille.

Lorsqu'elles arrivèrent, l'ambiance était étonnamment semblable à une bulle de sérénité, loin de la mélancolie que l'on aurait pu redouter. Les trois générations étaient réunies dans ce lieu intime, partageant des moments qui semblaient suspendus hors du temps. Rosa rayonnait ; en réalité, elle n'avait pas été aussi heureuse depuis bien des années. Luciella et Isabella partageaient des anecdotes de la journée, des souvenirs joyeux, et même des rires résonnaient par moments. C'était une après-midi parfaite et Rosa exprimait sa gratitude silencieusement, tout en observant le soleil pour la dernière fois.

Alors que le ciel s'assombrissait, une infirmière fit discrètement son entrée pour ajuster les médicaments. Le moment était venu de conclure cette journée. Comme Francesco, Isabella et Luciella lui promirent de passer demain et comme avec lui, et elle approuva.

Alors que la mort s'approchait de plus en plus, pour Rosa, c'était comme si tout était devenu clair. Les limites du temps et de l'espace semblaient s'effacer, et Rosa percevait le monde d'une manière différente, comme si elle avait acquis une compréhension nouvelle, une sagesse qui transcendait la simple existence terrestre, un don dont les vivants étaient dépourvus. Alors qu'Isabella s'apprêtait à quitter la chambre, Rosa ressentit une étrange connexion, une révélation profonde qui traversa son être. Un frisson traversa son corps ; sans le vouloir, elle avait lu dans l'âme de sa petite-fille et devina exactement qui elle était en réalité. Pendant un bref instant, elle fut glacée de connaître l'ombre qui se tapissait dans la peau d'Isabella. Ensuite, elle comprit que la vie était un puzzle dont les pièces s'emboitaient parfaitement et qu'il devait en être ainsi. Son amour inconditionnel pour elle la rattrapa ; et c'est ainsi qu'elle accepta, avec sérénité et dans une paix profonde, le grand mystère de la vie, de la mort et de la continuité à travers les cycles infinis de l'existence. Elle savait désormais qu'elle serait bien, là où elle irait.

Il était aux alentours de 23 heures lorsque La Mort, son dernier visiteur, vint frapper à sa porte. Elle était prêtre ; elle avait hâte, même. Elle était si fatiguée, elle qui rêvait d'un repos éternel. C'est ainsi qu'elle laissa la mort entrer et l'accueillit à bras ouverts. Elle n'avait pas peur et elle savait qu'elle allait retrouver certains êtres qui lui étaient chers ; un, en particulier. Elle ne s'était jamais sentie aussi légère et aussi lucide. C'est après son dernier battement qu'elle apprit la plus grande des vérités ; c'est lorsque l'on meurt que l'on comprend enfin tout à propos de la vie. Les plus grands mystères, même ceux sur lesquels elle ne s'était jamais questionnée, lui apparaissaient. Elle accueillit la lumière, et en une fraction de secondes, elle détenait la vérité absolue sur l'immensité.

Et c'est ainsi que s'éteint Rosa le soir du 11 octobre 2008, date anniversaire à laquelle sa vie avait basculé 50 ans plus tôt, silencieusement et dans l'ignorance du reste du monde.

CHAPITRE 3

Dans la pénombre de sa chambre, Isabella flottait entre veille et sommeil lorsqu'elle sentit une présence s'asseoir doucement à côté d'elle. Une main invisible caressa tendrement ses cheveux, la baignant d'une sensation de réconfort profond. À moitié endormie, elle perçut ce geste d'affection avec une distance brumeuse, sans y prêter une attention particulière. En ouvrant les yeux, elle ne trouva que le vide nocturne de sa chambre. Se laissant glisser à nouveau dans les bras de Morphée, elle ne savait pas encore que Rosa venait de quitter ce monde. Isabella ressentit, malgré son assoupissement, un lien invisible l'unissant à quelque chose d'infiniment grand, un dernier adieu chargé d'amour et de mystère, avant de se rendormir paisiblement, laissant derrière elle les voiles de la réalité s'entrouvrir sur l'au-delà.

Au matin du 12 octobre, le téléphone de Luciella retentit ; c'était l'unité de soins palliatifs à l'autre bout du fil. C'est ce jour-là, aux alentours de 8 heures du matin et alors qu'Isabella dormait encore, qu'elle apprit que sa mère était décédée dans la nuit. Voilà, elle y était ; Luciella était désormais une grande orpheline. Son père était mort dans un accident de la route alors qu'elle était encore jeune, et sa mère venait de la quitter à son tour.

Longtemps, elle lui en avait voulu ; aussi loin qu'elle se souvienne, sa mère avait toujours été malheureuse et en colère. Pendant le début de sa vie, et elle en ignorait la raison, elle avait le sentiment de ne pas être la bienvenue. Comme si sa propre mère, du fond de son être, l'avait accueilli dans ce monde comme un nuisible indésirable. Comme si elle était une étrangère au sein de son propre foyer. Comme si Rosa voulait sans cesse fuir la réalité de ses responsabilités, mais les subissait par convenance. Elle avait toujours su que sa mère cachait en elle une âme de battante, et que pourtant, elle avait rarement vu cette facette d'elle. Rosa semblait fatiguée, comme victime de sa propre vie. Elle était souvent aigrie, sévère et parfois méchante.

Oui, longtemps, Luciella lui en voulait. Elle s'était émancipée le plus rapidement possible pour ne plus subir cette relation faite de contrastes entre l'amour malgré tout et les non-dits. Elle avait fui celle qui, paradoxalement, l'avait à la fois construite et détruite. Elle s'était bâtie une nouvelle vie de famille le plus vite possible, et lorsque Rosa était devenue grand-mère, leurs relations avaient commencé à s'apaiser. Au fil des années, elle constatait que sa mère s'adoucissait un peu plus. Et alors que Rosa avait été diagnostiquée malade il y a moins d'un an, Isabella avait enfin eu l'impression de découvrir sa mère, dans son entièreté et avec des nuances plus claires. Elle regrettait d'avoir pu retrouver la vraie Rosa si tard.

Lorsqu'Isabella fut levée, sa mère lui annonça la nouvelle. Elle ressentit alors une tristesse qui était bien au-delà de l'amour et du deuil. Comme si des fils invisibles la rattachaient à cette femme au-delà de la compréhension humaine. Elle avait toujours ressenti quelque chose de spécial envers Rosa, mais cette inexplicable attirance prenait maintenant une dimension presque surnaturelle. Elle était comme une énigme qu'elle ne pouvait déchiffrer, un puzzle dont les pièces semblaient se connecter à des mémoires lointaines et oubliées. Ignorant encore les réels liens cachés qui la liaient à Rosa, Isabella se contenta de pleurer dans les bras de sa mère.

Une dernière fois, elle se rendirent aux soins palliatifs afin de récupérer tout ce qui restait de Rosa dans sa chambre. Quand elles pénétrèrent dans la pièce pour prendre ses affaires, elle n'était plus présente ; c'était comme si elle n'y avait jamais été. Elle, ainsi que de nombreuses personnes qui se succédèrent avant elle, avaient déjà perdu la vie à cet endroit ; et pourtant, c'était comme si rien ne s'était jamais produit.

De partout et à plusieurs reprises, elles vérifièrent qu'elles n'avaient rien oublié. À l'ouverture du tiroir de la table de chevet, elles trouvèrent une feuille remplie ; la lettre qui allait transformer leurs existences ainsi que toutes les bases qu'elles croyaient avoir établies sous leurs pieds.

Toutes deux s'emparèrent de cette feuille et s'installèrent sur le bord du lit pour la lire.

"À toi, ma fille,

Lorsque tu liras cette lettre, je serai déjà probablement partie. Si tu savais comme j'étais épuisée, depuis bien des années déjà. Je crois que je vais enfin pouvoir me reposer. J'ignore par où commencer, mais je vais me lancer. Alors que je suis sur le point de m'en aller, j'aurai pourtant besoin de courage pour te dire tout cela. Assieds-toi, Luciella.

Ton père n'a pas perdu la vie dans un accident en 1975. Pourquoi, comment ? La raison en est qu'il n'était pas ton véritable père. Nous nous sommes rencontrés alors que j'étais déjà enceinte, et nous nous sommes mariés peu de temps avant que tu ne viennes au monde. Crois-moi, il t'a offert son nom, et il t'a aimé comme sa propre fille à l'instant où il t'a vu naître.

J'ai eu une vie avant toi, comme toute femme, mais une vie que tu ne te soupçonnes pas. J'ai été heureuse. J'étais ambitieuse, solaire. J'avais quitté l'Italie pendant plusieurs années pour rejoindre un pays dans lequel je m'étais acharnée pour réussir ; et j'avais réussi. J'avais réalisé mes rêves, j'avais tout pour moi. Je croyais qu'un grand destin m'attendait. J'étais Rosa Rosso et rien ne pouvait m'arrêter. Je croyais que le monde était à mes pieds.

Luciella, parfois, on croit avoir une vie toute tracée parce qu'on en est convaincu ou parce qu'on l'a décidé, mais toutes nos certitudes peuvent s'effondrer en une seule seconde. Je pensais que j'allais connaître le réel bonheur, mais il n'en était rien. Ma vie a basculé le soir du 11 octobre 1958, lorsque le grand amour de ma vie a été assassiné. Depuis ce jour, la lumière qui m'animait s'est éteinte pour toujours. Je voulais partir le rejoindre, je le voulais plus que tout ; et puis, tu es arrivée. J'avais suffisamment de forces pour rester, mais je n'en ai jamais eu assez pour me relever et me battre pour revenir vers mes rêves. Moi qui étais autrefois l'actrice de ma vie, j'en étais devenue spectatrice. Errante, le regard vide, je survivais simplement. Je sais que j'ai été une mère qui t'a rendue malheureuse.

Luciella, pardonne-moi. S'il te plaît, pardonne-moi pour tout. Pardonne-moi de ne pas avoir été présente, pardonne-moi de t'avoir négligé, pardonne-moi d'avoir gâché ta vie. Si tu veux connaître mon histoire, tes origines, les non-dits du passé, tu trouveras chez moi, dans les rangements de ma chambre, des boîtes qui contiennent la vérité.

À toi, ma petite-fille, Isabella,

Je n'ai pas toujours été juste, mais j'ai fait au mieux. Je ne t'attendais pas et pourtant tu as fini par illuminer ma vie ; tu m'as aidé à retrouver une partie de moi que j'avais perdue. Tu étais un cadeau tombé du ciel. Bats-toi pour la vie que tu mérites. Nous sommes en 2008 et le monde te laisse le choix. N'oublie jamais que le bonheur est la chose la plus précieuse qui existe. Fais ce que tu aimes.

À vous deux,

N'oubliez jamais qui vous êtes, et n'oubliez jamais que je vous aime.

Adieux.

Pour toujours et à jamais, Rosa Rosso."

Isabella et Luciella prirent un long instant à lire cette lettre. Lorsqu'elles eurent terminé, elles restèrent silencieuses. Non seulement elles devaient affronter le deuil, mais en plus de cela, une toute nouvelle dimension s'ouvrait à elles ; celle des doutes et de l'inconnu. Comme si toutes les fondations de leurs origines s'étaient écroulées sous leurs pieds. En laissant cette lettre d'adieux, Rosa avait ouvert une boîte de Pandore et semé le trouble dans les vies de sa fille et de sa petite-fille.

Alors qu'elles venaient de lire cette lettre qui changea tout, elles furent aussitôt interrompues. Le personnel de l'unité de soin les extirpa de leurs pensées avec les formalités habituelles. Elles n'avaient plus le temps pour ces questionnements intérieurs ; ce n'était pas le moment. Pour les prochaines heures et les prochains jours, il n'allait plus être question que de paperasse et de préparatifs funéraires. Les questions qui leur étaient posées étaient accueillies par des réponses automatiques, des sourires vides. Leurs esprits étaient ailleurs, perdus dans la contemplation des souvenirs, des secrets dévoilés et du labyrinthe émotionnel qu'elles étaient en train de vivre.

La journée avait été longue, pour Luciella et Isabella. Il était environ 19 heures quand elles prirent la route pour rentrer. Le trajet était silencieux, et tandis qu'elles mangeaient en voiture des burgers commandés au drive d'un fast-food, elles se retrouvaient de nouveau chacune face à leurs pensées.

Elles arrivèrent dans la maison familiale, qui était habitée par la famille Rosso depuis huit décennies. Elle avait été habitée par les parents de Rosa, et cette dernière y avait grandi. Lorsqu'ils quittèrent ce monde, elle habita de nouveau cette demeure alors qu'elle s'était retrouvée seule et que Luciella vivait avec sa nouvelle famille. Cette dernière, fraîchement divorcée, s'était installée dans cette maison lorsque la maladie de sa mère fut décelée.

Pour Isabella, cette maison était l'une de ses trois adresses. Depuis plus d'un an, elle passait la majeure partie de son temps dans un appartement en colocation avec sa meilleure amie à Rome. Lorsqu'elle revenait à Naples, elle allait soit chez son père, soit chez sa mère. En vérité, ces derniers temps, elle préférait passer du temps davantage avec son père ; avec Luciella, les relations étaient devenues un peu plus tendues. Si elle se forçait à venir, c'était pour sa grand-mère uniquement. Mais lorsqu'une tragédie pareille arrive dans une famille, on met de côté toutes les rancœurs et on oublie toutes ces futilités.

L'ambiance était lourde dans cette nuit lugubre où tombait l'averse dehors. Mère et fille étaient toutes deux éreintées. Épuisées, mais hantées par la nécessité de comprendre, elles décidèrent de fouiller, de déterrer les fragments du passé cachés dans les recoins oubliés de cette demeure, à la recherche de leurs réelles origines. Pour Luciella, encore trop sonnée par la mort de sa mère, le deuil prenait pour l'instant encore le dessus sur le choc de la révélation. Elle réalisait tout juste qu'une moitié d'elle était issue d'un ADN dont elle ignorait tout ; comme si elle était une étrangère pour elle-même.

Leur quête les conduisit dans le grenier, un sanctuaire de souvenirs enfouis. Elles fouillèrent dans des vieux cartons, lorsqu'une première boîte leur apparut comme une évidence. Dessus, il y avait écrit *Rosa, Londres*. Luciella reconnut l'écriture au feutre de sa grand-mère, elle qui avait l'habitude de tout ranger et organiser. Elle eut un pincement au cœur, elle qui n'avait plus vu cette écriture depuis des années ; elle qui croyait l'avoir oublié pour toujours. Était-ce donc à cet endroit du monde que Rosa s'en était allée comme elle l'avait évoqué dans sa lettre ? Londres, ce nom faisait écho à Isabella, elle qui s'y est rendue deux fois déjà et avait toujours rêvé d'y vivre plus tard.

Lorsqu'elles ouvrirent la boîte, une explosion visuelle s'étala devant elles. À l'intérieur se trouvaient de nombreuses photos, en noir et blanc et en couleurs, de la jeune Rosa qui incarnait la représentation même de l'élégance et de la beauté. Il y en avait des dizaines, et dans toutes sortes de décors. Sur certaines, on pouvait simplement la trouver dans des poses glamour. Sur d'autres, elle semblait être mise en valeur par ce qui ressemblait à des images publicitaires ; les noms de marques comme Revlon ou Burberry apparaissaient. Et enfin, soigneusement enroulée, elles découvrirent une affiche plus grande que les autres images et qui laissait place à une surprise sans nom.

L'affiche grandiose de la comédie musicale *My Fair Lady* se tenant à Londres, se dressait devant elles. En première ligne, Rosa, vêtue d'une robe qui semblait avoir été tissée avec des étoiles, irradiant une grâce et une détermination qui transcendaient le papier. À ses côtés, sa co-vedette, incarnée par un acteur qui évoquait l'élégance britannique dans chaque ligne de son visage. Isabella savait reconnaître en arrière-plan le décor du Londres d'autrefois. Les deux femmes, encore sous le choc de cette révélation, scrutèrent l'affiche comme si elle pouvait leur révéler le mystère de la vie passée de Rosa. Les lettres majuscules annonçaient avec fierté le titre de la comédie musicale, et la date du lancement, le 30 avril 1958, semblait suspendue dans le temps.

Elles trouvèrent ensuite des articles, certains rédigés en anglais et d'autres en italien. Elles feuilletaient avec émerveillement ces derniers, soigneusement conservés, qui racontaient l'histoire de Rosa Rosso, cette jeune napolitaine qui était devenue l'étoile montante de West End. Un article britannique du *London Times*, qu'Isabella parvenait à traduire avec ses notions d'anglais, racontait le triomphe éblouissant de Rosa dans la première de *My Fair Lady* qui avait amassé les foules et marqué un tournant dans l'histoire de West End.

Une phrase clé citait : "Rosa Rosso transcende les frontières linguistiques pour devenir une étoile universelle du théâtre".

D'autres articles, eux rédigés en italien, étaient tout aussi riches en éloges. Elle avait porté l'âme napolitaine au-delà des océans avec chaque note et chaque pas de danse. Au fil des pages, entre les titres accrocheurs et les citations éloquentes, Isabella et Luciella découvraient la magie qui avait entouré la carrière de Rosa ; elle avait brillé bien au-delà des ruelles de sa ville natale, et elle avait élevé son art au-delà des frontières et des préjugés.

Isabella, suite à cette découverte, éprouvait encore plus d'admiration pour sa grand-mère. Luciella, elle, était sous le choc. Elle ignorait que sa mère avait vécu hors de l'Italie et embrassé cette carrière hors du commun. Elle ignorait même que celle-ci savait parler anglais, ni même chanter ou danser. Elle n'avait jamais connu sa mère montrant un quelconque talent ; elle ne l'avait même jamais vu être animée par une passion. Rosa ne lui avait jamais laissé le moindre indice sur sa vie passée ; c'était comme si elle l'avait volontairement effacé de son histoire et dissimulé comme un secret honteux. Pourquoi avait-elle caché cette partie de sa vie alors que celle-ci aurait pu être sa plus grande fierté ? Luciella avait encore trop de questions. Qui était son vrai père ? Était-ce son grand amour, celui qui avait été tué ? Pourquoi avait-il été assassiné et par qui ? Elle était comme plongée dans un tourbillon flou, partagée entre le deuil, le choc et les interrogations.

Elle décida de lire à nouveau la lettre qui avait tout bousculé, et un détail qu'elle n'avait pas remarqué auparavant la frappa. Celui qui était très probablement son père biologique avait été assassiné le 11 octobre 1958, et aujourd'hui, jour de la mort de Rosa, nous étions le 11 octobre 2008 ; cinquante années jour pour jour séparaient ces deux dates. Les deux femmes furent bouche bée de cette coïncidence ; comme si une forme de malédiction se cachait derrière ces deux tragédies. « Arrêtons-nous pour ce soir, on y verra plus clair demain », dit Isabella à sa mère. Elle savait que sa fille avait raison ; il y avait bien trop d'évènements à encaisser pour un humain et en une seule journée. Il fallait se coucher. Demain serait un jour plus lucide après une nuit réparatrice.

Chacune gagna son lit. Luciella dormait dans la chambre qui fut celle des parents de Rosa, et Isabella dans celle qui était occupée par ses frères. La chambre de Rosa, qui fut à la fois son tout premier et son tout dernier lieu de vie, était vide. Tandis que la pluie continuait de tomber, ni l'une, ni l'autre ne trouvait le sommeil. Luciella, qui était restée forte, s'effondra en pleurs dans son lit. Une fois la crise passée, elle se leva. Elle se mit à table avec au menu un verre de vin et une dose de calmants qui lui avaient été prescrits. Elle, qui avait toujours voulu prendre le chemin opposé de Rosa, réalisa qu'elle avait fini exactement comme elle : seule et incapable de vivre sans automédication. Après un deuxième puis un troisième verre, elle retourna se coucher, abrutie par le mélange d'alcool et de médicaments. Avant qu'elle ne s'endorme, l'ombre lourde du mystère d'un meurtre qui avait eu lieu il y a cinquante ans hantait ses pensées.

Isabella, installée à la chaise de son bureau, fumait comme chaque soir une cigarette industrielle agrémentée de chanvre. C'était l'une des seules choses qu'elle avait pu emporter avec elle lorsqu'elle a dû venir à Naples de manière précipitée ; elle avait laissé ses autres vices dans sa chambre d'étudiante à Rome. Accompagnée par de la musique pour rendre son voyage intérieur davantage intense, elle inhalait profondément chacune des bouffées de fumées. Tandis que son esprit divaguait et que ses pensées devenaient floues, elle trouvait une certaine paix artificielle. Elle se mit alors à coucher sur le papier toutes ses pensées, elle qui adorait écrire tout ce qui lui passait par la tête et rêvait même secrètement de devenir écrivaine. Elle rédigea avec spontanéité le récit de ses récentes péripéties qui la tourmentaient : le deuil de sa grand-mère, sa rupture récente et sa perdition.

Une question persistait, et elle ne s'en débarrasserait pas avant d'avoir des réponses ; qui était réellement Rosa Rosso ? Isabella se leva, de retour vers le grenier, et ses yeux se fixèrent sur l'affiche de la comédie musicale *My Fair Lady*.

CHAPITRE 4
1958

En fin d'après-midi du mercredi 30 avril 1958 dans la ville de Londres, Rosa se trouvait dans un véhicule. Elle disposait désormais d'un chauffeur pour ses déplacements professionnels et celui-ci l'emmenait à l'un des plus importants endroits de West End. Lorsqu'elle arriva au théâtre Royal Drury Lane, elle fut surprise car il y avait de nombreuses personnes déjà sur place ; parmi la foule, elle distingua quelques gens de la presse, de potentiels spectateurs, ainsi que probablement quelques curieux. Il n'était que 17 heures et le théâtre ne devait ouvrir au public qu'à partir de 19 heures, pensait-elle. Ce n'est que plus tard qu'elle réalisera la grandeur de l'évènement, même si on l'avait préalablement prévenue de l'ampleur de cette première.

Après avoir quitté la voiture, elle regarda autour d'elle à la recherche de visages familiers, mais il n'y en avait aucun. Elle était seule, bien qu'escortée jusqu'à l'entrée, et les gens lui souriaient. Elle observait aussi quelques caméras dirigées vers elle. Une fois à l'intérieur, elle retrouva les autres ; tous étaient attentifs au discours du manager de scène et du directeur. Tous les comédiens s'étaient entrainés du matin au soir et avec acharnement durant 4 semaines. Ils avaient effectué une ultime répétition le lundi précédent et ont pu se reposer le mardi. Ce mercredi était enfin le soir d'ouverture. Une grande partie d'entre eux avait le trac ; certains se rongeaient les ongles, tandis que d'autres avaient les genoux tremblants.

Rosa fut emmenée pour être coiffée, maquillée et faire de derniers essais de costumes. Lorsqu'elle se retrouva seule dans sa loge, elle se rendit compte de la grandeur de cette dernière ; la plus majestueuse qui ne lui eut jamais été donnée. Elle se regarda dans la glace et prit une profonde inspiration. À cet instant précis, Rosa ressentit un grand feu d'artifices d'émotions, qui étaient aussi puissantes et différentes que l'instant où l'instant où une mère donne naissance à son propre enfant ; le bouleversement d'une vie changée ; un soupçon de crainte de ne pas être à la hauteur ; mais, et par dessus tout, l'évènement le plus heureux de toute sa vie. Pour elle, ce sentiment était plus fort que la richesse et que l'amour ; ce sentiment ne pouvait pas s'acheter et personne ne pouvait le lui donner. Elle seule s'était battue pour dominer le règne des arts de la scène, et elle seule avait provoqué son destin pour se hisser au sommet et obtenir le plus grand rôle de sa vie. Elle qui avait toujours rêvé de briller sur scène, elle qui ne voulait que crier son art au monde, elle y était enfin.

Ce soir-là, c'était la grande première de la comédie musicale *My Fair Lady* et elle allait incarner le rôle principal de la belle Eliza Doolittle. Comédie musicale à succès depuis 1956 à Broadway, celle-ci avait traversé le continent et s'implantait pour la toute première fois en Europe. Elle impliquait le plus gros budget de toute l'histoire de West End et les billets pour le lancement étaient environ cinq fois plus coûteux que pour les autres performances. Dans cette salle pouvant accueillir environ 2000 spectateurs, étaient attendues des personnes célèbres, fortunées, importantes ou bien les trois à la fois ; Élisabeth II elle-même avait confirmé sa venue. Comment la comédienne pouvait-elle ne pas avoir ne serait-ce qu'un peu le trac ?

Elle était confiante, et elle savait ce qu'elle valait, mais elle restait une humaine, après tout. Alors qu'elle scrutait son reflet dans l'immense glace, elle s'encouragea. « Tu y es. Tu as réalisé ton rêve et tu vas prouver au monde que tu es née pour la scène », se dit-elle.

CHAPITRE 5
1933

Rosa Rosso vit le jour le 10 août 1933 à Naples, benjamine d'une fratrie de 3 enfants. Ses deux frères, Francesco et Federico, étaient nés en 1930 et 1928, avant qu'elle n'arrive un peu plus tard par surprise. Petite dernière et seule fille, elle attirait toute l'attention sur elle. Sa mère, Livia, rêvait d'avoir une version miniature d'elle-même à qui elle puisse passer des robes ; son père, Roberto, était aux anges, car il entendait souvent que les petites filles étaient plus affectueuses.

La famille était propriétaire d'une boutique de chaussures de grande qualité et celle-ci avait pignon sur rue. Roberto Rosso, qui en avait hérité de son père, gérait son commerce d'une main de maître et Livia venait l'aider de temps en temps. Chaque jour, le couple était reconnaissant que la chance leur sourit ; ils n'étaient pas millionnaires, mais ils se contentaient d'une vie confortable, de l'amour, de la santé et de trois merveilleux enfants ; ils étaient heureux, tout simplement. Leur famille et leur gagne-pain survivaient tous deux à la guerre et au chaos, malgré certaines périodes qui étaient inévitablement dures pour tout le monde.

Rosa ne manquait de rien ; on lui donnait tout ce qu'elle désirait et bien plus encore. Sa mère était un peu plus sévère, mais son père finissait toujours par céder. Elle avait toujours été souriante, même depuis le berceau. Enfant, elle débordait d'énergie et de vie. Elle aimait la mode et les poupées autant qu'elle aimait la boue et les jeux de garçons. Elle était belle et tout le monde le lui disait ; plus grande, beaucoup diront qu'elle est la plus belle fille de la ville.

À Naples, sous le fascisme, l'atmosphère vibrait d'une énergie particulière, marquée par la propagande et l'uniformité. Les rues portaient désormais les stigmates d'un régime autoritaire, décorées des affiches de Mussolini qui étaient omniprésentes, tandis que les bâtiments arboraient fièrement les symboles du parti unique. Les rires des enfants se mêlaient aux chants patriotiques, et les conversations chuchotées dans les cafés révélaient une tension sous-jacente, une peur de déplaire au pouvoir en place. Le pays et le monde étaient en crise, mais on faisait tout pour que Rosa n'en souffre pas. On la maintenait dans une bulle qui était son monde enchanté de petite-fille. Elle aimait par dessus tout chanter et danser ; alors, on lui paya un professeur de chant et elle se mit à s'entraîner seule à danser sur les musiques du gramophone que ses parents lui avaient acheté.

Encore enfant, et ignorante des complexités politiques de son époque, elle fut un jour témoin d'un événement qui marqua son innocence. Alors qu'elle jouait dans une ruelle, la normalité de sa vie fut brutalement interrompue par le bruit de bottes martelant le pavé. Une foule s'était formée, et au centre, un homme, les yeux bandés, fut poussé devant un peloton d'exécution. La terreur se lisait sur les visages, et un silence oppressant enveloppait la scène. Avant même que les coups de feu ne retentissent, sa mère, comprenant l'horreur de ce qui allait se dérouler, se précipita vers Rosa. Elle la serra contre elle, couvrant ses yeux avec ses mains, et l'emmena loin ; loin de cette brutalité, loin de l'innocence perdue. Ce jour-là, Rosa apprit la peur, et la réalité d'un monde gouverné par l'autorité et la répression.

Quelques années plus tard, le sombre nuage du fascisme s'en était allé de Naples alors que Rosa allait avoir douze ans. Les rues de la ville bourdonnaient d'une nouvelle énergie, et la musique, autrefois assourdie par la peur, résonnait à chaque coin de rue, chantant la fin d'une époque sombre.

À peu près au même moment, et alors que le soleil était revenu, on lui imposa pour la première fois de se cacher. Longtemps, elle pensa que tout ce qu'on lui avait imposé était à cause des changements issus de la fin de la guerre ; en réalité, c'était parce qu'elle était en train de quitter l'enfance. Elle entrait dans la puberté ; elle se mit à saigner et ses premières formes apparurent. On lui rabâchait toujours la même chose : « Rosa, tu n'es plus une enfant ! » Et pourtant, ce n'était pas elle qui l'avait décidé. Elle voulait jouer à certains jeux, mais on lui disait qu'elle était devenue trop grande. Elle voulait danser, mais on surveillait ses mouvements pour qu'ils n'aient pas l'air trop aguicheurs. Elle voulait être spontanée, mais on la reprenait sans cesse sur son comportement.

On lui apprit à se tenir "comme une vraie jeune fille". Elle se devait d'être jolie, mais pas trop et pas que. Elle devait aussi être bonne élève, cultivée, mais rester humble et disperser sa culture par petite touche et par parcimonie. Aussi, on attendait d'elle qu'elle ne soit pas trop maigre, ni trop en chair. On lui enseignait tout cela : ne jamais être trop, ni pas assez. Se mettre suffisamment en valeur pour faire un bon mariage, tout en restant discrète pour éviter d'attirer les hommes malintentionnés ou de passer pour une fille légère. En clair, tout devait être mis en œuvre pour qu'elle plaise aux hommes, tout en se protégeant des hommes. Sa mère était la personne qui lui enseignait tout cela ; une femme qui enseignait les piliers du patriarcat à une future femme. Livia était pourtant tendre avec sa fille ; mais le monde était ainsi fait. Rosa pouvait faire des études, si elle le souhaitait, car sa famille en avait les moyens. Mais avant tout, elle devait apprendre à tenir un foyer et incarner la femme idéale si elle voulait trouver un bon mari qui lui offrirait une vie confortable.

Au début, et elle n'avait que douze ans, elle prenait toutes ces paroles à la légère ; elle-même, si jeune, ne réalisait pas réellement ce qu'était le futur, elle qui avait si peu d'années derrière elle. Elle savait juste qu'elle aimait aller à l'école, chanter et danser comme de nombreuses filles. Elle vivait sa petite vie, ramenait des notes convenables tout en continuant les cours de chant ainsi que la danse. Au fur et à mesure du temps, alors qu'elle prenait de l'âge, elle devenait de plus en plus belle et de plus en plus forte. Elle excellait dans ce qu'elle aimait. Elle attirait tout le monde autour d'elle ; les filles, qui rêvaient de devenir comme elle, et les garçons, qui rêvaient timidement de l'approcher.

Ici, c'était ennuyant, et le destin qu'on souhaitait lui réserver l'était tout autant. Elle avait observé la génération précédente faire ce qu'on attendait d'elle au lieu d'écouter son cœur. Elle avait vu son père, puis ses frères, reprendre le commerce familial et l'activité de cordonnier sans rechigner. Ne s'étaient-ils jamais demandé si ça leur convenait, n'avaient-ils jamais rêvé d'autre chose, ne s'étaient-ils jamais questionnés sur leur bonheur ? Sa mère, n'avait-elle jamais souhaité faire autre chose que de tenir un foyer ? La jeune Rosa fut la toute première de la famille Rosso, et l'une des premières femmes de sa génération, à oser s'octroyer le droit de vouloir autre chose, de vouloir plus. Si elle apprenait l'anglais, c'était car elle souhaitait que le monde s'ouvre à elle et soit à ses pieds. Elle écrivait sans cesse et partout la phrase *The world is mine* sur ses cahiers de classe et elle voulait que le monde voie qui elle était réellement.

Lorsqu'elle eut seize ans, Rosa ressemblait presque à une vraie femme. Elle se mettait même du rouge à lèvres en cachette de ses parents, qui eux la trouvaient un peu trop sophistiquée pour une fille de bonne famille. Elle s'en fichait un peu plus de l'école, et ses notes en pâtissaient ; sa famille ne cessait de dire qu'elle était têtue comme une mule. Les seuls domaines dans lesquels elle voulait s'épanouir n'étaient pas au programme scolaire. Par exemple, elle était devenue très forte en anglais, alors que les autres ne s'y intéressaient pas ; à quoi cela leur servirait-il de parler une langue autre que leur charabia maternel ? Du fond de sa salle de classe, et tandis qu'elle faisait mine d'écouter, Rosa rêvait de sa future vie.

Elle rêvait de quitter cette ville et de partir loin, en Amérique par exemple, pour briller sur les planches de Broadway et que le monde entier découvre son talent. Tout cela, elle le gardait secret. Elle se contentait pour le moment d'être la starlette de son école, d'agacer les professeurs parce qu'elle prenait trop de place selon eux, et de jouer de son charme avec les jeunes hommes de son âge qui l'attendaient bêtement à la sortie des cours en espérant gagner son attention.

Alors qu'elle avait 18 ans, elle effectuait sa dernière année de lycée ; ils étaient d'ailleurs peu de jeunes, et encore moins de jeunes filles, à aller jusqu'au bout. Elle n'était pas dans la médiocrité, mais à la limite. Un jour, ses deux parents, inquiets de son avenir, la firent s'asseoir. « Mais qu'est-ce que tu vas devenir ? » répétaient-ils sans cesse. Ils ne voulaient rien entendre des rêves de Rosa ; être une artiste ne remplissait pas l'assiette. Et pire encore, imaginer leur fille, se trémoussant sur une scène, était inenvisageable ; quel homme respectable allait bien vouloir d'elle ? Vu qu'elle n'en faisait qu'à sa tête et ne souhaitait rien faire d'autre, elle allait terminer le lycée, aider à la boutique de chaussures pour l'été en tant que vendeuse. Si elle obtenait son diplôme, elle pourrait choisir d'étudier ou non ; si elle échouait, elle devrait continuer son travail à la boutique en attendant d'en trouver un autre.

À la fin de l'année scolaire de 1952, Rosa eut son diplôme et toute la famille était heureuse ; la première femme de la famille Rosso à obtenir son diplôme, et la troisième membre après ses frères aînés.

Ces deux derniers avaient d'ailleurs quitté la maison ; le cadet était jeune marié et l'aîné était déjà père ; ils vivaient à proximité. Lorsque l'été 1952 débuta, c'était décidé ; Rosa avait toujours des rêves pleins la tête, elle voulait gagner de l'argent, mais ne voulait pas étudier davantage. Pour rassurer ses parents, ou en tout cas, pour qu'ils la lâchent un peu en attendant qu'elle puisse les accomplir, elle décida qu'elle allait apprendre un métier après la fin de l'été.

L'été 1952 arriva, Rosa fêta ses 19 ans et travaillait à la boutique les jours les plus agités seulement. Le soir, elle s'enfuyait discrètement par la fenêtre de sa chambre pour profiter de la vie nocturne de Naples, mais également pour se produire en tant que chanteuse dans des bars de temps à autre.

Un après-midi en fin d'août 1952, Rosa se rendit prendre un rafraîchissement au café La Terrazza situé dans les hauteurs de Naples, au sein même du parc Capodimonte. Elle se rendait souvent dans cet endroit, seule ou avec des amies de l'école. Ce jour-là, quand elle alla s'assoir, elle remarqua un jeune homme, probablement à peine plus âgé qu'elle, installé à une table. Elle l'avait instantanément trouvé beau, mais n'y avait pas prêté grande attention ; des beaux garçons, il en existait beaucoup. Pourtant, sans savoir pourquoi, naturellement et sans aucun intérêt, elle s'installa à la table voisine de la sienne.

Après quelques minutes de silence, il lui adressa la parole en lui demandant si elle venait d'ici. Lorenzo Williams était un jeune étudiant de Boston, américain par son père et italien par sa mère, et sa famille possédait une résidence secondaire à Naples. Il y séjournait en vacances pour profiter de la douce vie italienne depuis quelques semaines déjà et repartirait vers les États-Unis dans deux jours. Elle fut enchantée lorsqu'elle sut d'où il venait ; elle voulait en savoir davantage sur cet endroit qu'elle voyait comme la terre où tout est possible. Il lui raconta à quel point tout était grand et démesuré en comparaison aux villes d'Europe ; les bâtiments, la grandiosité des évènements, la vie moderne. Tout cela était un monde inconnu et attirant pour Rosa, elle qui n'était jamais allée plus loin que le nord de l'Italie.

Lorenzo était fier d'où il venait, mais il était encore plus charmé par l'Italie et par dessus tout par Naples. Il s'y était rendu plusieurs fois pour de longues périodes dans sa vie et il y trouvait quelque chose qu'il était incapable de décrire, qu'il ne trouvait nulle part ailleurs. Naples était comme sa terre sainte, sa source d'inspiration. Alors qu'il était dans une période où il ne se sentait pas heureux sans en comprendre la raison, alors qu'il se sentait à un carrefour de sa vie sans même savoir pourquoi, il savait que séjourner sur sa terre sainte serait salvateur. Il y trouverait une certaine quiétude, y verrait plus clair sur ce qui est important et ce qui ne l'est pas, et il trouverait peut-être des réponses concernant sa vie.

Alors que son séjour, arrivant à sa fin, lui avait fait du bien, il sentait malgré tout que quelque chose lui manquait toujours. Comme s'il n'était pas entièrement comblé ; comme s'il lui manquait la réponse la plus essentielle à son existence. Il ressentait un vide persistant, une absence qui pesait sur son âme. Le même jour que celui où il rencontra Rosa, un peu plus tôt dans la journée, il se dirigea vers le cimetière de Fontanelle, un lieu unique et mystique où reposaient des milliers de squelettes. À son arrivée, une atmosphère à la fois lugubre et intrigante l'enveloppa. Devant ces crânes et ces os empilés, des offrandes variées témoignaient du respect que les âmes tourmentées de Naples vouaient à ces défunts anonymes. Lorenzo, intrigué et troublé, s'agenouilla devant un petit autel improvisé. Un squelette en particulier attira son regard. Superstitieux et empreint d'espoir, il déposa une pièce de monnaie ancienne et murmura une prière, espérant que cet être du passé dont il ignorait tout pourrait lui apporter plus de clarté dans son existence.

Après ce moment de méditation, Lorenzo sentit une énergie nouvelle l'envahir, comme si les âmes du cimetière avaient écouté sa quête intérieure. Il se sentait plus proche du spirituel, mais la faim et la soif l'avaient gagné. Il se mit à marcher, à errer comme un esprit, dans l'attente de croiser un endroit qui l'appelle à s'asseoir pour boire et se restaurer. C'est là, lorsqu'il aperçut la terrasse du café du parc, que le destin joua son rôle. Parmi tous les endroits de cette ville, c'était ici qu'il avait décidé de s'installer. Assis, il était en train de profiter de la vue, du soleil et de la magie de Naples qu'il affectionnait tant. Lorsqu'il vit arriver Rosa, il fut frappé. Il réalisa qu'il n'avait jamais connu la vraie beauté jusqu'à ce jour. Il la trouvait belle, mais pas que : son regard, qui n'était autre que le reflet de son âme, semblait apporter une réponse à ses interrogations muettes. Il réalisa que peut-être, tout ce temps, c'était l'amour qui manquait à sa vie.

Rosa se réjouissait de pouvoir échanger avec lui en anglais, langue qu'elle affectionnait, mais rarement pratiquait à Naples. Tandis qu'elle se délectait de cette conversation bilingue, chaque phrase de Lorenzo révélait une parcelle de sa personnalité captivante. Au fil des minutes, le charme opérait. Lorenzo, galant, se montra surprenant en l'invitant à dîner ce soir-là. Ravie de cette proposition inattendue, elle accepta.

Ils se quittèrent une demi-heure plus tard avec une heure et un lieu de rendez-vous. Une fois chez elle, Rosa convainquit ses parents de s'esquiver le soir. Elle leur raconta que ses deux meilleures amies, qu'ils connaissaient bien, se rendaient à un concert de jazz et qu'elle aurait aimé y aller. Rosa se prépara avec enthousiasme. Bien que l'ombre de la soirée prometteuse flottait dans l'air, Rosa n'était pas encore captivée par les émotions amoureuses. C'était une soirée excitante en vue, avec quelqu'un de charmant ; ce n'était pas la première fois qu'elle sortait avec un homme, elle avait eu quelques flirts auparavant. Elle ne cherchait rien en particulier, et encore moins avec un homme qui allait quitter l'Italie sous peu. Elle se plaisait dans cette atmosphère légère, profitant du moment présent sans se projeter dans l'avenir.

Il était 19 heures et la place du Plebiscite s'illuminait sous les derniers rayons du soleil. Rosa, élégante dans sa robe d'été, guettait l'arrivée de Lorenzo qui finit par arriver, encore bien plus beau que dans ses souvenirs. Ce dernier, lui, était encore plus davantage charmé. Rosa se questionnait sur le restaurant dans lequel ils allaient se poser. « Marchons sans but précis, découvrons où Naples veut nous mener. » proposa-t-il. Rosa était enchantée par cette idée, et ils se mirent ainsi à marcher. Ils se baladèrent le long du port, pendant que le soleil se couchait, et profitaient de ce parfait temps de soir d'été. Une sérénité enveloppait leur marche, et c'était comme si le temps s'était arrêté. Rosa ne s'était jamais sentie aussi vivante et aurait voulu que cette soirée dure pour l'éternité.

Ils décidèrent de dîner dans un restaurant sur le front de mer. Ils se plongèrent dans une conversation profonde, se posant toutes les questions possibles et imaginables, comme s'ils devaient rattraper toutes les années durant lesquelles ils ne s'étaient pas connus. Tous deux avaient un point commun : ils étaient animés par des passions et se permettaient d'avoir des rêves qu'ils souhaitaient voir se réaliser. Lorenzo était fasciné par la singularité de Rosa et par sa détermination à se démarquer dans ce monde. Pour elle, il était l'incarnation parfaite du rêve américain ; un homme moderne et à la recherche du bonheur. Mais il était bien plus que cela.

Jusqu'à ce soir, tous les hommes qui avaient rencontré Rosa ne voyaient que son physique et ne s'étaient pas arrêtés sur ses aspirations, ni sur qui était la femme se cachant derrière cette beauté. Lui, il la voyait vraiment. Il la regardait différemment. Comme s'il l'avait cernée, comme s'il avait lu dans son âme. C'était encore plus enchantés, qu'ils quittèrent le restaurant et retournèrent dans la vieille ville pour boire quelques verres. Rosa se laissa emporter par l'atmosphère enivrante de la nuit. Plus rien n'importait ; elle se moquait de demain et elle se fichait de rentrer chez elle à l'heure ou non. Elle n'avait jamais vu Naples sous un angle aussi magique que ce soir-là dans les ruelles.

Ils marchèrent ensuite vers la résidence de Lorenzo, qui se trouvait dans les hauteurs. Rosa, se laissant guider par son cœur, offrit à Lorenzo bien plus que sa présence. Des hommes, elle en avait connus plusieurs, mais elle ne s'était jamais offerte à aucun. Il était encore un inconnu quelques heures auparavant, et cette nuit-là, c'était une évidence ; elle lui donna sa virginité.

Le lendemain matin, avant que le soleil ne se lève, Rosa se glissa doucement hors du lit de Lorenzo, lui promettant de revenir très vite. Elle devait rentrer chez elle et regagner son lit avant que ses parents ne se rendent compte qu'elle avait découché. Arrivée chez elle, elle se faufila dans sa chambre et, d'un geste rapide, se changea et se fit une toilette pour effacer les traces de la nuit. Elle aperçut ses parents vers 8 heures, qui n'y avaient vu que du feu, bien qu'étonnés de ne pas l'avoir entendue rentrer la veille. Dans ce début de matinée, son père partit au magasin et sa mère s'affaira aux tâches ménagères. Sans un mot, Rosa quitta la maison, déterminée à saisir chaque instant précieux avant que Lorenzo ne parte et elle ne pensait pas aux conséquences.

Ils se retrouvèrent pour le petit-déjeuner, puis, ensemble, ils décidèrent de se perdre dans les rues de Naples. Une balade qui les mena jusqu'à l'église Santa Luciella, un lieu caché empreint de mystère. Ils y allumèrent un cierge côte à côte, sentant une puissante énergie sceller davantage leur connexion naissante. Toute la journée, Rosa ressentit une transformation intérieure, une métamorphose qu'elle ne comprenait pas encore. La pluie se mit à tomber sur la ville, mais tous deux étaient déterminés à profiter de chaque instant et de chaque chemin qu'ils emprunteraient dans Naples. C'était comme si Rosa découvrait sous un nouvel angle sa ville natale. Ils déjeunèrent dans un petit restaurant modeste, puis trouvèrent de nouveau refuge chez Lorenzo en début d'après-midi, laissant la pluie tambouriner tandis qu'ils se reposèrent. Après une sieste et alors que la pluie avait cessé de tomber, Lorenzo se leva avec un air mystérieux. « Quelqu'un m'attend, et j'aimerais que tu m'accompagnes. » dit-il. Intriguée, Rosa se demanda qui pouvait bien être plus important qu'elle dans l'esprit de Lorenzo.

Il lui révéla qu'il s'agissait d'une vieille dame, seule et déprimée, qui lui avait proposé de partager un café. La jeune fille, surprise, se sentit touchée par cette intention altruiste. Lorenzo avait préparé une surprise pour cette dame. De partout, on pouvait trouver à la vente des cornes napolitaines, symbole de la ville ; toutes étaient rouges, et cette dernière ne cessait de dire qu'elle rêvait d'en trouver une en argent. Lorenzo avait épluché tous les magasins de la ville et avait fini par en trouver une pour elle. Rosa, émue par la générosité désintéressée de Lorenzo, et voyant qu'il tenait à ce qu'elle vienne pour qu'ils continuent à être deux âmes côte à côte, accepta de l'accompagner. Elle réalisa que Lorenzo était tout ce qu'elle n'était pas : attentionné, compatissant, et porté vers les autres. Elle, qui était habituée à être choyée et légère, fut frappée par la beauté de son esprit.

Marchant main dans la main en chemin vers le rendez-vous, Rosa sentait un sentiment indescriptible grandir en elle. Lorenzo était en train de devenir bien plus qu'un séduisant compagnon de passage. Elle le connaissait depuis un peu plus de 24 heures seulement, et elle savait déjà qu'il avait bouleversé sa vie. Ils entrèrent chez Giulia

Moretti, âgée de 68 ans et veuve depuis quelques années, qui fut instantanément touchée par le cadeau de Lorenzo.

Lorsqu'ils partagèrent tous un café, Rosa observa Lorenzo avec une admiration secrète, et en était même devenue trop intimidée pour pouvoir le regarder dans les yeux. Elle comprit alors qu'elle était tombée éperdument amoureuse. Cet amour se trouvait au-delà de toute explication. Elle avait été charmée par de nombreux garçons, et elle avait cru en aimer plusieurs ; pour la première fois, elle était tombée amoureuse d'une âme. Il était entré dans sa vie hier et repartirait demain ; et pourtant, aujourd'hui, elle l'aimait follement et ne voyait plus sa vie sans lui.

Ils se retrouvèrent de nouveau à deux pour profiter de chaque instant avant le lendemain. Sur les hauteurs, Lorenzo et Rosa s'étaient procuré des pizzas à emporter, savourant chaque bouchée tout en s'installant sur un muret qui offrait une vue panoramique sur la baie de Naples. Rosa vivait le moment le plus simple et le plus romantique de toute sa vie. Le soleil se couchait lentement, laissant apparaître petit à petit les lumières de la ville. Elle savait que c'était le dernier crépuscule à ses côtés, la dernière nuit et que demain, le lever du jour signifierait qu'il disparaîtrait. Elle aurait souhaité figer le temps, que ce moment dure pour l'éternité. Ses parents devaient sûrement se demander où elle était, mais à cet instant, elle se fichait éperdument des conventions. Elle voulait que le monde s'arrête, et que demain n'arrive jamais.

Tandis qu'ils contemplèrent la vue, Rosa aurait rêvé de lui crier son amour ; mais elle ne fit rien. Elle n'avait jamais vu aussi clair dans sa vie. Elle voyait en lui non seulement son âme sœur, mais aussi celui qui la rendrait meilleure. Il y a deux jours, elle ignorait son existence, et aujourd'hui, elle savait que tout son monde serait dépeuplé sans lui. Elle l'aimait plus qu'elle ne s'aimait elle-même et qu'elle aimait la vie. Ce soir là, sa plus grande peur, son pire cauchemar, était bien plus terrible que la maladie ou la pauvreté ; et s'il ne l'aimait pas en retour ?

Après cette parenthèse enchantée, ils se dirigèrent vers chez Lorenzo. Après qu'elle coucha une nouvelle fois avec lui, une tentative de sommeil s'imposa, mais ses pensées omniprésentes rendaient le repos éphémère. Ils se reposèrent à peine une heure, mais aucun ne dormait. Fixant le plafond, Rosa était obnubilée par celui qu'elle aimait, sentant le poids de la réalité qui s'abattait sur elle comme une vague. Lorenzo, lui, vivait quelque chose qu'il n'avait jamais connu auparavant et allant au-delà du réel.

Il était un peu moins de 5 heures du matin, lorsque tous deux durent se lever. Rosa observait Lorenzo emballer ses dernières affaires ; une voiture allait bientôt venir le récupérer pour l'emmener au port, son navire partant de bonne heure pour la grande traversée de l'Atlantique. Ils sortirent de cette demeure alors que le soleil commençait à se lever. Debout dehors, Lorenzo et Rosa attendaient silencieusement la voiture qui devait emmener Lorenzo vers son prochain chapitre, le retour aux États-Unis.

Rosa, les yeux rivés sur l'horizon, sentit le besoin impérieux de dévoiler ses sentiments à Lorenzo ; elle savait que si elle se taisait, elle le regretterait pour toujours. Elle se tourna vers lui et lui fit la plus grande des déclarations. Elle avait reconnu son âme sœur. S'il la choisissait, elle le choisirait face au reste du monde et renoncerait à tous les autres. Elle le suivrait n'importe où dans le monde et le laisserait lui passer la bague au doigt. Elle voulait porter son nom que pourtant elle ne connaissait pas encore jusqu'à ce matin-là ; c'était ça, l'amour aveugle, être prête à épouser un nom dont elle ignorait tout.

« Tu ne me connais pas réellement », lui dit-il. « Moi non plus, tu ne me connais pas entièrement », lui répondit-elle. Elle mit son âme à nu et lui avoua tout. Au fond, elle était un peu égoïste, plutôt individualiste et elle n'avait toujours pensé qu'à sa propre personne. Il l'avait transformée et elle avait senti, du plus profond de son âme et pour la première fois, qu'il était la personne pour elle. Qu'importe ses défauts qu'elle ne connaissait pas encore, qu'importe les obstacles qui existaient dans sa vie, elle le prenait tout entier ; il était l'unique et véritable amour de sa vie.

Cependant, Lorenzo, bien que touché par cette déclaration, ne la regardait pas de la même manière. Il avait lui aussi ressenti l'amour qui avait fleuri entre eux et leurs deux âmes liées par le destin pendant ces deux jours qui furent les plus beaux de toute sa vie.

Pendant la dernière nuit, quelque chose d'extraordinaire s'était produit. Alors qu'il essayait de trouver le sommeil vers 4 heures du matin, Lorenzo avait vécu une expérience mystérieuse. C'était comme si une lumière argentée avait émané des mains de Rosa, traversant son être comme une guérison. C'était comme si elle avait réparé quelque chose en lui. Avant, il se sentait plus faible ; comme s'il avait une blessure profonde qui lui faisait mal et qu'il portait depuis très longtemps. Comme une tumeur noire que Rosa lui avait retirée sans même le savoir.

Pour Lorenzo, c'était un signe, une évidence que cet amour était destiné à exister pour l'éternité, mais dans l'enceinte sacrée de Naples. Lorenzo n'était pas prêt pour un engagement plus profond. Ce qu'ils avaient partagé était réel, mais il interprétait cette histoire d'une manière différente. Rosa, abattue, percevait un avenir ensemble, tandis que Lorenzo voyait dans cette expérience une confirmation que leur amour était destiné à rester ancré à Naples ; un amour aussi éphémère qu'éternel.

La voiture, tant redoutée, finit par arriver. Lorenzo et Rosa s'étreignirent longuement en guise d'adieux. Puis, Lorenzo s'en alla, laissant Rosa seule. Face au soleil en train de se lever et devant l'immensité de la baie de Naples, elle s'effondra en pleurs. L'être qu'elle aimait le plus au monde, celui pour qui elle aurait tout donné, avait préféré choisir de passer le reste de sa vie sans elle.

Rosa revint chez elle, l'âme lourde, après que Lorenzo l'eut quittée. À l'intérieur, ses parents l'attendaient de pied ferme, perdus entre l'inquiétude et la colère. Ils n'avaient pas fermé l'œil, imaginant les scénarios les plus sombres. Elle avait disparu la veille au matin et n'avait plus jamais donné le moindre signe de vie. Rosa, abattue et épuisée, ne tarda pas à être confrontée à leur fureur lorsqu'elle franchit la porte. Contrariés, ils voulaient des réponses immédiates. Ils étaient à deux doigts de contacter la police avant qu'elle ne franchisse le seuil. Mais Rosa, submergée par une vague d'émotions, ne se laissa pas démonter. Elle les ignora, leur hurlant qu'elle allait bien, exigeant qu'ils la laissent tranquille. Puis, sans attendre de réponse, elle se réfugia dans sa chambre, fermant la porte derrière elle. Là, dans l'intimité de son univers, elle s'effondra en pleurs une nouvelle fois.

À l'extérieur, ses parents, toujours en colère, mais également soulagés, échangèrent des regards préoccupés. La nuit avait été longue et tumultueuse, mais pour Rosa, c'était la première journée d'une nouvelle réalité, celle où l'amour avait laissé place à la solitude et à l'obscurité de la chambre qui semblait s'effondrer autour d'elle. Comme une étoile filante, Lorenzo avait disparu aussi vite qu'il était apparu dans sa vie, et peut-être pour toujours. Elle n'avait plus rien de lui, hormis une adresse américaine à laquelle elle pouvait lui écrire si elle le souhaitait. Ce bout de papier, qu'il lui avait donné le matin même, était le désormais le seul témoin de cette histoire née puis brisée. Pour le reste, c'était comme s'il ne s'était rien passé, comme si tout cela n'avait été qu'un long rêve. Elle savait que sa vie serait marquée à jamais ; il y avait un avant Lorenzo, et il y aurait un après Lorenzo.

CHAPITRE 6
1952

Le cœur qui venait d'être brisé en mille morceaux suite au départ de Lorenzo, Rosa se mura dans le silence de sa chambre pendant de nombreux jours. Du haut de ses dix-neuf ans, elle n'avait jamais été aussi malheureuse. Elle refusait de manger et maigrissait à vue d'œil. Elle passa ses journées allongée dans l'ombre, le regard dans le vide. Le souvenir de son unique amour, qui était en train de se diriger vers l'autre bout du monde, devenait de plus en plus flou. Les minutes et les heures étaient interminables, et Rosa vivait en se raccrochant à un unique espoir ; celui que Lorenzo change d'avis et réalise qu'il ne pouvait pas vivre sans elle. Au fil des jours, puis des semaines, Rosa, qui attendait désespérément une lettre ou un télégramme, voyait cet espoir s'affiner au fil du temps. Ses parents, dont elle avait perdu la confiance, faisaient tout pour en savoir plus sur le mal qui rongeait leur fille. Inquiets, ils mettaient tout en œuvre pour la faire parler. « Ça passera », leur disait-elle.

Une nuit, dans une tentative désespérée de trouver un soulagement, elle déroba une bouteille d'Amaretto de la réserve de ses parents. Elle s'enferma dans le secret de sa détresse, cherchant dans l'alcool un réconfort éphémère. L'ivresse, loin d'apaiser sa douleur, la submergea davantage. Le ventre presque vide depuis des jours, son corps n'avait pas pu le tolérer ; elle s'est mise à vomir le peu qu'elle avait dans son estomac.

Le lendemain, la honte et la douleur étaient inscrites sur son visage. Ses parents, inquiets et déçus, la confrontèrent à la réalité de sa descente aux enfers. Rosa réalisa qu'elle avait touché le fond. C'était le moment de se relever, de panser les plaies, même si le souvenir de Lorenzo demeurait en elle comme la plus grande de ses douleurs. Elle réalisa qu'elle avait failli tout laisser tomber et s'abandonner pour un homme.

La renaissance de Rosa commença lentement. Petit à petit, elle regagna la confiance de ses parents. Elle renoua davantage avec ses passions oubliées, et plongea de nouveau dans son art qui avait toujours été son refuge. Elle décida de reprendre sa vie en main. Elle allait chercher un travail conventionnel, pour rassurer ses parents et gagner son propre argent. Elle travaillerait doublement sur son rêve, qui lui, se trouvait sur la scène, et lorsqu'elle aurait atteint la majorité des 21 ans, tenterait sa chance quelque part ailleurs.

En octobre 1952, Rosa eut son premier entretien d'embauche, dans une clinique médicale réputée. Lors de l'entrevue avec le directeur de l'établissement, celui-ci observa Rosa avec un sourire condescendant. « Belle comme vous êtes, vous épouserez sûrement un médecin », lança-t-il. Entendant cette remarque qui sonnait sexiste, mais pourtant banalisée dans le monde dans lequel elle vivait, la colère bouillonnait en Rosa. Malgré tout, elle maîtrisa son visage, affichant un sourire diplomatique pour décrocher le poste convoité. Ravis, ses parents y voyaient également une opportunité pour elle de trouver un bon parti. Ne pouvait-on pas la laisser tranquille ? Ne pouvait-elle pas se contenter d'être simplement Rosa et d'exister à travers elle-même au lieu de vivre dans l'objectif de se rattacher à un homme ?

Au fil des mois, Rosa s'immergea dans les tâches répétitives. Prisonnière d'un quotidien monotone, banal et qui aspirait son essence même, Rosa commençait à ressentir le poids de la frustration. Les avances, même des médecins mariés, semblaient être monnaie courante. L'étiquette de "jolie secrétaire" avait fini par lui coller à la peau malgré elle. La clinique devenait une cage qui entravait ses ambitions et son potentiel créatif. Le quotidien devenait de plus en plus étouffant, mais Rosa n'était pas prête à se laisser submerger. Elle préparait en secret sa sortie de cette routine oppressante, rêvant d'un avenir où elle pourrait être reconnue pour ses talents, et non pour son apparence.

Décidée à briser les chaînes de l'étiquette de jolie secrétaire, elle décida de se réfugier dans un monde différent une fois la nuit tombée. Deux à trois soirs par semaine, elle se glissait dans la peau d'une artiste talentueuse et chantait au bar Serenata. Dans ces moments là, elle était enfin elle-même, prête à partager son âme à travers la musique. La voix envoûtante de Rosa séduisait le public et chaque prestation au bar Serenata était un pas de plus vers la libération de l'artiste qui sommeillait en elle. La double vie de Rosa, belle secrétaire le jour et artiste émérite la nuit, créait en elle une dualité qui lui offrait une échappatoire à la pression quotidienne.

Tout en défiant les conventions et contre la volonté de ses parents,

Rosa avait gagné une petite notoriété à Naples et ne tarda pas à se faire remarquer. Elle qui espérait provoquer la chance lorsqu'elle obtiendrait sa majorité, la chance décida de venir toquer à la porte de sa vie et un peu plus tôt que prévu.

Le soir du 8 décembre 1953, au bar Serenata, la voix de Rosa chantait sur *O Sole Mio*. Les spectateurs étaient captivés par la performance de la chanteuse, mais parmi eux se trouvait une spectatrice particulière, Evelyn Sinclair, la femme qui allait changer la vie de Rosa.

Evelyn était une riche femme britannique, élégante, au début de la quarantaine. Attirée par la voix et la prestance de Rosa, elle était assise à une table, écoutant chaque note avec une attention particulière. Pour elle qui séjournait à Naples pour éviter le froid du Royaume-Uni et espérant profiter d'un peu du soleil de Naples, Rosa lui avait rapporté le soleil au beau milieu de la nuit. À la fin du concert, alors que les applaudissements retentissaient, Evelyn se leva et se dirigea vers Rosa, déterminée à découvrir davantage cette artiste exceptionnelle. Elles se retrouvèrent dans un coin plus intime du bar, loin des nuisances sonores et de la foule. Elle fit part de son admiration sincère pour le talent de Rosa, et la conversation prit une tournure chaleureuse, chacune partageant ses rêves, ses aspirations. Une alchimie naissante créa un lien inattendu entre ces deux femmes que tout semblait séparer.

Evelyn, dont l'époux possédait plusieurs établissements à Londres, dont un cabaret prestigieux, fut séduite non seulement par la prestation de Rosa, mais aussi par la force de ses ambitions. Avec un projet et une proposition en tête, elle proposa à Rosa de l'inviter à prendre un thé à son hôtel le lendemain après-midi. « Qui sait, peut-être pourrions-nous envisager quelque chose d'extraordinaire ensemble. » lui dit-elle. Le rendez-vous fut fixé et Rosa quitta le bar Serenata avec une lueur d'excitation dans les yeux. Elle ignorait encore que cette rencontre avec Evelyn Sinclair allait ouvrir une porte vers un monde nouveau, un monde où sa voix pourrait résonner bien au-delà des ruelles de Naples, mais ignorant encore quelles péripéties sombres se dessineraient dans son futur à l'issue de cette proposition.

Le lendemain, après une journée passée entre les dossiers et les sourires forcés à la clinique, Rosa sentit une énergie nouvelle l'envahir à mesure qu'elle se dirigeait vers l'hôtel Excelsior. Elle se tenait devant l'édifice, ajustant nerveusement sa robe et sa coiffure, consciente que cette rencontre pourrait changer le cours de sa vie. Lorsqu'elle entra dans le hall, l'élégance britannique d'Evelyn la frappa de plein fouet. La femme du monde était assise dans un fauteuil, souriante et accueillante. Rosa, presque intimidée par tant de sophistication, s'approcha. Evelyn se leva, lui tendit la main et l'invita à s'assoir.

Elles s'installèrent dans un coin confortable du hall, et Evelyn commanda le thé. Les discussions commencèrent, Evelyn partageant des anecdotes sur Londres, sur la vie dans la haute société britannique, et Rosa écoutant avec une admiration mêlée d'une pointe de rêverie. Evelyn sortit des photos, dévoilant des images de la vie excitante à Londres, des lumières attirantes des cabarets et des artistes éblouissants. La ville avait été fortement endommagée par les bombardements de la guerre quelques années auparavant, mais était en reconstruction pour devenir encore plus belle et grande qu'autrefois. Rosa fut fascinée par ces images d'un monde qui lui semblait à la fois lointain et irrésistiblement attirant.

Puis vint le moment où Evelyn aborda le sujet qui pesait dans l'air comme une promesse d'avenir. Touchée par son talent, elle souhaitait lui offrir une opportunité extraordinaire. Son mari possédait un cabaret prestigieux à Londres, dont elle avait la gestion, et elle était convaincue que sa voix y trouverait sa place. Elle souhaitait la faire briller parmi les étoiles. Rosa, enchantée par cette proposition, hésita un instant. Agée de 20 ans et célibataire, elle devait avant tout convaincre ses parents, qui étaient le dernier obstacle avant de s'envoler vers cet avenir plein de promesses. Evelyn, comprenant cette préoccupation, lui offrit son soutien. «Chère Rosa, permettez-moi de vous aider. Je peux parler à vos parents, expliquer notre vision des choses et les assurer de ma bienveillance envers vous. C'est un investissement dans votre talent, et je suis persuadée que nous pourrions accomplir des merveilles ensemble. »

De retour du thé avec Evelyn Sinclair, Rosa était impatiente de partager la nouvelle avec ses parents. Elle leur annonça qu'elle avait rencontré une femme très charmante qui souhaitait les inviter à dîner le jour qui suit. Les parents de Rosa, un peu perplexes mais intrigués, l'interrogèrent sur l'identité de cette mystérieuse bienfaitrice. Elle leur expliqua que cette femme souhaitait les rencontrer, appréciant particulièrement le talent de Rosa, et insista sur le fait que c'était une occasion unique, une opportunité qu'ils ne devraient pas laisser passer. Les parents, tout en restant prudents, commencèrent à sentir une certaine curiosité et acceptèrent l'invitation.

Le lendemain au soir, dans le hall somptueux de l'hôtel, Evelyn attendait avec impatience la famille Rosso. Rosa, tout en tentant de dissimuler son excitation, introduisit ses parents dans cet univers sophistiqué. Lorsqu'Evelyn se présenta, elle accueillit les parents de Rosa avec une courtoisie impeccable et un sourire énigmatique. Le dîner s'annonçait comme une expérience unique pour les parents de Rosa ; ils furent surpris par le choix du lieu, se demandant ce qui pouvait bien motiver cette femme distinguée à les inviter.

Pour faciliter la communication et rendre son discours plus crédible, Evelyn avait engagé un interprète, éliminant ainsi la nécessité pour Rosa de traduire leurs échanges. Durant le repas, Evelyn expliqua son intérêt sincère pour Rosa. Elle souligna le talent exceptionnel de Rosa, faisant référence à sa performance remarquable au bar où elle avait été repérée. Elle souhaitait l'inviter à Londres pour travailler dans son prestigieux cabaret. Rosa, avec ses talents de chanteuse et de danseuse, aurait l'opportunité de se perfectionner grâce à des cours d'anglais, de chant, de danse et de théâtre. Elle pourrait également participer à des castings à Londres, lui ouvrant la voie à des opportunités dans le monde artistique. Evelyn offrirait à Rosa un logement non loin du cabaret, assurant sa sécurité et son épanouissement artistique. La proposition comprenait également un soutien financier. Rosa avait devant elle une opportunité unique qui pouvait changer le cours de sa vie, lui offrant la chance de percer dans le monde artistique londonien.

Evelyn assurait que leur fille serait entre de bonnes mains et aurait tous les éléments en sa faveur pour réussir et se faire sa place dans le milieu londonien. Les parents de Rosa, déconcertés mais attentifs, se sont retrouvés devant un choix délicat. Eux qui avaient toujours été réfractaires aux ambitions de Rosa, qu'ils trouvaient insensées et indignes d'elle, avaient désormais le doute. De retour à la maison, Rosa, dans une ultime tentative de persuasion, insista sur le fait qu'elle était sur le point d'avoir 21 ans, atteignant bientôt la majorité. Elle souligna qu'elle méritait le droit de vivre sa propre vie, de poursuivre ses rêves et de tracer son propre chemin. La tension planait dans l'air, le destin de Rosa suspendu aux décisions qui seraient prises dans les jours à venir.

La matinée suivant le dîner avec Evelyn, les parents de Rosa l'attendaient à table. Ils avaient passé une nuit à réfléchir à cette proposition qui pourrait changer la vie de leur fille. Rosa entra dans la pièce, captant immédiatement l'atmosphère tendue, et son père prit la parole. « Nous sommes d'accord que tu ailles à Londres » ; cette phrase, Rosa ne l'oubliera jamais. « Bien sûr que nous avons peur, mais nous ne voulons pas te retenir, Rosa. Pars et poursuis tes rêves. Nous serons toujours là pour toi, quoi qu'il arrive. » lui dit sa mère. À ce moment précis, tout ce que ces parents avaient fait pour elle jusqu'à présent, même ce qu'elle percevait comme une punition, elle y voyait désormais une bénédiction ; ils l'aimaient.

C'était décidé ; après les fêtes de fin d'année, Rosa quitterait Naples pour tenter sa chance à Londres. Elle rendit sa blouse de secrétaire qu'elle avait en horreur, décidée à profiter pleinement de Noël et de la célébration de la nouvelle année avec ses proches. À la fin de ce mois de décembre, les rues de Naples étaient illuminées, et l'atmosphère festive. Rosa participa aux festivités avec un cœur léger, comme si elle avait décroché le ticket gagnant pour un voyage vers les étoiles. Pour elle, la nouvelle année annonçait un nouveau chapitre de sa vie, une aventure qui la ferait grandir et réaliser ses rêves.

Elle eut également une révélation ; si elle avait épousé Lorenzo, elle ne se serait jamais relevée de cette manière pour se battre à la poursuite de ses rêves, et n'aurait sûrement jamais eu cette opportunité qui changea sa vie. Pendant un an et demi, elle allait mieux, mais il arrivait que parfois, dans les moments de tristesse, Rosa se mettait à penser à lui avec nostalgie. Au 31 décembre 1953, Rosa était désormais reconnaissante envers la vie qui lui avait arraché cet amour.

CHAPITRE 7
2008

Le 13 octobre, Luciella, embrumée par les médicaments et le vin de la veille, se réveilla avec le poids de la réalité qui pesait sur ses épaules. Une ambiance lugubre régnait dans la maison. La maison familiale, qu'elle avait toujours connue et qui semblait n'avoir aucun secret pour elle , devenait tout d'un coup un labyrinthe de mystères que Rosa avait parsemé d'indices flous en quittant ce monde. Elle prit une profonde inspiration, rassemblant le courage nécessaire pour faire face à la journée inévitable qui l'attendait. Elle voulait épargner sa fille, mais aussi son oncle, qui était âgé, et ainsi décida de s'occuper seule de toutes les choses à faire lorsqu'un proche meurt.

La journée fut pénible. La première étape, douloureuse mais incontournable, la conduisit vers les pompes funèbres. Luciella, le cœur lourd, se lança dans les préparatifs du dernier adieu à Rosa. Les funérailles auraient lieu le lendemain après-midi, c'est-à-dire le 14 octobre. Elle serait enterrée dans le caveau familial du cimetière Poggioreale, là où elle pourra reposer pour l'éternité auprès des proches qui étaient déjà partis avant elle. Plus tard, lorsqu'elle se retrouva installée dans sa voiture à l'arrêt, elle décida d'appeler son oncle Francesco ; premièrement, parce qu'ils ne s'étaient pas encore vus depuis son retour juste avant le décès de Rosa. Deuxièmement, il était le seul proche de sa mère encore vivant qui pourrait lui apporter des réponses à ses interrogations. Le téléphone à la main, elle composa son numéro. Au bout du fil, Francesco semblait fatigué et abattu. « On n'est jamais préparé à enterrer sa petite sœur », dit-il.

Luciella voulait le ménager, mais elle ne pouvait pas se contenter d'une simple conversation informationnelle ou de non-dits. Seulement, ce sujet de conversation était bien trop sensible pour être abordé au téléphone. Elle lui proposa une invitation à dîner à la maison le soir même, ou bien de passer là où il séjournait, dans l'appartement secondaire de son fils. Elle voulait à tout prix obtenir des réponses. « Je dois te parler de toute urgence de quelque chose que j'ai découvert sur ma mère, et je pense que tu peux être la seule personne qui puisse m'aider à y voir plus clair », dit-elle. Sans même questionner Luciella sur sa découverte, Francesco laissa quelques secondes de silence à l'autre bout du fil ; elle eut le sentiment qu'il savait déjà de quoi il était question. La fille de Rosa invita alors son oncle à dîner le soir même, et il accepta.

Alors que Luciella n'était pas encore rentrée, Isabella, elle, restait pour se reposer et aussi pour travailler sur ses cours universitaires, disait-elle. À vingt ans, elle était une âme égarée, et son avenir était flou. Auparavant, il était déjà difficile pour elle d'être heureuse au quotidien. Elle s'était toujours sentie différente des autres, aussi loin qu'elle puisse se souvenir. Sans symptômes criants ni signes extérieurs particuliers, hormis un style vestimentaire un peu excentrique qu'elle adoptait et que sa mère avait en horreur, Isabella portait en elle une richesse d'émotions et une palette d'intuitions indéfinissables. Elle ressentait l'énergie des lieux, des gens, comme des ondes qui la traversaient sans crier gare. Elle portait en elle une connexion subtile avec les mystères de l'existence, une sensibilité qui transcendait les limites du tangible. Malgré son jeune âge et malgré ses incertitudes face à son existence, elle avait comme l'impression d'avoir vécu à travers des milliers de vies.

Elle se sentait incomprise du monde et ne comprenait pas celui-ci, comme s'ils ne parlaient pas le même langage. Elle savait qui était son père et qui était sa mère, et pourtant elle avait toujours cette impression de venir d'ailleurs, comme si ses origines étaient floues. Aujourd'hui, Isabella était une très jeune adulte, perdue comme beaucoup d'autres, qui suivait des études qui ne la passionnaient pas. Elle délaissait souvent les bancs de l'université, car elle préférait davantage s'adonner à une vie malsaine à travers les soirées étudiantes et les relations toxiques. Ajoutée à son parcours chaotique et à ses doutes, venait s'ajouter une révélation récente, creusant ainsi encore davantage les questionnements d'Isabella sur ses origines.

Celle-ci décida de chercher plus d'informations sur sa grand-mère en naviguant sur l'ordinateur et dans l'espoir de trouver des archives. Hasard ou non, l'ordinateur semblait refuser de fonctionner. Après plusieurs tentatives, résignée, Isabella était contrainte de chercher d'autres informations sur sa grand-mère par la voie la plus classique : continuer de fouiller dans le grenier. À côté de la boîte renfermant tout le passé de comédienne de Rosa, Isabella trouva une boîte plus petite qui semblait contenir uniquement des lettres. Celles-ci étaient écrites par la main de Rosa, en provenance de Londres et à destination de cette maison. La plus ancienne datait de 1954.

Les pages de Rosa racontaient une vie palpitante à Londres et décrivaient des victoires de vie, des rencontres, des amitiés, des échos des rues vivantes de Londres. Isabella découvrit une Rosa qui s'épanouissait au-delà des frontières, loin des regards scrutateurs de la famille. Ces pages révélaient une femme pleine de vie, une âme vibrante qui avait su capturer l'essence même de son époque et une existence qui se dessinait au-delà des conventions. Dans ces lettres, elle entrevoyait les contours d'une femme bien plus complexe que l'image familiale ne laissait transparaître.

CHAPITRE 8
1954

Le 5 janvier 1954, pour la toute première fois, Rosa monta à bord d'un avion et quitta l'Italie. Se perdant dans ses pensées et dans la contemplation du ciel, elle se demandait quelle nouvelle vie l'attendait de l'autre côté des nuages. À son arrivée à l'aéroport, elle fut accueillie par Evelyn, toujours aussi belle et chaleureuse. Les rues animées de Londres défilaient devant elle alors que le chauffeur de sa mécène la conduisait à travers la ville, lui dévoilant les merveilles de cette ville que tout opposait à Naples.

À peine Rosa avait-elle foulé le sol londonien qu'elle fut emportée par l'atmosphère de liberté qui régnait dans la ville. Londres, après la guerre passée, se relevait de ses cendres, éblouissante de diversité et d'élégance, mais ce qui frappa Rosa plus que tout, c'était l'émancipation des femmes. Elles déambulaient avec une assurance nouvelle, sophistiquées et libres, bien loin des rôles de ménagères auxquels les femmes étaient encore souvent cantonnées en Italie. Rosa observait, fascinée, ces anglaises qui incarnaient une modernité et une indépendance qu'elle aspirait à embrasser.

Ce Londres cosmopolite offrait à Rosa un champ de possibilités infini. La ville ne se contentait pas de lui ouvrir ses portes ; elle l'invitait à se réinventer, à devenir qui elle voulait être, sans jugement ni entrave. Chaque rue semblait lui indiquer que tout était à portée de main, que chaque rêve pouvait se réaliser. C'était ici, au cœur de cette métropole vibrante, que Rosa sentit pour la première fois la véritable liberté de poursuivre ses ambitions, loin des attentes et des limitations qu'elle avait connues jusqu'alors. Rosa absorbait chaque détail de cette nouvelle vie et se perdait dans les rues animées, inspirée par la diversité et le potentiel artistique de cette ville moderne ; elle se sentait enfin à sa place.

Son logement était modeste mais confortable, non loin du cabaret prestigieux où elle allait se produire. Ce cabaret, le Sapphire Stage, était au cœur de Londres, plus précisément à Covent Garden. Les spectacles étincelaient de glamour chaque soir, et Rosa se sentait honorée de faire partie de cet univers. Elle découvrait les coulisses, les loges remplies de costumes, et elle réalisait que cette scène allait être le théâtre de son ascension vers la renommée. C'était le début d'une aventure extraordinaire, un chapitre où Rosa, guidée par son talent et soutenue par Evelyn, allait écrire son histoire dans les feux de la scène londonienne. La ville s'offrait à elle comme une toile blanche où elle allait pouvoir peindre ses rêves. Pour elle, c'était l'endroit où tout est possible, ainsi que sa terre promise.

Rosa s'élançait chaque jour dans les rues animées de Londres, son cœur palpitant d'enthousiasme à l'idée de découvrir une nouvelle facette de cette ville pleine de promesses. Les journées étaient en partie consacrées à son perfectionnement artistique, les cours se succédant. Le soir venu, les lumières du cabaret s'illuminaient, créant une atmosphère dans laquelle Rosa se sentait vivante. Vêtue de robes étincelantes, elle montait sur scène avec une énergie débordante, son visage éclairé par le projecteur et sa voix résonnant dans la salle.

Pourtant, au fil des semaines, l'enthousiasme de Rosa commença à faner comme une fleur qu'on avait privée de soleil. Les longues heures d'entraînement et les performances nocturnes la laissaient épuisée. Evelyn, initialement présentée comme une bienfaitrice, montrait un autre visage. Les promesses d'une vie meilleure semblaient s'évaporer alors qu'Evelyn devenait de plus en plus capricieuse, alternant entre les encouragements chaleureux et les critiques injustifiées. Les autres filles du cabaret étaient à la fois des collègues et des rivales. La compétition pour briller sous les projecteurs créait une atmosphère tendue en loges. Les sourires sur scène cachaient les luttes en coulisses, les petites intrigues et les rivalités sourdes.

Rosa se retrouvait également confrontée à des réalités plus sombres. Les heures de travail s'étiraient, mais les rémunérations ne suivaient pas le rythme. Evelyn, en maîtresse de marionnettes, manipulait Rosa avec des promesses de succès, mais chaque succès apparent était accompagné d'une nouvelle déception. Les rêves de reconnaissance et de célébrité semblaient s'éloigner à mesure que les semaines passaient.

Ainsi, la vie de Rosa oscillait entre des moments d'éclat sous les projecteurs et des instants d'obscurité dans les coulisses. Son cœur, autrefois empli d'enthousiasme, commençait à se charger de désillusions, et l'éclat de ses yeux reflétait désormais des étoiles ternies par les nuages de la réalité. Rosa, sans famille ni amis, était dans une ville remplie de millions d'habitants, et pourtant, elle ne s'était jamais sentie aussi seule. Dans cette solitude immense qu'elle n'avait jamais vécue dans sa vie d'autrefois, elle vivait le plus grand désenchantement de toute son existence.

La ville de Londres, intransigeante, semblait dévorer les rêves de Rosa avec une froideur impitoyable. Les castings se succédaient, mais le succès demeurait insaisissable. Certains directeurs de casting ne prenaient même pas la peine de laisser Rosa s'exprimer, éliminant son espoir dès les premières secondes à cause de son accent trop marqué ou bien parce qu'elle ne correspondait pas au marché. À Naples, elle avait pu aisément se démarquer avec son charme et son talent ; mais à Londres, elle se noyait dans la masse, subissant une concurrence qu'elle n'aurait jamais imaginée. Les portes se fermaient les unes après les autres, laissant Rosa face à la réalité brutale de l'industrie artistique londonienne.

À fleur de peau et désemparée, Rosa commençait à ressentir qu'elle s'éteignait, petit à petit et silencieusement. Elle était dans la détresse la plus totale, seule, exploitée, épuisée et pauvre. La magie qui l'avait animée à son arrivée à Londres s'estompait, remplacée par une ombre de doute qui grandissait. C'est alors qu'Evelyn, tel un ange déchu, lui proposa une opportunité inattendue. Un endroit mystérieux où certaines filles offraient des danses privées à une clientèle aisée dans un salon VIP du cabaret. Une proposition alléchante pour une Rosa désespérée, une chance de gagner plus d'argent et de retrouver un semblant de contrôle sur son destin.

Poussée par le désespoir, Rosa accepta, ignorant les conséquences de sa décision. Là, dans ce lieu de tentations, elle découvrit que le prix à payer pour avoir une chance de briller pouvait être la perte de son intégrité. La danse se transformait en une prestation dégradante, son talent disparaissait dans des tenues osées, elle opérait sous des regards qui appréciaient ce qu'ils regardaient, mais ne la voyaient que comme un fantasme. Rosa, en jetant l'étiquette de jolie secrétaire, était devenue malgré elle la femme-objet ; elle réalisa qu'elle préférait encore la première étiquette.

Devant le miroir, Rosa se regardait tandis qu'elle se maquillait à outrance pour ses danses privées au cabaret. Elle paraissait magnifique, mais derrière son apparence, elle cachait une grande tristesse et une fatigue profonde. Ses yeux brillants trahissaient l'épuisement causé par une routine qui la transformait en une créature étincelante, désirée par des étrangers riches. Derrière cette beauté, Rosa ressentait toute l'obscurité de sa situation, coincée dans une cage qui semblait luxueuse, mais qui était en réalité formée par des attentes écrasantes. Son envie de briser le miroir n'était pas seulement physique ; c'était le cri de sa colère intérieure, le besoin de se libérer de ce cercle vicieux qui la consumait lentement.

Ce fut le début d'une descente aux enfers pour Rosa, une chute orchestrée par une marionnettiste sans scrupules, et la lueur d'espoir qu'elle avait connue à son arrivée à Londres s'éteignait peu à peu dans les recoins sombres de ce cabaret prestigieux. Un jour, Evelyn, sous un jour mielleux, s'approcha de Rosa avec un sourire mystérieux. Elle lui fit part d'une proposition inattendue : un directeur de casting réputé désirait rencontrer Rosa après avoir vu des clichés d'elle. Cependant, la nature de cette rencontre était inhabituelle ; il souhaitait l'inviter à dîner, et pour cela, il était prêt à payer une somme conséquente.

Rosa douta de la légitimité de cette proposition. Evelyn, toujours aussi douée de charisme, prit le temps de lui expliquer qu'ici, cela faisait partie des coutumes que des hommes riches paient pour s'afficher en compagnie de femmes attirantes lors de soirées. Elle mit également en avant la somme qu'elle pourrait gagner et la possibilité d'obtenir un rôle important après ce dîner. Désireuse de saisir la moindre petite chance de succès, Rosa accepta à contrecœur, espérant malgré tout décrocher une opportunité à l'issue de ce rendez-vous.

Cependant, ce que Rosa ignorait encore était que les fils invisibles de la manipulation étaient tissés autour d'elle. Evelyn, instigatrice de cette rencontre, avait reçu une compensation financière pour orchestrer ce rendez-vous. Un loup se dissimulait derrière le masque de l'opportunité, et Rosa, guidée par son désir de réussite, marchait inconsciemment vers un piège soigneusement camouflé dans les ombres londoniennes.

Le soir du rendez-vous, Rosa, fébrile, s'apprêtait à affronter une rencontre dont l'ombre inquiétante planait sur son cœur anxieux. Le directeur de casting, un homme d'un certain âge et peu désirable, allait venir la récupérer chez elle en voiture. Avant de le rejoindre, Rosa chercha réconfort dans un verre de vin, espérant qu'il adoucirait la soirée qui l'attendait. Lorsque la voiture arriva, ils partirent pour un dîner qui semblait prometteur au départ. Cependant, l'homme ne tarda pas à dévoiler ses véritables intentions, balayant le rôle sous le tapis pour laisser place à des avances déplacées. Rosa, dégoûtée par cet homme d'un âge avancé et d'un charme inexistant, essaya de maintenir une façade professionnelle malgré l'humiliation rampante.

Le retour en voiture devint l'apothéose du malaise. Alors que l'homme n'avait pas encore remis l'argent promis, il lui annonça qu'ils allaient prolonger la soirée chez lui pour coucher ensemble. Rosa, tétanisée, priait silencieusement pour un miracle qui la soustrairait à cette nuit cauchemardesque. Arrivée chez lui, dans un état second, Rosa n'arriva ni à réagir ni à partir. Pétrifiée par le dégoût, elle subit les avances insistantes, se sentant piégée entre le refus et la crainte des conséquences professionnelles. Elle était comme dans un état de transe, et sentait qu'elle n'était pas en position de se refuser à cet homme.

Une fois l'agression consommée, l'homme lui remit l'argent en billets, dévoilant la triste réalité d'un compromis sordide. Elle reçut une somme assez importante pour qu'elle ne puisse pas s'assoir dessus, mais pas assez pour la sortir de la vie cauchemardesque qu'elle était en train de vivre. Rosa, une fois arrivée devant chez elle, submergée par le dégoût, jeta dans la rue le bouquet de fleurs qu'il lui avait offert. Elle se purifia dans trois douches successives, tentant de laver la souillure invisible. Couchée dans le noir, elle se replia sur elle-même, jurant de ne plus jamais laisser son ambition la conduire dans l'antre de l'humiliation.

La nuit engloutit ses pleurs, l'emportant dans un rêve hanté par le souvenir de Lorenzo, tandis que l'aube apportait une nouvelle journée teintée de désespoir. Rosa s'éveilla, noyée dans ses larmes, confrontée à la cruauté du monde dans lequel elle cherchait à percer.

Le lendemain de cette nuit cauchemardesque, la réalité s'imposa à Rosa comme une gifle glaciale. Evelyn avait tissé autour d'elle une toile invisible, la maintenant captive de ses propres aspirations. L'admiration qu'elle avait éprouvée pour cette femme, combinée à son désir de réussite, l'avait conduite à s'abandonner à des compromis indignes. Le poids du déshonneur la submergeait. L'idée de faire marche arrière lui traversa l'esprit, mais la perspective de renoncer après tout ce qu'elle avait déjà donné la paralysait. Rosa se sentait prise dans les filets d'Evelyn.

Trop près du rêve pour faire demi-tour, elle se trouvait dans un dilemme intenable. Elle ne pouvait se confier à ses parents, rongée par la honte de ce qu'elle était devenue. La jeune femme décida alors de confronter Evelyn, de réclamer des explications, de tenter de reprendre le contrôle de sa vie. Dans l'ombre des remords, Rosa questionna Evelyn sur la raison pour laquelle elle l'avait poussée dans ce piège. Evelyn, sans remords, répliqua : « Comment penses-tu réussir ? » Une question qui résonna comme un écho amer dans l'âme de Rosa, lui rappelant la dure réalité de son chemin semé d'illusions.

En une fraction de seconde, en une phrase prononcée par Evelyn, c'était comme si Rosa s'était réveillée. Trois mois après son arrivée, elle comprit soudain que tout ce temps, elle avait été sous emprise. Rosa se précipitait sur chacune des miettes que lui lançait celle qui était devenue sa maquerelle.

Dans ses lettres à ses parents, Rosa peignait un tableau éclatant de bonheur et de réussite à Londres. Elle décrivait des projets florissants et des opportunités qui semblaient déborder de chaque coin de la ville. Elle dissimulait soigneusement les réalités sombres de ses journées épuisantes et des pressions constantes qu'elle subissait. Le sourire vibrant qu'elle affichait dans ses écrits contrastait douloureusement avec la tristesse qui l'habitait. Profondément préoccupée par le bien-être de ses parents et désireuse de les rassurer, Rosa préférait taire ses propres tourments. Cependant, au fil du temps, elle réalisa que personne ne pourrait la sauver de cette situation difficile. C'est dans cette prise de conscience qu'elle trouva la force de se battre pour sa propre liberté et son bonheur.

Rosa, suite à cette conversation avec Evelyn, réalisa qu'elle devait à tout prix sortir de l'enfer dans lequel elle était exploitée au quotidien ; ce quotidien qui l'éteignait à petit feu et qui, elle venait de le comprendre, ne lui ouvrirait jamais de portes plus prometteuses. Quitter la ville n'était pas une option envisageable, mais elle avait désespérément besoin de briser les chaînes qui la maintenaient captive. Assise seule dans sa chambre, elle sentit une détermination grandir en elle, comme une renaissance. Il était temps de tracer son propre chemin. Elle savait que cela serait difficile, elle savait qu'elle devrait parfois traverser les flammes ; mais elle savait encore plus qu'elle devait se sauver à tout prix et au plus vite.

Son plan prit forme dans son esprit en quelques minutes seulement. Rosa décida qu'elle économiserait chaque penny gagné au cabaret. Elle se mit en tête de trouver un emploi alimentaire qui lui permettrait de survivre de manière plus honorable. Au diable l'appartement confortable et les écoles prestigieuses payés par Evelyn ; Rosa préférait encore se payer un trou à rat et des cours modestes avec l'argent qu'elle aura gagné avec un travail respectable. Elle trouverait le premier logement qui s'offrirait à elle et travaillerait doublement sur ses points de perfectionnement.

Cette décision marquait le début de sa quête pour retrouver sa dignité et son indépendance. Rosa devait échapper à l'emprise de ce monde tordu, s'accrocher à la lumière de l'espoir qu'elle avait laissé s'échapper. La jeune femme s'était résolue à forger sa propre destinée, même si cela signifiait gravir des montagnes d'adversité.

Rosa arpenta les rues de Londres, poussant les portes des commerces et des cafés avec l'espoir d'un nouveau départ. Elle faisait face à des refus répétés, mais sa détermination ne fléchissait pas. La chance finit par sourire lorsqu'elle décrocha un emploi dans un café chaleureux. Ce café, nommé le Timeless Brews, était bien plus qu'un lieu de travail pour Rosa ; c'était sa bouée de sauvetage, l'endroit où elle pourrait enfin retrouver un semblant de normalité.

Trouver un logement à Londres était un défi colossal, surtout pour une femme seule aux revenus instables. Rosa, néanmoins, découvrit un petit appartement partagé avec trois autres italiennes dans le quartier de Soho. L'idée de cette cohabitation avec des compatriotes lui procurait une forme de réconfort ; elle retrouverait un peu de l'Italie au cœur de Londres. À l'extérieur, elle se donnerait corps et âmes dans ce pays d'adoption et ferait tous les efforts nécessaires en anglais ; à la maison, elle pourrait retrouver une part d'elle-même en s'exprimant dans sa langue natale. La minuscule chambre dans cet appartement collectif représentait bien plus qu'un simple espace ; c'était la clé de sa libération. Rosa éprouva un soulagement indicible lorsqu'elle ferma la porte de cette pièce qu'elle pourrait appeler sienne. Elle savait que son évasion de l'emprise d'Evelyn était imminente.

Armée de cette nouvelle vie, Rosa sentit une énergie revitalisante l'envahir. Elle s'apprêtait à annoncer à Evelyn qu'elle ne serait plus captive de son cabaret prestigieux. La lumière au bout du tunnel prenait la forme d'une chambre modeste et d'un emploi humble, mais pour Rosa, c'était la clarté tant attendue après des mois d'obscurité. Rosa, le visage fermé, entra dans le bureau d'Evelyn, déterminée à mettre fin à cette relation toxique. Elle n'avait plus peur. Elle annonça d'un ton froid et distant que tout était terminé entre elles, que tout s'arrêtait ici. Les paroles d'Evelyn, mêlées de colère et de moquerie, laissèrent place à une confrontation explosive. Furieuse, elle dit alors à Rosa qu'elle ne réussirait jamais à Londres avec son attitude d'enfant gâtée et de sainte, l'accusant de manquer de férocité dans ce milieu et lui rappelant que c'était grâce à elle qu'elle avait pu venir dans ce pays. Rosa répliqua d'une voix calme mais pleine de détermination : « Parce que c'est normal de me forcer à coucher avec un homme pour de l'argent ? »

Soudain, un revirement inattendu. Evelyn s'approcha de Rosa, lui caressa le visage avec une tendresse étrange et lui dit qu'elle aurait souhaité que les choses se déroulent différemment, exprimant un désir de la garder près d'elle. Puis, elle l'embrassa passionnément sur la bouche. Rosa, surprise, se retira brusquement, consciente que cette dernière tentative d'Evelyn était désespérée et déplacée. Rosa récupéra ses affaires, prête à quitter pour toujours cet endroit. Elle n'avait plus rien à faire ici et ne souhaitait plus jamais revoir Evelyn. Ce baiser marquait la fin de cette relation malsaine, et Rosa quitta le bureau, laissant derrière elle une des périodes les plus sombres de sa vie.

Evelyn observa Rosa quitter définitivement son bureau, partagée entre la colère et une tristesse profonde. D'un côté, elle ressentait la perte financière que représentait le départ de cette jeune fille pour qui elle avait tant fait. Rosa lui rapportait de l'argent et elle représentait un investissement qu'elle pensait contrôler. De l'autre côté, un sentiment de chagrin l'envahit, réalisant qu'elle venait de perdre la femme pour qui elle avait secrètement des sentiments. Cette dualité tumultueuse en Evelyn trouvait ses racines dans un passé compliqué. Elle avait exploité Rosa pour satisfaire ses besoins financiers et combler le vide émotionnel causé par des années de compromis et de mensonges. Étouffée par les pressions sociales, Evelyn n'avait jamais eu l'opportunité d'accomplir ses rêves. Obligée de cacher son homosexualité, elle avait dû épouser un homme pour préserver les apparences et accéder à un certain statut. Sa colère envers Rosa naissait de l'échec de sa tentative de contrôle, tandis que la tristesse découlait de la réalisation qu'elle venait de laisser partir la seule personne qui lui faisait entrevoir une échappatoire à sa propre cage dorée.

CHAPITRE 9

À Londres, Rosa découvrait une vie nouvelle, loin des feux artificiels du cabaret qui avaient éclipsé son existence. Son quotidien commençait tôt, travaillant les matins dans le café qui lui avait donné sa chance. Les après-midis étaient tout aussi chargés avec des cours modestes pour parfaire ses compétences. La fatigue était présente, mais elle se sentait libre. Ses colocataires italiennes devinrent ses premières amies à Londres, formant un groupe bienveillant où les tâches étaient partagées, les repas pris en commun et les sorties entre filles abondaient. Rosa s'immergea dans la vie londonienne, dansant librement sans que cela soit un spectacle dégradant, et elle découvrit le plaisir de recevoir les avances respectueuses de la gent masculine. Après avoir vécu dans l'ombre du cabaret, elle réalisa enfin qu'elle existait pleinement.

Soho, le quartier de Londres où elle avait trouvé refuge, était comme une bouffée d'air frais. Les rues étaient vivantes, pleines de couleurs et de sons. Les cafés, les clubs et les petits théâtres créaient une atmosphère animée et artistique. C'était un endroit inspirant, où l'individualité était célébrée. Rosa s'était sentie libérée dans ces ruelles pleines d'opportunités, écrivant sa propre histoire sous les lumières étincelantes de Soho.

Rosa mit tout en œuvre pour s'adapter au marché. Elle avait raccourci ses longs cheveux bruns pour adopter une coiffure plus élégante au-dessus de la poitrine, opta pour un style sophistiqué et un maquillage plus élaboré, suivant ainsi la mode londonienne. Elle se consacra pleinement aux disciplines dans lesquelles elle souhaitait exceller, ne se laissant pas décourager par les refus. Convaincue qu'il fallait parfois essuyer des centaines de refus pour obtenir un oui, elle croyait en son talent et en sa détermination.

Pour boucler les fins de mois, elle proposait parfois des cours d'italien et faisait de temps en temps des heures supplémentaires au café, serrant la ceinture au besoin. Certains soirs, elle parvenait à obtenir des prestations de chant dans des bars. Bien qu'elle flirtât parfois, sa vie trépidante était rythmée par des objectifs plus importants que la recherche d'un petit-ami, et encore moins d'un mari.

Un an après son arrivée à Londres et plusieurs mois après avoir échappé à l'emprise d'Evelyn, la chance commença enfin à sourire à Rosa après tous ses efforts. Elle, qui apprenait plus rapidement que la plupart des gens, était désormais complètement bilingue en anglais. Son accent s'était atténué et elle était encore plus à l'aise sur scène. Elle décrochait de plus en plus de petits concerts le soir.

En 1955, Rosa décida d'explorer de nouvelles opportunités ; avec son physique idéal, on lui proposa de tenter sa chance dans le mannequinat. En faisant quelques castings, elle décrocha quelques petits contrats pour des affiches publicitaires et des magazines représentant de petites marques. Pendant un an, Rosa, qui ne s'accordait aucun plaisir matériel, commençait enfin à respirer un peu financièrement.

Au fil des trois années intensives qui suivirent, Rosa sculpta sa destinée artistique avec une détermination inébranlable. Sa première année fut une exploration théâtrale, où elle se plongea dans des productions modestes, affinant son talent dramatique. Les comédies musicales devinrent son terrain de jeu, décrochant des rôles de petite envergure.

Pendant la deuxième année, Rosa monta en puissance dans le monde des comédies musicales, captivant les spectateurs avec sa présence scénique et son timbre de voix. Son ascension rapide attira l'attention des directeurs de casting, et elle devint un visage familier des affiches londoniennes. L'année suivante fut marquée par une diversification audacieuse. Rosa, parallèlement à ses exploits scéniques, se continua avec succès dans le mannequinat, devenant l'égérie de grandes marques telles que Revlon et Burberry. Ses traits illuminèrent les publicités, confirmant son statut d'icône de la mode.

Sa polyvalence artistique ne s'arrêta pas là. Rosa remporta plusieurs concours de chant, accumulant les distinctions et consolidant sa réputation. À travers ces années de dévouement, de persévérance et de succès, Rosa avait façonné sa propre épopée artistique, s'imposant comme une figure incontournable dans le monde du théâtre, de la musique et de la mode.

Au début de 1958, alors que Rosa se trouvait au sommet d'une ascension qu'elle n'avait jamais osé imaginer, une opportunité extraordinaire se présenta à elle. On lui proposa de passer l'audition pour le rôle principal de *My Fair Lady*, une comédie musicale prestigieuse qui avait triomphé à Broadway et qui s'apprêtait à conquérir Londres. À l'idée de cette audition, un mélange d'excitation et d'appréhension s'empara de Rosa. L'opportunité de décrocher un tel rôle était à la fois un rêve et un défi colossal.

Le jour du casting, l'atmosphère était électrique. Rosa, vêtue de sa meilleure tenue, sentait son cœur battre la chamade. Elle se retrouva face à des producteurs, des réalisateurs et des professionnels du spectacle qui scrutèrent chaque aspect de sa prestation. Chaque note chantée et chaque ligne parlée devaient être impeccables. Rosa se laissa porter par la magie de la scène, mettant toute son âme dans son interprétation. L'audition était une épreuve exigeante, mais Rosa savait que cette opportunité pouvait changer le cours de sa vie artistique. La tension était palpable, mais Rosa avait une conviction profonde : elle était prête à incarner le rôle de sa vie.

Quelques jours plus tard, le téléphone retentit avec une nouvelle qui ferait chavirer la vie de Rosa : elle avait décroché le rôle tant convoité. Rosa, débordante de joie, laissa échapper un cri de triomphe. Elle n'avait jamais ressenti une telle exaltation. S'effondrant sur le modeste lit de sa colocation, elle se laissa emporter par l'émotion. Alors qu'elle n'avait jamais été aussi heureuse, Rosa se perdit dans ses pensées. Elle ressentit une profonde gratitude envers la vie, même pour les épreuves qui l'avaient tourmentée et épuisée. Les moments difficiles n'étaient que temporaires, tandis que la gloire, elle, était désormais éternelle. Assise sur son lit, elle réalisa que sans avoir touché le fond, elle n'aurait jamais pu atteindre de tels sommets.

L'esprit tourné vers le passé, Rosa pensa à Lorenzo. Autrefois, sa mémoire suscitait de la tristesse, mais aujourd'hui, elle ressentait de la gratitude silencieuse que cette relation se soit arrêtée à Naples. De sa plus grande douleur, elle avait tiré sa plus grande œuvre, façonnant ainsi le chef-d'œuvre de sa vie. Alors que la nouvelle trajectoire de sa vie se dessinait, Rosa réalisa qu'elle avait atteint les étoiles de Londres.

CHAPITRE 10
1958

La signature du contrat pour *My Fair Lady* marquait le début d'un nouveau chapitre dans la vie de Rosa, mais avec cette transition vers la gloire vint aussi le déchirement de quitter le quartier qui était son chez elle pendant trois ans et demi : Soho. Il y avait une certaine tristesse et une nostalgie alors qu'elle disait au revoir à ce quartier animé qui avait été témoin de ses débuts, de ses luttes et de ses premiers succès. Elle savait qu'elle garderait ses amies, mais le simple fait de s'éloigner de ces rues qui avaient été le théâtre de sa renaissance artistique était un déchirement.

Cependant, à mesure qu'elle emménageait dans son nouvel appartement spacieux à Chelsea, ce sentiment de tristesse laissa place à l'excitation. Les clés obtenues représentaient plus que la simple ouverture d'une porte ; c'était le symbole de sa réussite, de sa nouvelle richesse. Alors qu'elle contemplait les pièces modernes et spacieuses de son nouveau chez elle, elle ressentait une immense fierté. Des pensées de futurs moments confortables, de réceptions organisées et de la possibilité d'inviter sa famille en vacances dans ce cadre étaient déjà dans son esprit. Le passé restait dans les ruelles étroites de Soho, mais l'avenir s'étendait devant elle, lumineux et plein de promesses. À seulement 24 ans et sans même être native de ce pays, Rosa était l'une des femmes les plus accomplies et les mieux payées de Londres. Après s'être battue dans cette jungle impitoyable pour se hisser vers le sommet, elle était devenue une étrangère au paradis.

Lorsque Rosa fit la rencontre du reste de la troupe de *My Fair Lady*, l'excitation du premier jour de répétition résonnait dans l'air. Parmi ses nouveaux camarades, elle fit la connaissance de sa co-vedette, un talentueux acteur du nom de James Campbell. Dès le premier instant, une connexion artistique particulière se créa entre eux. James devint rapidement non seulement son partenaire sur scène, mais aussi son ami en dehors des répétitions.

Les entraînements et les répétitions intensifs devinrent le quotidien de Rosa. Les longues heures de travail étaient compensées par la passion partagée au sein de cette troupe dévouée à donner vie à l'une des comédies musicales les plus emblématiques de l'époque. *My Fair Lady*, l'histoire classique basée sur la pièce *Pygmalion*, suivait le parcours de transformation d'une jeune fleuriste, Eliza Doolittle, sous la tutelle du professeur de phonétique, Henry Higgins. Son rôle était celui d'Eliza, une femme au fort tempérament et aux rêves audacieux. La scène était désormais son domaine, et elle s'immergea avec ferveur dans l'exploration de ce personnage complexe. Les répétitions de chansons et de dialogues, les ajustements des mouvements sur scène ; tout cela contribuait à façonner l'interprétation unique que Rosa apporterait à Eliza Doolittle. En tant qu'actrice principale, elle se sentait à la fois honorée et prête à relever le défi de donner vie à ce rôle emblématique qui allait la propulser sous les feux des projecteurs.

Au fur et à mesure que les répétitions de *My Fair Lady* s'intensifiaient, Rosa se retrouvait souvent à la frontière floue entre le personnage d'Eliza Doolittle et sa propre réalité. Les longues heures de répétitions semblaient fusionner les deux mondes, créant une toile complexe où son identité se mêlait à celle du personnage qu'elle incarnait sur scène.

La pression de perfectionner chaque mouvement, chaque note, était écrasante. On attendait d'elle qu'elle soit parfaite, à la hauteur du rôle principal. Les directives des metteurs en scène résonnaient de façon constante, et chaque instant de répit était envahi par la répétition mentale des paroles et des gestes. Les exigences de la scène la maintenaient dans un état d'épuisement perpétuel. Maintenant que Rosa avait obtenu le rôle de sa vie, elle devait se battre pour le garder ; elle connaissait déjà le travail acharné, mais elle ignorait que l'on pouvait être plus dur et intransigeant avec elle qu'elle ne l'était déjà elle-même à son égard.

Cependant, au milieu de la fatigue et des défis, une flamme intérieure la poussait en avant. Rosa était animée par le désir ardent de faire de la première représentation de *My Fair Lady* un triomphe inoubliable. Elle voulait que cette performance soit gravée dans l'histoire du théâtre, un témoignage de sa détermination et de son talent. Malgré les moments de doute, elle trouvait la force dans cette ambition qui illuminait chaque coin sombre de son esprit, la guidant vers le soir tant attendu où les rideaux se lèveraient sur un spectacle destiné à briller pour toujours.

Après des semaines d'entraînement intense, l'appréhension et l'excitation montaient en elle à mesure que le jour tant redouté du 30 avril approchait. En coulisses, Rosa ressentait le poids des attentes du monde entier, toutes convergentes vers cette soirée cruciale. Le public, les critiques, la presse mondiale, les personnalités influentes et même la reine d'Angleterre attendaient avec impatience la performance de Rosa, prête à juger chaque note, chaque geste.

Un souffle profond et, au moment où le rideau se levait, les projecteurs embrasaient la scène, dissipant les doutes et les craintes. Rosa se tenait à l'endroit où elle était destinée, irradiant de présence et prête à offrir une performance inoubliable. Les minutes s'écoulaient comme des éternités, mais à chaque instant, Rosa captivait le public. Les applaudissements montaient en crescendo, atteignant un sommet éclatant lorsqu'elle salua le public aux côtés de sa co-vedette.

Cependant, dans ce moment de triomphe, Rosa ignorait encore qu'au milieu des applaudissements se trouvait un spectateur mystérieux, une personne qui allait malgré elle changer le cours entier de sa vie. Un destin inattendu attendait Rosa au-delà du rideau baissé, prêt à se dévoiler dans les semaines à venir.

Après la représentation, Rosa et sa co-vedette James retournèrent en loges pour être accueillis par la frénésie des médias. Photographes, caméras et journalistes affluaient pour capturer leurs réactions après cette première mémorable. Cependant, la véritable surprise survint lorsque la reine Elizabeth II en personne fut conduite en coulisses pour les rencontrer et les féliciter de leur performance exceptionnelle. Rosa, émerveillée, se retrouva face à la souveraine, recevant des éloges sincères et même une poignée de main immortalisée par les flashs des caméras. Ce fut l'un des moments les plus inoubliables de toute la vie de Rosa Rosso ; elle se trouvait au sommet du monde.

Après cet événement extraordinaire, une soirée élégante fut organisée pour célébrer ce lancement réussi. Rosa, parée de sa plus belle robe et de ses plus beaux bijoux, pouvait enfin se détendre et libéra toute la pression accumulée, se délectant de quelques coupes de champagne. Le 30 avril 1958 était ainsi gravé dans l'histoire de sa vie, symbolisant la transformation remarquable de la jeune fille napolitaine en une femme élégante à la londonienne. Une page se tourna, et Rosa embrassa avec enthousiasme le nouveau chapitre qui s'ouvrait devant elle.

Mais malgré cette victoire dans sa vie, une fois chez elle, Rosa, allongée sur son lit, ressentit alors un immense vide intérieur. Elle avait attendu ce moment pendant des années, et ce soir-là, après avoir atteint les sommets du succès, elle se demanda alors après quoi elle pourrait désormais courir, ou à quelles choses elle pourrait se rattacher. La réussite, et après ?

Les semaines passaient, et Rosa parvenait enfin à trouver un rythme et un équilibre dans sa nouvelle vie londonienne. Les prestations de *My Fair Lady* continuaient à remporter un franc succès, et Rosa rayonnait toujours autant sur scène. Environ trois semaines après le lancement, Rosa se retrouva en loges, comme à son habitude après les représentations. Un bouquet, semblable à ceux qu'elle recevait fréquemment de ses admirateurs, notamment de la gent masculine, attira son attention. Celui-ci se démarquait par une note mystérieuse. Les fleurs étaient d'une variété rare, inconnue du personnel du théâtre. Un parfum enivrant s'en dégageait, différent de tout ce qu'elle avait pu recevoir auparavant.

Intriguée, elle découvrit un mot soigneusement plié au milieu des pétales : « J'aimerais écrire sur vous. » Celui-ci était suivi d'une signature et d'un numéro de téléphone. Ce message énigmatique provenait du même homme mystérieux qui avait assisté à sa première, bien que Rosa l'ignorait encore à ce moment-là.

CHAPITRE 11
2008

En cette soirée pluvieuse du 13 octobre, la veille des funérailles de Rosa, Luciella rentra chez elle après une journée épuisante passée à organiser les préparatifs. Isabella, restée à la maison, ressentait le poids de la vérité qui planait au-dessus d'elle. Elle avait passé son après-midi à fumer des joints, cherchant refuge dans les nuages de fumée pour échapper aux préoccupations de la vie quotidienne. Elle tentait discrètement de cacher son petit échappatoire à sa mère, qui était de toute façon trop aveuglée par son deuil.

Luciella annonça à Isabella que son grand-oncle Francesco serait présent pour le dîner. Le ciel de Naples était toujours chargé de nuages sombres, reflétant l'ambiance tendue entre la mère et la fille. Alessandro, le père d'Isabella et ex-mari de Luciella, proposa à sa fille de se retrouver pour la réconforter, mais Isabella préféra rester à la maison. Elle savait que Francesco, le frère de Rosa, était peut-être l'une des rares personnes à détenir la vérité et ne voulait pas rater ce dîner avec lui.

Soudain, on frappa à la porte. Un frisson parcourut Isabella alors qu'elle se levait pour ouvrir. Francesco se tenait là, devant la maison familiale, dans l'obscurité pluvieuse de la soirée. Les gouttes de pluie glissaient sur son visage ridé, révélant une expression grave et empreinte de tristesse. La tension dans l'air était palpable alors que la porte s'ouvrait sur un moment chargé d'émotions et de vérités enfouies depuis longtemps.

Francesco s'installa à table, et Luciella s'affaira à servir le repas à son oncle. Puis, elle aborda le sujet délicat ; elle lui montra la lettre que Rosa avait laissée avant de partir. Isabella, observant passivement la scène tout en mettant son apparente impassibilité sur le compte de la fatigue, était en réalité sous l'emprise des substances qu'elle avait consommées.

Luciella exposa également les cartons renfermant les vestiges de la vie passée de Rosa. Pedro admit, ému, que Rosa avait effectivement vécu une existence tumultueuse, devenant même brièvement une icône dans son milieu. La révélation la plus troublante était que le père de Luciella, l'homme qui avait épousé Rosa, n'était pas son père biologique. Face à cette cascade de révélations, Luciella demanda pourquoi sa mère avait caché tout cela. Francesco, calme et prêt à dévoiler une partie de l'histoire de Rosa, déclara d'une voix grave : « Tout ça, c'était la faute d'un seul homme. Son nom était Calum McMurray. »

Lorsque ce nom fut prononcé, un coup de tonnerre plus fort que les autres se mit à retentir à l'extérieur et bouleversa l'intérieur de cette demeure.

CHAPITRE 12
1958

Le soir du 30 avril 1958, dans l'effervescence de la première de *My Fair Lady*, Calum McMurray, cet élégant jeune homme écossais, grand aux cheveux châtains et aux yeux verts, s'employa avec détermination à décrocher une place pour cet événement de renom.

Grand amateur d'art et de moments d'exception, il refusait catégoriquement de manquer cette soirée de grandeur inégalée. Malgré des billets cinq fois plus onéreux que pour les représentations ordinaires et la forte demande, Calum parvint à obtenir une précieuse place dans les premiers rangs.

Calum se prépara avec minutie dans son vaste appartement de Kensington, entouré de meubles précieux et de décorations exotiques acquises au fil de ses voyages. Au milieu de ce cadre raffiné, il revêtit ses plus beaux habits, souhaitant que cette soirée, tout comme chacune de ses sorties à la recherche d'inspiration artistique dans les rues animées de Londres, lui apporte de nouvelles idées créatives. Son appartement, à l'image de ses voyages, regorgeait d'éléments uniques qui stimulaient son esprit en quête d'histoires à écrire.

Calum s'engouffra dans sa voiture, empruntant les rues de Londres en ce début de soirée. Il se dirigea vers l'évènement tant attendu, la première de *My Fair Lady*. Vers 19 heures, il arriva et se faufila dans la salle, où une ambiance électrique régnait déjà.

S'installant dans l'un des meilleurs sièges, Calum bénéficiait d'une vue privilégiée sur la scène qui s'apprêtait à s'animer. Un verre de whisky fin à la main, il contempla avec impatience le rideau qui cachait encore l'actrice principale, ignorant que cette soirée mémorable serait le point de départ d'un nouveau chapitre de sa vie. Les lumières s'atténuèrent, le public retint son souffle, et le destin se prépara à tisser ses fils invisibles dans la magie du spectacle.

CHAPITRE 13
1929

Le 8 novembre 1929, au sein des majestueux Highlands écossais, un événement exceptionnel vint marquer la lignée des McMurray lorsque Calum, destiné à devenir l'héritier d'une noblesse ancienne, vint au monde au sein du manoir familial. L'accouchement fut accompagné de la pluie typique de cette région, ajoutant une atmosphère mystique à la naissance de ce nouveau membre de la lignée.

Le manoir McMurray, construit au XVIIIe siècle, semblait accueillir le nouveau-né avec une aura d'ancienneté et de grandeur. Les murs de pierre épais témoignaient des générations passées, tandis que les vastes étendues de landes et de forêts environnantes semblaient offrir une bénédiction naturelle à cet héritier précieux. Calum vint ainsi s'ajouter à sa famille, profondément enracinée dans la noblesse écossaise. Entouré de traditions et d'un riche héritage, son existence présageait déjà d'une destinée exceptionnelle.

Sa naissance, dans ce cadre majestueux, constituait le premier chapitre d'une vie qui allait être façonnée par les traditions, l'héritage et le mystère entourant le manoir McMurray. Ainsi, Calum fit son entrée dans le monde, porteur du poids de son nom, de son héritage et des espoirs placés en lui au sein de cette noble famille. Calum, l'enfant unique du manoir, était un prodige au sein de la demeure. Le personnel qui veillait sur lui, composé du majordome, de la gouvernante, du cuisinier et du jardinier, constituait une équipe dévouée au manoir.

Dès son plus jeune âge, Calum montrait des signes d'une intelligence exceptionnelle. À seulement 3 ans, son vocabulaire impressionnait, et à 4 ans, il pouvait déjà lire. Cependant, derrière cette précocité éclatante se cachait une énergie débordante et parfois difficile à gérer, mettant souvent le personnel à l'épreuve.

Archibald McMurray, son père, un homme d'affaires souvent en voyage, laissait au personnel le soin de gérer le quotidien de Calum et d'aider sa mère au manoir. La gouvernante était responsable du ménage, du linge et veillait à l'éducation et à la sécurité de Calum. Le majordome, quant à lui, supervisait l'ensemble, agissant également comme chauffeur pour les déplacements de la famille et comme assistant pour les tâches administratives.

La vie au manoir McMurray prit un tournant sombre lorsque la mère de Calum, Eleanor, après des années d'infertilité, tomba finalement enceinte. Calum, alors âgé de presque 5 ans, assista au jour où l'innocence de son enfance fut éclipsée par une tragédie cruelle. Ce jour-là, sa mère se tordit de douleur, perdant du sang par le bas ventre, laissant l'image de sa main ensanglantée dans l'esprit de Calum. La panique s'empara du manoir alors que la gouvernante emmenait précipitamment Eleanor dans sa chambre, faisant appel à une équipe de médecins. Le bébé, attendu avec tant d'espoir, était malheureusement né sans vie, et la mère elle-même frôla la mort. Les cris, les draps maculés de sang et l'image d'une mère affaiblie restèrent gravés dans la mémoire de Calum. Le deuil s'installa au manoir, mais curieusement, le père, Archibald McMurray, en voyage, ne revint pas consoler son épouse qui était restée des semaines endeuillée dans son lit, laissant Calum encore plus délaissé. Le mort-né fut enterré au pied d'un arbre de la propriété, laissant derrière lui une trace invisible de la tragédie qui avait frappé la famille McMurray.

Lord Archibald McMurray, membre de la noblesse écossaise, imposait sa présence dans le manoir McMurray avec une autorité incontestée. Son parcours d'homme d'affaires prospère avait façonné son caractère, mais sa réussite s'accompagnait d'une mentalité autoritaire et d'une part d'ombre. Peu enclin à manifester de l'estime envers Eleanor, sa femme, Archibald se retirait de plus en plus du manoir McMurray. Son absence fréquente était justifiée par des obligations professionnelles ou des voyages d'affaires, bien que ses escapades dans des lieux de débauche et sa fréquentation de prostituées en disaient long sur ses véritables priorités.

Calum, pour Archibald, représentait davantage un fardeau qu'un fils. Le peu d'empathie qu'il avait envers Eleanor s'étendait également à son propre fils, faisant de Calum une figure négligée au sein de la famille. Dans cette époque où les rôles familiaux étaient déterminés par des normes strictes, Archibald McMurray incarnait la rigidité des attentes sociales de son temps. Attaché à la préservation de la réputation de la famille, Lord Archibald avait des attentes démesurées envers son unique héritier. Sa vision rigide de la réussite et de la masculinité le poussait à chercher à façonner le jeune héritier selon ses propres idéaux, sans considération pour les aspirations ou les besoins de Calum.

À neuf ans, Calum se révélait être un défi grandissant, une force de la nature difficile à contenir. Son père, de plus en plus intransigeant, ne faisait que renforcer le fossé entre eux. Ses passages au manoir se faisaient rares, laissant le jeune garçon livré à lui-même dans les vastes couloirs du manoir McMurray. Sa mère, autrefois réservée à ses livres et à son piano, commençait à s'effacer des lieux, s'absentant on ne sait où. Pendant ce temps, Calum, délaissé et sans amis, trouvait refuge dans les bois qui entouraient la demeure ancestrale. Dans ses moments solitaires, il se plongeait également dans la lecture et l'écriture, façonnant des histoires imaginaires dans son propre univers.

En un an, Eleanor McMurray avait changé du tout au tout, devenant une femme différente, plus élégante et plus distante. Les rumeurs dans le manoir dévoilaient le secret bien gardé de sa transformation. Archibald McMurray, ignorant de cette évolution, découvrit brutalement que sa femme avait un amant. Cette révélation, loin de provoquer la jalousie, déclencha plutôt la colère d'Archibald ; son honneur était bafoué. Un soir, après avoir noyé ses amertumes dans le whisky, il laissa exploser sa fureur sur la femme qu'il avait épousée. Le manoir, autrefois silencieux, résonna des échos de leur dispute.

Le lendemain, Calum vit sa mère affichant les marques des violences de la nuit précédente, avec des bleus sur le visage. Elle ne vit plus jamais son amant qui, de toute façon, avait mystérieusement disparu dans la nature. Malgré l'épisode douloureux de l'adultère et des violences infligées à la mère de Calum, la vie au manoir McMurray reprit son cours, comme si tous ces évènements n'avaient jamais eu lieu. Eleanor, repliée sur sa solitude habituelle, et Archibald, absorbé par ses affaires et ses excès, semblaient avoir enterré ces moments tragiques sous le tapis de l'oubli.

Calum, pour qui l'attention était devenue une denrée rare, continuait de semer le trouble. Son hyperactivité, le manque d'attention, le besoin désespéré de se faire remarquer, l'absence de chaleur affective et son caractère difficile contribuaient à son comportement turbulent. Face à l'impuissance des parents et même de la gouvernante qui peinait à le maîtriser, la famille prit la décision radicale de l'envoyer dans un pensionnat. L'idée était que ce changement d'environnement offrirait à Calum une structure et une éducation plus formelles, tout en canalisant son énergie débordante. Les espoirs étaient grands quant à l'effet bénéfique que pourrait avoir cette décision sur le jeune garçon. Calum, au contraire, voyait cette décision comme une trahison de la part des deux êtres qui étaient censés l'aimer ; celle-ci allait marquer une brisure dans sa vie.

À presque 12 ans, Calum fit son entrée au pensionnat pour garçons de Glenworth, un établissement empreint de prestige et d'austérité. Les murs de pierres semblaient renfermer des décennies de connaissances et d'histoires, tandis que le nom du pensionnat évoquait un héritage éducatif distingué. Au début, le jeune garçon, habitué à l'opulence du manoir McMurray, se montra discret et timide. Lui qui avait passé toute sa vie dans un manoir vide et ne fréquentait pas d'autres enfants, hormis quelques membres de sa famille éloignée rarement de passage, il observa avec une certaine réserve les autres pensionnaires, tous immergés dans l'atmosphère studieuse du lieu. Le changement radical d'environnement provoqua en lui un mélange de curiosité et d'appréhension, marquant le début d'une nouvelle phase de sa vie.

Calum, ce jeune prodige aux manières calculées, saisit rapidement les codes subtils du pensionnat. En surface, il adopta une conduite impeccable, suivant les règles établies avec une discipline feinte. Mais sous cette façade bien polie, dans l'ombre discrète, il déploya des comportements plus sinistres. Maître du jeu au sein de son groupe de camarades, Calum, avec son intelligence aiguisée et son éloquence naturelle, parvenait à captiver les enseignants sans le moindre effort apparent. Cependant, en coulisses, il se transformait en instigateur de méfaits, prenant pour cible les plus vulnérables de l'établissement. Telle une ombre furtive, il infligeait humiliations et brimades à ses pairs, choisissant délibérément des cibles comme un garçon en surpoids ou un timide bègue. Avec habileté, Calum les rackettait, exploitant leur admiration supposée pour la richesse de sa famille, et cultivait ainsi sa cruauté dissimulée.

Les années au pensionnat sculptèrent Calum en un véritable adolescent. Ses retours au manoir McMurray, réservés aux vacances, étaient marqués par une tradition immuable : la chasse dans les magnifiques Highlands écossaises. Les vastes paysages verts, surtout en été, offraient une beauté époustouflante avec leurs bruyères chatoyantes et leurs montagnes imposantes. Cette chasse, bien plus qu'une activité, était pour Calum l'occasion de se rapprocher de son père, Lord Archibald McMurray, ne serait-ce que brièvement. Au cœur de cette nature grandiose, père et fils partageaient des moments simples, unis dans la traque des cerfs à travers ces étendues sauvages.

Pourtant, l'isolement continuait d'alimenter la passion de Calum pour l'écriture. Ses cahiers débordaient de pensées et d'observations du quotidien, transformant chaque expérience en une exploration littéraire. Entre les pages, naissait une fascination pour les femmes et la sensualité, renforcée par la rareté de ses rencontres dans un monde peu féminin. Les permissions du pensionnat étaient les seules occasions pour Calum de croiser des femmes lors d'après-midis passés dans le village voisin. Ces rencontres rares inspiraient des écrits intimes sur la féminité et le mystère du désir naissant. Ainsi, entre les escapades aux Highlands, l'écriture passionnée et les rares rencontres féminines, Calum naviguait dans les méandres de l'adolescence, où la majesté des Highlands reflétait les tumultes de son monde intérieur.

Un jour, à l'âge de quinze ans, Calum se trouva confronté à une mauvaise note dans un examen de sciences. Au lieu d'accepter le résultat, il décida d'agir de manière discrète et peu scrupuleuse. Après les cours, il se rendit voir le professeur et lui fit une proposition financière conséquente pour changer sa note. Choqué par cette tentative de corruption, le professeur refusa fermement. Calum, avec un calme glacial, lui rappela le pouvoir que sa famille exerçait et les moyens dont il disposait pour influencer les choses, y compris les renvois. Le professeur, outré, rapporta l'incident au proviseur, mettant en lumière le comportement menaçant de Calum. Les parents de Calum furent contactés et leur fils fut menacé d'exclusion. Pour éviter cela, le père de Calum offrit une généreuse donation à l'établissement, assurant ainsi la conservation de son fils au sein du pensionnat. Cependant, cette solution eut un prix, car c'est le professeur qui en fit les frais et fut renvoyé. Lors de leur dernier échange, le professeur, le regard empreint de détermination, prédit à Calum que la vie ne lui offrirait pas toujours une issue favorable grâce à sa fortune. Il lui rappela que, tôt ou tard, ses actions auraient des conséquences. Le professeur partit travailler dans un autre établissement, laissant Calum face à cette sombre prédiction. Le masque de Calum fut également dévoilé au grand jour des adultes travaillant dans l'établissement, qui désormais le craignaient.

À l'approche de ses 17 ans, durant ses vacances d'été, Calum se retrouva impliqué dans un incident troublant au sein du manoir McMurray, impliquant une nouvelle employée chargée du ménage. Bien que les détails de l'incident furent vagues, il était clair que l'influence financière des McMurray était intervenue une fois de plus. Une somme importante fut offerte à la jeune femme en échange de son silence, scellant ainsi son départ sans perturber les eaux. Pour Calum, c'était un schéma qui se répétait, rappelant l'épisode avec son professeur de sciences. L'argent semblait être la clé qui ouvrait toutes les portes, le laissant avec un sentiment d'invincibilité et d'impunité. Les représailles, tout comme les conséquences, continuaient de lui échapper, renforçant sa conviction qu'il était au-dessus des règles régissant le commun des mortels.

Un jour, à la fin du même été, Calum convia deux amis du pensionnat, des admirateurs dociles, à une partie de chasse à trois. La journée prit une tournure sombre lorsque le whisky coula à flots, et l'excitation de la chasse se transforma en une débauche incontrôlée de tirs aveugles. Les détonations résonnèrent dans l'air, touchant tout ce qui se trouvait sur leur passage, que ce soient des animaux, des oiseaux, ou même des cibles invisibles, Calum se trouvant emporté par l'ivresse du moment. Dans cet état de frénésie, un homme de passage fut malheureusement blessé par le tir de Calum. Pris de panique, les trois amis prirent la fuite.

Calum, rapidement identifié, fut arrêté. Cette fois-ci, l'affaire prenait une tournure plus sérieuse. Cependant, son père, grâce à son influence et à ses ressources financières, parvint à le sortir d'affaire, minimisant les conséquences légales ; des connaissances avec les hauts placés de la police écossaise et une grosse somme proposée à la victime légèrement blessée. De retour au manoir, une fois seuls, la colère d'Archibald éclata de manière explosive. Des coups violents pleuvaient sur Calum, son fils, objet de honte pour la famille McMurray. Dans un accès de rage, Archibald annonça à Calum que s'il ne rectifiait pas rapidement sa conduite, il serait contraint de s'engager dans l'armée, une menace sérieuse qui résonna dans l'air chargé de tension du manoir McMurray.

Calum, animé par le désir ardent de préserver sa liberté et détestant être assujetti à des ordres, nourrissait l'ambition de vivre une existence grandiose après la fin de son séjour au pensionnat, excluant catégoriquement tout engagement militaire. Durant sa dernière année au pensionnat, il se fit plus discret en apparence, passant presque inaperçu, et réussit à obtenir son diplôme de fin d'études lycéennes sans difficultés. Après cette étape, son rêve était de mener la grande vie, de parcourir le monde à la manière d'un Grand Tour modernisé. Cependant, ses parents, issus de la noblesse éminente, ne partageaient pas ses aspirations. Ils considéraient que Calum, en tant que McMurray, se devait de suivre des études prestigieuses pour honorer la réputation de la famille. Lord Archibald lui fit la promesse que, s'il obtenait un diplôme respecté, il financerait ensuite son projet de Grand Tour, ainsi que ses voyages et son train de vie, permettant à Calum de se concentrer sur ses écrits, à condition qu'il ait un bagage académique solide et honorable à présenter au monde.

CHAPITRE 14
1947

Après des années passées au pensionnat, Calum s'installa dans un élégant appartement de la vieille ville d'Édimbourg pour entamer un prestigieux cursus de lettres à l'université. Son parcours universitaire était axé sur les humanités, la littérature, l'histoire et la philosophie ; des domaines qui le passionnaient, lui qui aspirait à être un artiste et un intellectuel, et non pas un homme d'affaires féroce et blasé comme son père.

Épanoui dans cet environnement stimulant, Calum trouva la liberté dont il avait toujours rêvé. Il avait laissé derrière lui la solitude oppressante des murs du manoir McMurray et échappa à la surveillance rigide de l'internat. Ayant vécu isolé du reste du monde durant dix-huit années, il découvrait alors un univers auquel il avait été longtemps étranger. La vie citadine d'Édimbourg lui offrit une nouvelle perspective, loin des cages dorées qu'il avait connues jusqu'alors. Il découvrit avec enthousiasme l'animation des rues, participa à des événements culturels, explora les lieux empreints d'histoire et d'art et s'amusait avec de nouveaux amis lors de soirées de beuverie.

Libre de ses contraintes, il découvrit également le monde des rencontres féminines avec une passion dévorante, tel un fauve affamé lâché dans la nature. Chaque femme rencontrée possédait un charme unique à ses yeux, une séduction particulière qui captivait son attention. Doté d'un charisme inné, Calum avait toujours été sûr de lui, que ce soit dans sa jeunesse en s'adressant aux adultes, notamment aux enseignants, ou désormais, lors de ses interactions avec les femmes. Son assurance était un atout en comparaison avec les jeunes hommes de son âge plus réservés, et il déployait tout son pouvoir de séduction pour obtenir ce qu'il désirait. Calum, avide de plaisirs et réfractaire à toute résistance, n'appréciait guère qu'on lui oppose un refus.

Ce nouveau chapitre de sa vie, conjugué à un certain gain de maturité, exerça un effet apaisant sur Calum, le détournant de ses frasques hyperactives et parfois dangereuses. En journée, il se montrait équilibré, sérieux et assidu, s'imposant comme un étudiant modèle. Cependant, une fois la nuit tombée, il se métamorphosait en un débauché habile, jonglant avec maîtrise entre ces deux facettes de sa personnalité. Cette dualité ne faisait que renforcer son charme mystérieux.

Quatre ans plus tard, Calum décrocha enfin son diplôme, accomplissement qui suscita pour la première fois la fierté de ses parents. Cette réussite académique marquait un tournant dans la vie de Calum, démontrant qu'il pouvait allier son indépendance et son goût pour la vie nocturne avec une réussite scolaire remarquable. Calum, diplôme en poche, s'embarqua pour son Grand Tour à travers l'Europe. De Paris à Venise, de Florence à Berlin, chaque ville devint une source d'inspiration. Les musées, les ruelles, les canaux, tout alimentait son esprit avide de découvertes.

De retour en Écosse, son écriture reflétait les nuances culturelles de son périple. Paris lui offrit l'art, l'Italie la passion, l'Allemagne la rigueur, et l'Espagne la chaleur. Son Grand Tour devint la toile sur laquelle il peignit ses œuvres les plus intemporelles, insufflant à ses récits une diversité captivante inspirée par les joyaux culturels de l'Europe.

Après avoir décroché son diplôme et exploré l'Europe, Calum ressentit le besoin de quitter Édimbourg. Les ruelles sombres et inspirantes de la vieille ville n'avaient plus grand-chose à lui offrir. Son regard se tourna vers une destination plus vaste, plus moderne et pleine de possibilités : Londres. Une ville où chaque coin de rue débordait d'histoire, de diversité et d'une énergie artistique libératrice. C'est là que Calum souhaitait découvrir de nouvelles perspectives, s'immerger dans la créativité effervescente et embrasser un style de vie plus expansif.

Calum, une fois installé dans les quartiers huppés de Kensington à Londres, incarna le parfait gentleman, collectionnant les œuvres d'art ramenées de ses voyages pour orner son élégant appartement. Amateur d'art, de gastronomie et de spiritueux fins, son chez-soi devint le reflet de ses goûts exquis. Au quotidien, entre sessions d'écriture et fréquentation assidue des cercles littéraires, il se perdit dans l'effervescence artistique de la ville. Entre expositions, vernissages et spectacles variés, Londres devint son terrain de jeu culturel.

Tout en conservant sa réputation d'homme à femmes, Calum publia deux romans à succès en l'espace de six ans. En parallèle, il intégra un cercle d'écrivains aux rencontres régulières, mais aussi aux événements plus clandestins, explorant des bars secrets, s'aventurant dans des recoins sombres, expérimentant drogues et plaisirs hédonistes. Une dualité entre la vie littéraire éminente et une facette plus secrète, où les limites entre l'art et la décadence s'estompèrent. Pour Calum, c'était ça, la vie d'artiste.

En 1958, en quête d'une nouvelle inspiration pour son troisième livre, Calum se trouvait plongé dans l'impasse du syndrome de la page blanche. Cherchant désespérément un souffle créatif, le 30 avril, il prit une décision spontanée qui allait transformer sa vie : assister à la grande première de *My Fair Lady*. Positionné aux premiers rangs avec une place exceptionnelle, il fut tout d'abord ébloui par la splendeur de l'événement. Cependant, le moment charnière arriva lorsque le rideau se leva, dévoilant Rosa Rosso sous les feux des projecteurs.

En cet instant magique, Calum ne se contenta pas d'admirer la beauté frappante de Rosa, mais il fut transcendé par une force inexplicable. C'était comme si le temps s'était suspendu, que le tumulte du monde extérieur s'était tu, laissant place à un silence éloquent. Il ressentit un lien invisible, une connexion profonde avec cette femme qui, jusqu'alors, était une inconnue à ses yeux. Ce ne fut pas seulement le charme extérieur de Rosa qui le captiva, mais aussi la véritable personnalité qu'il pouvait percevoir à travers chaque geste, chaque regard, chaque nuance de son interprétation.

À 28 ans, Calum McMurray, écrivain aguerri, tomba éperdument amoureux pour la première fois. Ce n'était pas seulement un élan passionné, mais une rencontre transcendante qui allait bouleverser non seulement son cœur, mais également le cours de son existence. Rosa Rosso était devenue l'incarnation vivante de son inspiration, une muse qui allait éclairer son chemin d'une lumière nouvelle et enflammée.

Complètement chamboulé après cette représentation et le coup de foudre qui l'accompagna, Calum, animé par le désir ardent de retrouver Rosa Rosso, se retrouva confronté à la difficulté d'accéder à cette artiste captivante. La loge de Rosa restait inaccessible, car elle était prise dans l'effervescence des félicitations et des éloges. C'est alors qu'il apprit l'existence d'une grande soirée mondaine organisée en l'honneur du lancement de *My Fair Lady*. Calum, déterminé, se rendit sur place, mais il se heurta à l'obstacle d'une liste d'invités réservée à la compagnie de théâtre et aux personnalités éminentes du milieu. N'hésitant pas, il glissa un billet important à l'entrée et réussit à pénétrer dans cet univers exclusif.

Apercevant Rosa de loin, encore plus éblouissante dans la lumière tamisée de la soirée, Calum resta en retrait. Intimidé pour la première fois par une femme, il se contenta de l'observer discrètement. Rosa, rayonnante et confiante, attirait tous les regards. Elle se distinguait des autres femmes, échappant aux stéréotypes de la femme légère ou de la madone. Elle était comme une énigme séduisante, une figure qui captivait Calum au-delà de l'esthétique physique, déclenchant en lui une fascination profonde et inexplorée.

Calum, profondément secoué, rentra chez lui après cette soirée mémorable. La nuit, en proie à l'insomnie, il se plongea dans l'écriture passionnée de lettres dédiées à Rosa Rosso, exprimant l'amour naissant qui s'était emparé de lui. Il médita sur la meilleure manière de s'approcher de cette femme qui occupait toutes ses pensées.

Les jours s'écoulèrent, puis les semaines, et l'obsession pour Rosa Rosso persista. Calum, véritable collectionneur de tout ce qui la concernait, amassa des interviews, des articles de presse, et chaque découverte renforça son amour. Rosa Rosso, cette Italienne qui avait forgé son chemin de manière indépendante, partant de rien pour atteindre les sommets, était devenue pour lui une source infinie d'admiration. De surcroît, le constat qu'elle semblait être célibataire accrut l'enthousiasme de Calum.

Sa collection s'étendait aux affiches publicitaires mettant en valeur la beauté de Rosa, un moyen pour lui de contempler son visage et de se perdre dans ses yeux à tout moment, sans que Rosa en ait la moindre connaissance. Calum ne manqua aucune des prestations de Rosa, son quotidien étant entièrement imprégné par elle. Un jour, avec une intention innocente mais parfois envahissante, il attendit pendant des heures à la sortie du théâtre pour la suivre en voiture et découvrir où elle habitait. La fascination de Calum pour Rosa Rosso évolua ainsi dans une spirale captivante et parfois inquiétante.

À la fin du mois de mai, après plus de trois semaines depuis sa première rencontre avec Rosa sur scène, Calum décida d'adopter une approche réfléchie. Il était conscient que Rosa n'était pas une femme facilement impressionnée par la richesse ou les artifices superficiels tels que le statut social ou les cadeaux somptueux. Malgré son esthétique soignée, son amour pour la mode et son goût de briller sous les feux des projecteurs, Rosa demeurait avant tout une femme intelligente et une artiste.

Dans cette optique, Calum prit la décision d'écrire un véritable livre sur Rosa et son parcours, inspiré sincèrement par son histoire. Il réalisa que la manière la plus authentique de mener à bien ce projet était de rencontrer personnellement la principale intéressée pour une entrevue. Calum prévoyait de lui proposer ce projet, une démarche à la fois professionnelle et empreinte d'admiration. Le 24 mai, il opta pour les fleurs les plus exotiques disponibles à Londres, souhaitant se démarquer des bouquets conventionnels habituellement laissés en loge. Il les fit envoyer accompagnées d'un mot concis mais énigmatique, se présentant en tant qu'auteur et exprimant son désir d'écrire sur elle : « J'aimerais écrire sur vous », signé de la main de Calum McMurray, avec ses coordonnées. Cependant, en réalité, derrière ce projet d'écriture se cachait surtout le prétexte de rencontrer personnellement Rosa Rossa et de se mettre en avant pour la séduire.

CHAPITRE 15
2008

« Son nom était Calum McMurray. » Lorsque Francesco Rosso prononça ce nom dans la demeure familiale, le tonnerre à l'extérieur explosa encore plus fort, et quelque chose d'étrange se produisit. L'électricité de la maison fut coupée, éteignant ainsi toutes les lumières. Cela aurait pu être la faute de l'orage, mais quelque chose d'autre d'étrange se passa. Isabella, jusqu'à présent passive dans la conversation, changea brutalement d'état. Lorsque le nom de Calum McMurray fut prononcé, sans même savoir pourquoi, quelque chose se produisit dans son corps.

Luciella et Francesco ne prêtèrent pas forcément attention à cela, étant interrompus par la coupure d'électricité. Ils se levèrent et tentèrent de rétablir le courant. Isabella, elle, resta assise en silence pendant plusieurs minutes ; elle transpirait, elle avait chaud, puis froid. Son corps tremblait et elle avait du mal à respirer. Après avoir réussi à rétablir l'électricité, sa mère et son grand-oncle se rendirent compte de son état et lui demandèrent ce qui lui arrivait. Elle l'ignorait. Soudain, elle fut prise d'une nausée incontrôlable et se précipita vers les toilettes pour vomir ses tripes.

Luciella s'inquiétait pour sa fille, qui, après avoir vomi un bon moment, lui assura qu'elle se sentait bien, mais qu'elle était en revanche fatiguée. Luciella voulait faire voir un médecin à sa fille, mais celle-ci lui assura que ça allait, et qu'elle en verrait un le lendemain si ça n'allait pas mieux. Soudain, Luciella se sentit à son tour épuisée et un peu nauséeuse. Francesco comprit que sa visite ne tombait pas bien, et surtout, que ce n'était pas le moment de révéler des vérités cachées depuis des décennies ; pas dans ces conditions. Il leur dit à demain pour les funérailles et s'en alla, emportant le secret gardé.

Luciella était épuisée, soudainement vidée de toute énergie, ayant l'impression de possiblement souffrir du même mal que sa fille. Peut-être une intoxication alimentaire, peut-être un virus contagieux, ou bien simplement une réaction psychologique affectant le corps. Luciella n'avait plus aucune force dans son corps ni dans son être ;

elle se coucha et sombra dans un profond sommeil, pour la première fois depuis longtemps sans avoir recours à l'automédication. Isabella, elle, rejoignit son lit ; bien que cela aurait pu ressembler aux conséquences d'une consommation excessive de cannabis, elle avait des doutes. Cela ne lui était jamais arrivé, elle n'en avait pas consommé plus que d'habitude, mais pas seulement ; elle sentait que ce mal-être qui s'était emparé d'elle allait au-delà d'un mal physique. Un mal étrange qui la laissa elle aussi épuisée.

Elle s'endormit et fit d'étranges rêves qui ressemblaient davantage à des cauchemars. Isabella avait toujours souffert de parasomnies depuis son enfance : somnambulisme, cauchemars, terreurs nocturnes et paralysies du sommeil. Ses nuits étaient souvent agitées et elle y était habituée. Mais cette nuit-là, son cauchemar fut plus intense encore. Dedans, elle était une meurtrière ; un homme se tenait en face d'elle et elle le poignardait à plusieurs reprises, transperçant toutes les parties de son corps, le sang coulant à flots. Pour la première fois, Isabella commettait un meurtre dans ses rêves. Un rêve flou, mais traumatisant.

Le lendemain, les deux femmes se sentaient mieux, du moins physiquement. C'était le jour J, celui des funérailles. Luciella savait qu'elle n'avait pas le temps de se perdre dans ses pensées, car la journée allait être chargée. Elle se leva pour préparer le petit-déjeuner pour elle et sa fille. Le temps semblait s'être apaisé dehors. Isabella se réveilla sans appétit, son estomac et ses pensées chamboulés par son état de la veille au soir et son cauchemar intense. Elles comprirent toutes deux que ce ne sera pas le meilleur jour pour obtenir des réponses, du moins pas tant que la cérémonie ne sera pas terminée.

Ce matin était une course effrénée, les derniers préparatifs s'enchaînant dans une frénésie presque irréelle. Puis vint l'après-midi, baigné d'une lumière pâle qui soulignait le déroulement des funérailles de Rosa Rosso. Peu de personnes étaient présentes, le temps ayant joué son rôle en effaçant certains de ceux qui, jadis, étaient liés à Rosa. Parmi les présents, on pouvait distinguer le frère de la défunte, Francesco, quelques proches du cercle familial et Alessandro Bianchi, l'ex-mari de Luciella et père d'Isabella, venu soutenir sa fille. Une tension sourde flottait entre Luciella et

Alessandro, comme une vieille rancune qui persistait, mais ils se gardaient de laisser transparaître le moindre trouble devant leur fille, surtout en cette journée funèbre.

CHAPITRE 16
1958

Après avoir découvert le bouquet et le mot soigneusement écrit de la main de Calum McMurray, Rosa ressentit une curiosité grandissante. Intriguée par cette proposition énigmatique, elle souhaitait en savoir plus. Avec son nouveau train de vie, Rosa, qui avait également désormais un agent artistique, demanda à ce dernier de contacter l'auteur de ce mot ; il passa alors un appel téléphonique.

Au téléphone, Calum se montra très agréable et enthousiaste. Il exposa avec passion son projet : écrire sur la vie fascinante de Rosa, explorer son passé et son parcours pour créer une œuvre littéraire qui pourrait prendre la forme d'un livre biographique ou d'un roman inspiré de sa vie. Calum proposa des entrevues où il poserait des questions approfondies pour mieux comprendre son histoire ainsi que la femme qui se cache derrière l'artiste. Il assura à Rosa une rémunération pour son temps et envisagea de partager les droits d'auteur avec elle.

L'assistant de Rosa, ayant préalablement enquêté sur Calum et ses écrits, présenta le projet à Rosa en soulignant que l'auteur lui avait laissé une impression très positive. Il mit en avant l'aspect flatteur que cela aurait pour l'image de Rosa et la possibilité d'inspirer les femmes contemporaines. Les biographies étant encore assez rares, et la parole libre et sans tabou des femmes commençant à peine à se libérer, cette idée novatrice était une occasion de se démarquer. Convaincue, Rosa accepta de rencontrer Calum pour discuter de ce projet ambitieux. Une première entrevue fut fixée pour le 28 mai dans l'après-midi. C'est ainsi que commença cette collaboration qui pourrait transformer la vie de Rosa d'une manière inattendue.

Le Jour J, Calum se leva avec une excitation palpable, mais aussi une angoisse inhabituelle qui serrait son estomac. La matinée fut consacrée aux ultimes ajustements pour son entrevue avec Rosa, un travail minutieux qui avait occupé ses journées précédentes. Il comprenait l'importance de poser les bonnes questions pour saisir à la fois l'essence de l'artiste et de la femme. Ce rendez-vous représentait l'opportunité d'entrer dans une partie de l'intimité de

Rosa, une artiste quasi intouchable, semblable aux étoiles, dont il avait découvert l'existence en même temps que le reste du monde, ce jour mémorable où elle s'était révélée sur scène.

Une fois la préparation minutieuse achevée, Calum se prépara avec un soin particulier. Il choisit sa meilleure tenue, veillant à mettre en valeur tous ses atouts. Pressé, ce jour était pour lui le plus important de toute son existence, car il s'apprêtait à rencontrer la femme qu'il avait longtemps érigée en modèle ; celle qu'il désirait épouser. Chaque détail de sa préparation était empreint de l'urgence de cet instant, celui où les chemins de Calum McMurray et de Rosa Rosso allaient enfin se croiser.

Ce même jour, Rosa se leva. Bien qu'elle n'était pas programmée pour une représentation, elle savait qu'elle devait assister à cette entrevue avec l'écrivain Calum McMurray, un homme dont elle ignorait tout. Confortablement installée à sa table pour son brunch matinal, elle se sentait épuisée par les exigences de la vie, entraînée dans un tourbillon incessant. Elle n'avait pas vraiment le cœur à une entrevue, mais elle comprenait que ce projet pouvait marquer un tournant dans sa vie, une nouvelle étape vers le succès. C'était une initiative originale, et peu de personnalités s'y étaient aventurées.

Jusqu'à présent, les interviews qu'elle avait accordées se limitaient à des sujets superficiels : son dernier rôle, sa vie sentimentale fantasmée, ses conseils de beauté, des critiques sur son interprétation et des clichés capturant sa beauté. Elle ne montrait que ce qu'elle souhaitait révéler d'elle : une artiste née et une icône de glamour. Cependant, elle pressentait que cette entrevue avec l'écrivain nécessiterait un peu plus de sincérité. Elle serait présentée non seulement comme Rosa l'artiste, mais aussi comme la femme derrière la célébrité, avec toute sa beauté et ses imperfections. Elle ignorait encore comment elle allait naviguer entre les ombres de son passé et son ascension vers la gloire. À vrai dire, Rosa ressentait de la honte en repensant à certains épisodes de sa vie.

Rosa arriva au lieu du rendez-vous à 14 heures. La journée était belle et ensoleillée, parfaite pour une rencontre importante. Elle franchit pour la première fois les portes de ce salon de thé exclusif, doté d'une cour intérieure ensoleillée, privatisée et magnifiquement décorée, avec un jardin botanique. À l'entrée, elle s'annonça à l'hôte, mentionnant qu'elle avait un rendez-vous avec un certain Calum McMurray. Pendant ce temps, Calum, qui était arrivé en avance, attendait nerveusement depuis une vingtaine de minutes. Quand il vit Rosa se diriger vers lui, son souffle fut coupé.

Lorsqu'elle fut conduite vers la table où il était assis seul, il la regarda. À cet instant, Rosa fut surprise. Elle n'avait jamais imaginé un visage derrière le nom de Calum McMurray auquel elle n'avait pas prêté une grande attention. Elle s'attendait à rencontrer un collaborateur lambda, mais elle fut confrontée à cet homme séduisant, dont le regard et le sourire la figèrent sur place. C'est dans ce cadre idyllique, aux allures de jardin d'Éden, que Rosa fit la rencontre de Calum McMurray et ressentit pour la première fois le coup de foudre.

Ils échangèrent une poignée de main qui sembla s'étirer dans le temps, manifestant clairement leur attirance mutuelle. Rosa, troublée, laissa momentanément de côté sa fatigue et ses tourments. Pendant un bref instant, son visage révéla une certaine timidité, un détail qui ne passa pas inaperçu aux yeux de Calum, qui en ressentit une satisfaction intérieure.

Cependant, Rosa se ressaisit rapidement, retrouvant son assurance habituelle. Elle savait qu'elle ne pouvait montrer aucune faiblesse devant cet homme, même si son regard la troublait au plus profond d'elle-même. Elle reprit le contrôle de la situation, dévoilant une fois de plus son talent de comédienne, cette fois-ci face à un public bien plus restreint. Pour apaiser Rosa, Calum adopta une approche douce et bienveillante, mettant tout en œuvre pour la mettre à l'aise. Il souhaitait tirer le meilleur de l'artiste tout en traitant la femme qu'il aimait avec une grande délicatesse. Pour la première fois, il aspirait à traiter une femme avec respect. Il lui parla de son travail, expliqua le déroulement de l'entrevue et la rassura en lui disant qu'elle avait le droit de ne pas répondre à certaines questions si elle le souhaitait, sans que cela ne pose problème. Sous l'effet de l'intimidation puis du stress, Rosa finit par se détendre, sentant un léger réconfort dans l'attitude compréhensive de Calum.

Au cours de cette entrevue, Calum se montrait professionnel, masquant habilement son attirance pour Rosa. Il débuta en explorant les origines de la chanteuse en posant des questions sur sa jeunesse, sa famille, son lieu de naissance et ses aspirations. Rosa, d'une franchise désarmante, partagea la vérité brute sur les premières années de sa vie marquées par le fascisme, l'oppression et la crise économique qui sévissait à Naples. Malgré les sombres réalités qui entouraient son quotidien, Rosa semblait être préservée des tourments de l'époque par des parents déterminés à lui offrir une enfance joyeuse. Alors que le monde se contentait de survivre dans la tristesse, Rosa chantait, dansait et rêvait, même au cœur du chaos politique. Son âme d'enfant et le cocon familial dans lequel elle évoluait lui offraient une certaine insouciance, jusqu'à ce jour fatidique où elle fut témoin de l'exécution brutale d'un manifestant politique.

L'horreur de cet événement bouleversa profondément Rosa, renforçant son désir de se battre pour la liberté. Elle décrivit ensuite la libération de Naples, survenue alors qu'elle avait douze ans. Les rues s'animaient de nouveau, empreintes de bonheur, d'odeurs de pizza et de chants. Rosa peignit un tableau vivant des changements radicaux qui avaient transformé l'Italie, un avant et un après la libération, perceptibles dans chaque sens humain.

Calum, lui qui avait grandi dans la solitude, entouré de murs froids et sous la pluie constante, prit conscience du contraste avec la vie vibrante et ensoleillée de Rosa. Elle avait toujours vécu, que ce soit dans la paix ou la guerre, chantant, dansant, entourée de chaleur humaine. Cette opposition le frappa, éclairant d'une nouvelle perspective leurs différences marquées par des expériences de vie contrastantes. Calum enchaîna avec la période adolescente de Rosa, cherchant à comprendre la jeune femme qu'elle était et ses aspirations de l'époque. Rosa, initialement hésitante à dévoiler toute la vérité, se sentait à l'aise avec lui et décida finalement que cet entretien à Londres était l'occasion idéale pour libérer sa parole.

Elle confia à Calum qu'elle avait toujours ressenti une différence par rapport aux autres adolescentes de son âge. Alors que ses pairs semblaient suivre mécaniquement les schémas de vie préétablis par leurs familles, Rosa se sentait en décalage. Bien qu'entourée et admirée, elle avait peu d'amies avec lesquelles elle pouvait être entièrement elle-même. Cette prise de conscience ne survint que des années plus tard, à Londres, lorsqu'elle rencontra des colocataires avec lesquelles elle pouvait être totalement authentique.

Durant son adolescence, Rosa détestait les cours et se contentait du minimum. Elle rêvait déjà de grandeur, aspirant à une vie extraordinaire qui la distinguerait de l'ordinaire. Elle savait au fond d'elle-même que suivre le chemin tracé par les autres la condamnerait à une existence médiocre. Sans prétention, Rosa pressentait déjà qu'elle était destinée à un avenir exceptionnel. Elle vivait selon ses rêves qui la hantaient constamment, trouvant les heures passées en cours particulièrement difficiles, elle qui avait toujours la tête dans les étoiles, aspirant à toucher l'inaccessible.

Calum, ébloui par l'ambition de Rosa et se retrouvant dans sa quête de se démarquer du monde, parvint à dissimuler habilement ses émotions tout en découvrant une connexion singulière avec la jeune femme. L'entrevue s'acheva après plus de deux heures, le temps semblant filer à toute vitesse. Conscient qu'il restait encore beaucoup à explorer, Calum suggéra une nouvelle rencontre pour approfondir davantage leur discussion. Cette fois-ci, avec une audace grandissante, il lui proposa de l'inviter à dîner dans un lieu prestigieux. Rosa, charmée et arborant un sourire radieux, comprit que cette prochaine rencontre pourrait prendre une tournure un peu plus intime. Malgré cela, elle accepta en toute confiance, convaincue que Calum saurait maintenir un professionnalisme irréprochable. Les deux se serrèrent de nouveau la main, échangeant un au revoir empreint de positivité. Calum savourait les fruits de son approche envers Rosa, tandis que la jeune femme se sentait séduite par ce nouvel écrivain collaborateur.

Une semaine s'écoula, et pendant ce laps de temps, chacun replongea dans sa routine quotidienne. Calum, bien qu'ayant pris peu de notes durant son entrevue avec Rosa, avait toutefois absorbé chaque détail, captivé par les paroles de la jeune femme. Il se consacra à retranscrire avec passion ses souvenirs sur le papier. Dans la plus grande discrétion, il assista également à deux nouvelles prestations de Rosa. Cette fois-ci, il la regarda avec une satisfaction intérieure, celle d'avoir réussi à s'approcher d'elle personnellement et d'avoir touché son âme.

Quant à Rosa, elle continua son quotidien trépidant, jonglant avec un emploi du temps chargé qui lui laisse à peine le temps de respirer. Cependant, dans les rares moments où elle se retrouvait seule avec ses pensées, elle ne pouvait s'empêcher de ressentir un enthousiasme grandissant à l'idée de la prochaine entrevue.

Le 4 juin sonna à la porte, et à 19 heures pile, Calum McMurray se présenta devant le domicile de Rosa, prêt à la conduire vers leur rendez-vous. Rosa, tout en étant consciente de la nature professionnelle de cette sortie, savait qu'elle n'aurait jamais accepté de monter dans la voiture de n'importe qui d'autre, ni de partager un dîner en tête-à-tête. Bien qu'aimant plaire, Rosa avait déjà eu quelques rendez-vous et avait même flirté avec certains hommes à Londres, mais elle avait toujours évité de laisser les hommes s'immiscer dans son intimité sentimentale et sexuelle. Elle refusait de s'engager émotionnellement, ayant déjà connu les tourments d'un cœur brisé, et elle résistait fermement aux pressions en matière d'intimité physique.

Calum, qui l'attendait patiemment avec sa voiture au pied de sa résidence, la conduisit vers un trésor méconnu de Londres : un petit restaurant italien qui proposait des recettes authentiques. Une découverte qui réjouit Rosa, habituée à tester divers établissements italiens, mais aucun d'eux n'égala celui-ci. Elle se sentit instantanément transportée à Naples, inondée par la familiarité des saveurs qui évoquaient les souvenirs de son passé.

Au cours de cette deuxième entrevue, le focus s'orienta vers la vie de Rosa lorsqu'elle devint une jeune femme, après avoir achevé ses études au lycée. Rosa partagea son expérience où la pression sociale pesait sur elle, la poussant à embrasser le rôle de femme idéale aux yeux de la société patriarcale. Ses parents, tout comme d'autres familles, souhaitaient la voir suivre le chemin préconçu pour les femmes dites respectables. Bien consciente des bonnes intentions de ses parents, Rosa ressentait néanmoins que ces attentes la confinaient dans une existence étroite, comme si on lui coupait les ailes pour l'enfermer dans une cage dorée.

Afin de se libérer de cette contrainte, Rosa accepta en apparence de suivre la voie tracée tout en préparant secrètement son envol. Les soirs, elle se réfugiait dans les bars, où sa voix résonnait à travers les mélodies, esquissant l'espoir de se faire remarquer un jour. La musique devenait sa confidente, une alliée silencieuse dans sa quête de liberté.

Calum, désireux de comprendre chaque nuance de la vie de Rosa, se plongea dans son récit du déménagement à Londres. Cependant, lorsque Rosa aborda la période de sa vie où elle fut remarquée pour partir à Londres et les épreuves qu'elle traversa dans la grande métropole, elle se retrouva désemparée. Elle ne savait pas si elle devait révéler à Calum la réalité de ses moments sombres à Londres. Elle hésitait à mentionner Evelyn, cette femme qui avait joué un rôle essentiel dans sa vie, mais dont le nom n'avait pas franchi ses lèvres depuis des années. Elle était restée silencieuse sur les nuits où elle avait dansé d'une manière dégradante pour survivre, et sur cette soirée où elle s'était retrouvée à se prostituer contre sa volonté. Durant toutes ces années, Rosa avait refoulé ces souvenirs, les reléguant dans l'oubli comme si cette nuit-là n'avait jamais existé. Plus l'histoire de Rosa avançait, plus elle devenait énigmatique et secrète. Elle se trouvait à la croisée des chemins, sans savoir quoi dévoiler et quoi taire.

Rosa décida finalement de sublimer la réalité tout en laissant transparaître les défis qu'elle avait relevés et narra à Calum une version embellie de son histoire. Elle lui confia avoir été repérée à Naples, une opportunité qui l'avait conduite à intégrer un prestigieux cabaret londonien, où elle se produisait tout en perfectionnant son art et en explorant de nouvelles opportunités. Elle expliqua à Calum que les heures interminables du cabaret ne lui laissaient que peu de temps pour poursuivre ses rêves plus grands. Ainsi, elle prit la décision de quitter le cabaret, acceptant un modeste emploi alimentaire tout en participant à des cours et des auditions. Rosa s'était démenée pour exceller, consciente que se contenter du minimum ne suffirait pas dans une ville où la concurrence était féroce, regorgeant de talents et de belles femmes.

Elle évoqua également les obstacles de la barrière linguistique et culturelle, soulignant qu'elle avait dû travailler deux fois plus que les autres pour gravir les échelons. Malgré quelques aspects qu'elle désirait taire, Rosa était réellement fière de son parcours. Calum, sincère, approuva et confirma que sa fierté était pleinement justifiée. Pour Rosa, le présent était tout ce qui comptait désormais, avec des résultats éclatants à la clé.

Au cours de ce dîner professionnel, l'atmosphère détendue, les effluves de vin parfumant l'air et le temps passé ensemble, marquèrent une nette différence avec l'entrevue précédente. On y percevait une subtile séduction, les masques semblaient s'effriter lentement. Calum, plongeant plus profondément dans la vie actuelle de Rosa, chercha à comprendre son quotidien singulier rythmé par un emploi du temps atypique, un mode de vie que peu de personnes pouvaient appréhender. La vie de Rosa se distinguait nettement de celle des autres jeunes femmes de son âge.

Ensuite, Calum, sentant Rosa gagner en assurance, captivé par chaque nuance de l'artiste, mais aussi désireux d'en savoir plus sur la femme qui le fascinait, aborda avec audace le sujet délicat de la vie sentimentale de cette dernière, tant actuelle que passée. Rosa lui confia qu'elle n'avait guère eu le temps de se consacrer à cela, absorbée par son travail ; pour elle, la scène avait longtemps été son unique amant. Calum creusa alors davantage, curieux de savoir si Rosa avait déjà connu l'amour. « Une fois », répondit-elle, son cœur battant la chamade à l'évocation de ce souvenir. Calum, avec délicatesse, exprima son intérêt à en savoir plus. Rosa, restant évasive, révéla qu'il s'agissait d'un homme qu'elle avait connu brièvement il y a plusieurs années de cela. Elle avait vécu le déchirement de son cœur, mais cette épreuve, loin de l'anéantir, l'avait fortifiée, la propulsant vers un avenir où elle s'épanouissait davantage. Aujourd'hui, elle éprouvait une gratitude envers cette expérience de vie, considérant cette épreuve comme une victoire sur elle-même.

Rosa, par la suite, inversa les rôles en interrogeant Calum : « À votre tour. Vous savez presque tout de moi, et je ne sais presque rien de vous. » Calum, ravi de l'intérêt que Rosa lui portait, esquissa brièvement son histoire, évoquant ses racines écossaises, son parcours et ses passions pour l'écriture, l'art et les voyages. Comme Rosa, il partageait un attachement particulier pour la ville de Londres, la considérant comme un refuge artistique. Tout en conversant, plus de trois heures s'étaient écoulées depuis le début de l'entrevue, et le restaurant s'apprêtait à fermer.

Rosa se dirigea vers la cuisine pour féliciter le chef, échangeant avec lui quelques mots en italien, puis Calum la raccompagna chez elle. Arrivés en bas de sa résidence, ils demeurèrent quelques minutes supplémentaires dans la voiture de Calum. Rosa, animée par quelques gorgées de vin, osa demander à Calum de partager son expérience sentimentale. Calum révéla qu'il avait toujours été un esprit libre, dénué de désir d'ancrage ou d'engagement, son esprit trop captivé par son art pour se concentrer sur une seule femme. D'une manière plus intense, il ajouta que peut-être un jour, il rencontrerait la femme qui bouleverserait sa vie. Rosa percevait dans le regard de Calum comme s'il lui parlait directement, laissant entendre qu'elle pouvait être cette femme ; comme si elle avait déjà modifié le cours de son cœur. Et elle ne se trompait pas.

Tous deux troublés par la tournure que prenait cette entrevue, ils se quittèrent sans encore fixer la date de leur prochaine rencontre ; Calum devait faire le point dans ses écrits avant d'envisager une nouvelle entrevue. Malgré cela, tous deux savaient pertinemment qu'ils allaient se revoir. Calum souhaita une bonne nuit à Rosa de manière galante et elle regagna son domicile. Calum rentra chez lui, encore plus troublé et charmé. Avec cette femme, il pensait tout calculer pour la séduire, mais finalement, il n'avait pas eu besoin ; il n'en avait pas trop fait, et pour la première fois, il se sentait lui-même, du moins la meilleure partie de lui-même. Comme si Rosa faisait ressortir cette meilleure partie, lui faisant oublier les ombres qui d'habitude le gouvernaient. Il était serein, prêt à vivre la vie avec des nuances plus claires.

Rosa, de son côté, alors qu'elle se préparait pour aller dormir, se sentait changée. Elle aussi, à ses côtés, se sentait naturelle. Pour la première fois depuis Lorenzo, elle envisageait la possibilité qu'une grande histoire d'amour puisse naître. Les deux se couchèrent, des scénarios heureux plein la tête.

Le lendemain, dans l'après-midi, Calum appela Rosa à son domicile, sachant qu'elle n'était probablement pas occupée, lui qui connaissait bien son emploi du temps. Rosa décrocha, et instantanément, elle reconnut la voix de Calum à l'autre bout du fil, agréablement surprise. C'était la première fois qu'ils communiquaient directement en dehors des entrevues, sans passer par l'intermédiaire de l'assistant de Rosa.

« Je sens qu'il existe une partie de vous qui m'échappe encore et que je voudrais connaître », déclara Calum d'une voix charmeuse. Rosa, amusée et percevant un jeu de séduction entre eux, lui demanda s'il souhaitait la découvrir pour ses écrits ou bien à titre personnel. Il répondit que c'était peut-être bien pour les deux à la fois, ajoutant qu'il souhaitait l'inviter à sortir, ni en tant qu'auteur ni elle en tant qu'artiste, simplement en tant que deux personnes. Calum lui demanda si Rosa, qui se produisait souvent sur scène, avait parfois l'occasion d'assister à des spectacles ou des concerts ; ce n'était pas le cas. Il lui confia qu'elle adorerait probablement la musique et la danse classique, puis il lui proposa de l'emmener voir un ballet dans trois jours. Rosa accepta, le sourire aux lèvres.

Le 8 juin, dans l'air vibrant de Londres, Calum se tenait devant la porte de Rosa, l'attente alimentant son impatience. Chaque seconde écoulée amplifiait son désir de la voir apparaître, le cœur palpitant d'anticipation. Lorsque Rosa ouvrit enfin la porte, son sourire éclatant et ses yeux pétillants confirmèrent à Calum qu'ils étaient sur la même longueur d'onde. Aucun mot ne fut échangé, mais dans leurs regards se lisait une complicité naissante, un élan vers quelque chose de plus grand.

Rosa, de son côté, sentait son cœur tambouriner dans sa poitrine alors qu'elle se tenait sur le seuil de sa porte, dans une tenue magnifiquement propice à l'occasion. Elle ressentait à la fois l'excitation et une pointe de nervosité à l'idée de passer cette soirée avec Calum. Pourtant, sa confiance en lui et son intuition lui insufflaient une sérénité qui lui permettait d'aborder cette nouvelle étape avec assurance. Elle était prête à se laisser emporter par ce rendez-vous qui s'annonçait bien plus que professionnel, prête à explorer les nuances subtiles qui émanaient de Calum.

Ils se présentèrent devant le majestueux Royal Opera House vers 19 heures, leurs silhouettes se fondant dans le décor urbain de Londres. Chaque pas résonnait comme la promesse d'une merveilleuse soirée à venir. À l'intérieur, l'effervescence du public accueillit leur arrivée, les spectateurs se pressant vers leurs sièges. Dans cette atmosphère chargée d'attente, ils s'installèrent, prêts à être transportés dans le monde ensorcelant du ballet. Lorsque le rideau se leva, dévoilant la scène illuminée, Rosa se laissa emporter par la magie du ballet *Roméo et Juliette*, une œuvre de Sergueï Prokofiev. Ses yeux étincelaient d'une admiration sincère pour la beauté et la virtuosité des danseurs, chaque mouvement semblant dévoiler une nouvelle parcelle d'émotion. *La Danse des Chevaliers*, avec sa fougue et son émotion, lui arracha un souffle d'émerveillement.

Parmi les spectateurs subjugués, Calum observait la réaction de Rosa avec un mélange d'étonnement et de fascination. C'était comme si chaque pas de danse, chaque note de musique révélait une nouvelle facette de la femme à ses côtés. Et puis, comme un éclair dans la nuit, un geste inattendu : la main de Rosa se posa délicatement sur la sienne. Calum sentit un frisson le parcourir, surpris par cette initiative très audacieuse venant d'une femme. C'était un moment de connexion pure, un instant suspendu où le monde extérieur semblait s'effacer devant leur complicité naissante, un moment qu'il n'oublierait pas de sitôt.

Ils quittèrent l'opéra, éblouis par la magie de la soirée, et déambulèrent dans les rues animées, absorbés dans une conversation passionnante. Au fil de leurs échanges, Rosa s'intéressa de près aux voyages de Calum, curieuse d'explorer les horizons lointains qu'il avait eu la chance de découvrir. Calum lui décrivit avec enthousiasme les aventures et les découvertes qui avaient jalonné son chemin à travers l'Italie, l'Espagne, l'Allemagne, Paris et même l'Afrique. Il évoqua les rencontres enrichissantes, les paysages à couper le souffle, et surtout, les trésors artistiques et les souvenirs qu'il avait rapportés de ses périples.

Intriguée, Rosa exprima son désir de voir ces trésors de ses propres yeux. « Pourquoi pas ce soir ? » suggéra-t-elle spontanément. Calum, touché par son intérêt et désireux de partager ces précieux souvenirs avec elle, lui proposa de découvrir sa collection dès maintenant. Ensemble, ils se dirigèrent vers le domicile de Calum, où il dévoila avec fierté ses trésors venus des quatre coins du monde.

Rosa découvrit avec émerveillement les trésors qu'il avait rapportés de ses voyages à travers l'Europe et l'Afrique. Elle remarqua d'abord la statue en marbre blanc en provenance de Florence, ville de son pays, gracieuse et mystique, suivie de l'éventail espagnol aux couleurs vives, rappelant les danses passionnées de l'Andalousie. Une horloge en bois sculpté témoignait du savoir-faire artisanal allemand, tandis qu'une toile parisienne capturait l'effervescence de la ville lumière. Enfin, un masque africain en bois sombre, orné de motifs tribaux, racontait des histoires ancestrales fascinantes. Ces souvenirs, simples objets pour certains, renfermaient pour Rosa des récits et des expériences qui enrichissaient l'âme de Calum.

Alors qu'elle admirait avec délicatesse les œuvres qui ornaient la pièce, Calum lui demanda si elle souhaitait boire quelque chose, à quoi Rosa répondit en demandant le meilleur whisky qu'il possédait. Surpris, une fois de plus, par le choix peu conventionnel d'une femme, Calum acquiesça et se mit à préparer le verre de whisky pendant que Rosa continuait d'explorer le décor. Pendant qu'il versait le liquide ambré dans le verre, Calum le fixa, sachant que ce soir-là, il n'y rajouterait aucune substance. Il réalisa qu'il n'en avait pas besoin et qu'il ne le voulait pas, lui qui ressentait un immense respect pour Rosa. C'était comme si, à cet instant, les rôles s'étaient inversés : celui qui avait l'habitude de dominer se trouvait soudain à la merci de Rosa Rosso.

Alors qu'il avait versé le whisky dans le verre, Calum se remémora ses habitudes passées. Il se souvient de cette satisfaction qu'il éprouvait lorsque les femmes semblaient être à sa portée, lorsque son charme les ensorcelait et les rendait vulnérables à ses désirs. Pendant des années, il avait savouré ce pouvoir, se délectant de chaque instant où il avait le contrôle absolu sur leurs émotions et leurs actions. C'était une sorte de jeu pour lui, un jeu qu'il avait toujours gagné, un jeu où il était maître. Mais ce soir-là, en présence de Rosa, quelque chose avait changé. Il réalisait que ce jeu n'avait plus la même saveur, que le pouvoir sur les autres ne le satisfaisait plus comme auparavant. Au contraire, il se sentait presque libéré du fardeau de cette domination constante. Il avait l'impression de découvrir une nouvelle facette de lui-même, plus authentique et plus sincère, une facette qui n'avait pas besoin de contrôler les autres pour se sentir valorisée. C'était à la fois troublant et libérateur, et Calum se demandait où cette nouvelle dynamique le mènerait avec Rosa.

Calum offrit son verre à Rosa. Le contact de ses doigts sur le verre évoqua en lui une décharge électrique de désir. Ils trinquèrent, leurs regards se rencontrant dans une fusion de passion contenue. Pour Calum, cet instant était une révélation, comme si tous les moments de sa vie l'avaient conduit à ce moment précis. Devant lui se tenait la femme qui avait tourmenté ses pensées, dont le sourire avait éclairé ses moments les plus sombres. Elle était là, à portée de ses bras, et il ne put plus résister à l'impulsion de l'attirer contre lui. Leurs lèvres se joignirent dans un baiser enflammé, scellant ainsi un pacte tacite entre eux, celui de se laisser emporter par l'attraction irrésistible qui les unissait.

Ils se retrouvèrent dans un moment d'intimité partagée, leurs regards vibrant d'une passion longtemps contenue. Pour Calum, chaque sensation était une nouvelle révélation, chaque caresse une exploration de territoires inconnus. Il se sentait transporté dans un tourbillon d'émotions, guidé par le désir ardent de Rosa. Son esprit était habité par une seule pensée : être pleinement présent pour elle, répondre à ses besoins, à ses désirs.

Dans cette union charnelle, Calum découvrit une nouvelle dimension de lui-même, une sensibilité qu'il ignorait posséder. Il se laissa emporter par le flux des sensations, chaque geste étant une expression de son amour et de son désir pour Rosa. Il réalisa que le plaisir de l'autre était aussi le sien, et il se dévoua à elle avec une intensité surprenante. C'était un moment de connexion profonde, où deux âmes se rejoignaient dans une communion passionnée.

Alors qu'ils étaient sur le point de s'endormir dans le lit de Calum, une pensée émergea doucement dans l'esprit de Rosa : était-elle en train de tomber amoureuse de cet homme ? Cette idée, à la fois troublante et exaltante, tourbillonnait dans son esprit alors qu'elle se blottissait contre lui. Pour Calum, cet instant était comme une révélation, une sensation de plénitude qu'il n'avait jamais connue auparavant. Toute sa vie, il avait vécu avec une sorte de tumeur noire dans son âme, une force sombre qui oscillait entre inspiration et désespoir. Parfois, il la chérissait comme une part essentielle de lui-même, nourrissant son esprit créatif, tandis que d'autres fois, elle menaçait de le submerger dans les abysses de la noirceur. Il n'avait jamais cherché à éradiquer complètement cette tumeur, préférant la garder comme une part de son identité. Mais en cet instant, avec Rosa à ses côtés, il sentait qu'elle serait son remède, la force qui l'empêcherait de sombrer complètement dans l'obscurité, ouvrant la voie à un nouvel horizon d'amour et de bonheur.

CHAPITRE 17
2008

Dans l'air plombé d'un début d'après-midi, le cimetière se dressait comme un monument à la douleur et à la perte. La pluie s'abattant sur les tombes ajoutait un caractère funèbre à la scène. Seuls quelques proches s'étaient rassemblés, leur présence discrète renforçant l'atmosphère pesante qui imprégnait chaque instant. Le ciel gris pleurait avec eux, ses larmes mêlant leurs chagrins à l'eau sombre de la terre.

Luciella, la fille de Rosa, se tenait là, le cœur brisé par la perte de sa mère. À ses côtés, Isabella, sa fille et la petite-fille de Rosa, semblait figée dans une torpeur de chagrin, son regard perdu dans l'abîme de la tristesse. Ensemble, mère et fille faisaient face à ce moment sombre et inévitable, portant sur leurs épaules le poids écrasant de la disparition.

Au-dessus du cercueil de Rosa reposait une photo de sa jeunesse, celle où elle brillait sur scène et que Luciella avait choisie la veille. C'était un rappel poignant de la vie et de la passion qu'elle avait connues, mais aussi de la fragilité de l'existence humaine, exposée dans toute sa cruauté. Pour Luciella, cette image était à la fois réconfortante et déchirante, un témoignage de la beauté éphémère de la vie et de la cruauté de la mort.

Puis vint le moment où elles durent dire adieu à Rosa, laissant son corps disparaître lentement dans la terre froide et inhospitalière. Dans un silence glacial et oppressant, elles observèrent le cercueil descendre dans l'obscurité, emportant avec lui les souvenirs d'une vie passée. Et tandis que la pluie continuait de tomber, Luciella et Isabella sentirent le poids écrasant de leur perte s'abattre sur leurs épaules, les laissant seules dans l'obscurité de leur chagrin. Rosa les avait laissées avec une énigme, une part secrète d'elle-même qu'elles ne pourraient jamais percer à jour, une énigme qui les hanterait pour le reste de leurs jours.

Après une journée éprouvante, riche en émotions et marquée par le poids des adieux, Luciella sentait enfin la tension se relâcher. Alors que la réception des funérailles battait son plein, elle se décida, résolue à affronter la vérité qui planait sur sa vie : l'identité de son père biologique. Son regard se posa sur son oncle Francesco, seul lien encore vivant avec le passé mystérieux de Rosa. Il était le gardien des secrets, le témoin silencieux des tourments et des joies de sa mère. Luciella savait qu'elle devait obtenir des réponses, des réponses qu'elle seule pouvait lui fournir. Le cœur serré, mais déterminée, elle s'approcha de lui, prête à percer le voile de mystère qui entourait sa propre existence.

CHAPITRE 18

1958

Dans les replis intimes de leur relation, une histoire naissait, tissée de tendresse, de complicité et d'une profondeur émotionnelle qui transcendait le quotidien. Pour Calum, Rosa dépassait largement le simple rôle de muse ; elle était devenue une révélation, une force qui apportait un nouveau souffle à son art et une profonde signification à son existence. Chaque instant passé à ses côtés semblait révéler un recoin caché de son être, l'amenant à explorer des territoires de son âme jusque-là inexplorés. De son côté, Rosa trouva en Calum bien plus qu'un compagnon : il était son roc, son refuge dans la tempête de sa vie trépidante. Ensemble, ils construisaient un univers où leur amour grandissait en harmonie avec leurs aspirations individuelles, formant un équilibre parfait entre passion et réalité.

Dans les yeux de Calum, l'éclat de la passion renaissait à chaque regard posé sur Rosa, tandis que sur le visage de celle-ci se dessinait une joie profonde. Chaque moment partagé devenait une symphonie d'émotions intenses, un témoignage vibrant de leur connexion indéfectible. Au fil des jours, ils se confiaient, se découvraient, s'aimaient un peu plus, tissant des liens qui semblaient se renforcer avec chaque sourire échangé et chaque geste tendre. Leur relation était devenue un havre de paix dans le tumulte du monde extérieur, une bulle où ils se retrouvaient, s'abandonnant l'un à l'autre.

Calum se délectait du monde envoûtant de Rosa, assistant à chacune de ses prestations avec une admiration grandissante. À la fin de chaque représentation, il se présentait à elle avec des fleurs, le cœur gonflé d'orgueil et d'amour. De son côté, Rosa consacrait chaque instant de liberté à leur amour naissant, une évidence qui se dessinait dans chaque geste, chaque regard. Les semaines passaient, ponctuées par leurs étreintes passionnées, leurs escapades romantiques, leurs soirées partagées sous les étoiles. Ils exploraient la ville main dans la main, découvrant ses recoins secrets, savourant chaque instant comme s'il était le dernier. Dans ce tourbillon de passion et d'émerveillement, Calum et Rosa vivaient un véritable conte de fées, se laissant emporter par la magie de leur amour, insouciants du monde qui les entourait.

C'était également la saison des beaux jours à Londres, avec un été rayonnant qui enveloppait la ville d'une douce chaleur. Calum et Rosa en profitèrent pleinement, se laissant emporter par l'effervescence de la vie urbaine et la magie des jours ensoleillés. Ils s'évadaient des rues animées pour des moments d'intimité dans les parcs verdoyants, où le chant des oiseaux accompagnait leurs échanges passionnés. Chaque instant passé ensemble était une symphonie de sentiments profonds.

Mais parmi leurs escapades les plus mémorables, il y eut celle qui les mena jusqu'à Brighton, où le bord de mer scintillait sous les rayons du soleil estival. Pour Rosa, qui n'avait que rarement quitté l'agitation de Londres, la vue de l'océan fut une révélation. L'air caressait son visage alors qu'elle respirait à pleins poumons, s'imprégnant de la sensation de liberté absolue que procurait la mer infinie. Main dans la main, ils parcoururent la promenade, se perdant dans les couleurs vives des boutiques et le bruit joyeux des manèges. Ils réservèrent une chambre d'hôtel avec vue sur la mer, où le murmure apaisant des vagues était devenu leur berceuse, les transportant dans un état de béatitude où le temps semblait suspendu. Bien que leurs chambres étaient séparées, l'idée de se retrouver le soir venu ajouta une touche d'excitation à leur escapade. Chaque moment passé ensemble à Brighton devint un souvenir précieux, un instant de bonheur pur qui resterait gravé dans leur mémoire pour toujours.

Au cœur de l'été, vers la mi-juillet, une idée germa dans l'esprit de Calum : emmener Rosa à la découverte de ses origines écossaises, dans les majestueux paysages des Highlands. Une proposition chargée d'émotion, teintée de fierté, car il brûlait d'envie de partager avec Rosa l'héritage culturel et naturel qui avait façonné son identité. Pour Rosa, élevée dans l'effervescence de la ville, cette perspective était à la fois exaltante et intimidante. Elle se préparait à une immersion totale dans un monde sauvage et préservé, où les tourbières et les lochs se mêlaient dans une symphonie de couleurs et de contrastes. Les montagnes imposantes et les vallées verdoyantes promettaient une aventure hors du commun, une escapade où se mêleraient découvertes, émotions et peut-être même révélations sur leurs racines respectives.

Le voyage vers l'Écosse représentait bien plus qu'une simple excursion : c'était une étape cruciale dans leur relation naissante, une exploration des territoires intimes de l'autre. Calum espérait que ce séjour serait l'occasion pour Rosa de mieux comprendre son univers, ses valeurs et ses aspirations. De son côté, Rosa voyait en cette escapade une opportunité de renforcer les liens qui les unissaient déjà, de partager des moments uniques et de créer des souvenirs impérissables. Ils étaient prêts à se laisser emporter par le charme mystique des Highlands, à s'émerveiller devant la grandeur de la nature et à savourer chaque instant de cette aventure qui s'annonçait comme un chapitre inoubliable de leur histoire commune.

Alors qu'ils quittaient Londres pour prendre la route en direction d'Édimbourg, la capitale écossaise, Calum et Rosa s'apprêtaient à découvrir un tout autre monde. Après une journée entière de voyage, ils atteignirent enfin leur destination, où ils prévoyaient de passer deux jours. Dès leur arrivée, Rosa fut frappée par l'atmosphère singulière qui régnait dans la ville. Les murs sombres de la vieille ville se dressaient majestueusement autour d'eux, évoquant un sentiment d'ancienneté et de mystère. Chaque rue pavée semblait imprégnée d'une histoire millénaire, tandis que les échos du folklore écossais résonnaient à travers les ruelles étroites. Les joueurs de cornemuse en kilt déambulaient avec grâce, ajoutant une touche de magie à l'atmosphère déjà envoûtante. Pour Rosa, cette expérience était comme plonger dans un livre d'histoires fantastiques, où chaque coin de rue cachait un trésor de légendes et de mystères à découvrir.

Après deux jours à arpenter les ruelles pavées d'Édimbourg, imprégnées d'une histoire séculaire, Calum et Rosa entreprirent leur voyage vers le manoir McMurray. Au fur et à mesure qu'ils s'éloignaient de la ville, les signes de la civilisation s'estompaient, laissant place à des paysages de plus en plus sauvages et majestueux. Les collines des Highlands s'étiraient devant eux, leurs sommets dissimulés sous les nuages bas qui semblaient effleurer la cime des montagnes. Pour Rosa, chaque tournant de la route semblait la plonger davantage dans un monde où le temps s'écoulait différemment, où les légendes prenaient vie sous le ciel sombre et tourmenté. Dans cette immensité de verdure et de brume, une aura mystique imprégnait l'air, comme si chaque rocher, chaque arbre avait une histoire à raconter. Les lochs paisibles reflétaient le ciel chargé de nuages, créant des paysages à couper le souffle. Pour Rosa, chaque instant passé à traverser ces terres ancestrales était comme un voyage dans un conte de fées, où la réalité se mêlait étroitement à la magie. Chaque souffle de vent murmurait les secrets des Highlands, tandis que les rayons du soleil filtraient à travers les nuages, illuminant la terre de lueurs mystérieuses.

Ils arrivèrent devant un imposant portail, dont les lourds battants semblaient garder les secrets du manoir McMurray. « Nous voici arrivés », annonça Calum d'une voix empreinte de fierté contenue. Rosa, les yeux écarquillés, contemplait pour la première fois la majestueuse résidence. Les murs massifs, les tourelles gracieusement élancées, tout évoquait une grandeur et une histoire qui laissaient Rosa impressionnée et un brin troublée. Elle n'avait jamais imaginé l'ampleur de la richesse et de l'influence du clan McMurray, n'ayant eu qu'un aperçu fragmentaire de leur histoire à travers les récits de Calum au fil de leurs dîners. Lorsque la voiture se gara sur le domaine de plusieurs hectares, Rosa posa timidement le pied sur cette terre chargée d'histoire et de mystère. Ensemble, ils s'avancèrent vers la massive façade du manoir, prêts à découvrir les secrets qui se dissimulaient derrière ses murs ancestraux.

Lorsqu'ils entrèrent dans la demeure, le majordome, qui était dans le manoir depuis avant même la naissance de Calum et qui attendait leur venue, les accueillit. Avec son immense intérieur, son nombre incalculable de pièces et son architecture d'intérieur majestueuse, Rosa, qui trouvait déjà l'appartement de Calum impressionnant, le trouvait ridicule en comparaison avec ce véritable château. Le majordome, d'une prestance digne et solennelle, escorta Rosa jusqu'à sa chambre, où elle fut accueillie avec tous les égards en tant qu'invitée d'honneur. La pièce, teintée de rouge et agrémentée de riches ornements, dévoilait un luxe d'une élégance intemporelle, tandis qu'une salle de bain privative offrait un confort supplémentaire. Une fois installée, Calum entreprit de guider Rosa à travers les méandres du manoir, dans l'espoir de retrouver sa mère, encore ignorante de l'arrivée de son fils et de sa bien-aimée.

Mais au fur et à mesure de leur exploration des vastes espaces, un malaise indéfinissable s'insinua peu à peu en Rosa. Une atmosphère pesante semblait envelopper les lieux, comme si les murs eux-mêmes murmuraient des secrets enfouis depuis des générations. Dans chaque pièce, l'ombre d'une présence invisible semblait planer, amplifiant ce sentiment de malaise qui gagnait insidieusement Rosa. Les couloirs, autrefois emplis de vie et de joie, semblaient désormais résonner de mystères oubliés et de souvenirs sombres. Malgré le faste et la grandeur du manoir, une inquiétude sourde tiraillait Rosa, l'incitant à rester sur ses gardes face à une aura oppressante qui semblait imprégner chaque pierre de cette demeure ancestrale.

Après avoir arpenté seulement une fraction des vastes intérieurs du manoir, Calum décida d'emmener Rosa explorer les jardins luxuriants qui entouraient la demeure. Il savait que sa mère, Lady Eleanor McMurray, avait coutume de s'y promener aux beaux jours, se laissant envoûter par la beauté sereine de la nature. Main dans la main, ils se frayèrent un chemin à travers les allées verdoyantes, sous un soleil radieux qui baignait le paysage d'une lumière dorée. Soudain, une silhouette se dessina sous l'ombre d'un chêne ; c'était Lady Eleanor. Calum présenta alors Rosa à sa mère, et les deux femmes échangèrent une poignée de main respectueuse. Dès leur première rencontre, Rosa perçut une émotion indicible émanant de Lady Eleanor. Derrière son élégance aristocratique et son apparence, elle devinait une profonde sensibilité, teintée d'une énigmatique mélancolie. Elle ressentait en elle comme une âme tourmentée qui cachait de nombreux secrets.

Le soir venu, l'arrivée tant attendue de Lord Archibald McMurray, le patriarche du clan, apporta une solennité supplémentaire à la rencontre. Lorsque sa main se serra autour de celle de Rosa, une sensation de puissance émanait de lui, faisant ressentir toute l'importance de son rang et de son autorité. Rosa perçut instinctivement la force qui émanait de cet homme, le chef incontesté de la famille McMurray, et comprit le rôle prépondérant qu'il jouait au sein du clan. Sa présence imposante dominait l'espace, et derrière lui, Lady Eleanor semblait s'effacer, laissant transparaître la hiérarchie implicite qui régnait au sein de la famille.

Dans l'immensité de la somptueuse salle à manger, ils prirent place de part et d'autre de la table imposante. Pour Rosa, cette expérience était à la fois impressionnante et intimidante. Si elle avait l'habitude du confort et du raffinement de la haute société londonienne, elle se sentait étrangère aux protocoles et aux convenances propres à l'aristocratie écossaise. Les codes de conduite et les traditions ancestrales semblaient régir chaque geste et chaque parole, plongeant Rosa dans un monde dont elle ignorait tout. Heureusement, Calum lui avait prodigué quelques conseils préalables pour naviguer avec aisance dans cet univers élitiste. Pour Rosa, l'enjeu était de taille : elle aspirait à être acceptée par les parents de Calum, à gagner leur estime et leur respect. Au-delà du faste matériel, c'était la reconnaissance d'une lignée prestigieuse et la légitimité historique qui se jouaient ici, des valeurs bien plus précieuses que toutes les richesses du monde.

Lord McMurray posa à Rosa de nombreuses questions, curieux de connaître la femme qui avait conquis le cœur de son fils. Calum, de son côté, n'avait rien révélé de l'identité de Rosa à ses parents avant leur arrivée. Il les avait simplement informés de sa beauté et de son caractère surprenant. Lorsque Lord McMurray et Lady Eleanor découvrirent qu'ils étaient en présence de Rosa Rosso, l'icône du glamour londonien et l'une des comédiennes les plus en vue de West End, l'atmosphère se figea dans un silence pesant. Rosa pouvait sentir que ses réponses concernant son identité ne suscitaient pas l'approbation de ses interlocuteurs. Calum avait anticipé cette réaction de sa famille et espérait secrètement qu'en rencontrant Rosa en personne, ils passeraient outre sa profession pour se concentrer sur la femme qu'elle était.

Mais pour la famille McMurray, la véritable préoccupation n'était pas tant qui était réellement Rosa Rosso, mais plutôt quelle serait sa position dans le monde et comment elle serait perçue par celui-ci. Une fois le dîner terminé, Lord Archibald demanda à son fils de le rejoindre sans la présence de Rosa, qui se retira avec embarras dans sa chambre. Pendant ce temps, Eleanor resta silencieuse, assise sur sa chaise, tandis qu'Archibald exprimait son indignation face au choix de son fils. Pour lui, ramener une Rosa Rosso à la maison était une hérésie ; une femme si exposée aux regards du public masculin, une femme qui se déhanchait sur scène, une femme dont la réputation pouvait potentiellement ternir celle de leur famille à la moindre erreur, une femme dont les valeurs de son univers excentrique étaient en totale contradiction avec leurs principes traditionnels, une femme qui semblait préférer la lumière des projecteurs à l'accomplissement des devoirs traditionnels d'une épouse ou d'une mère respectable.

Une dispute éclata et Calum, avec une fermeté déterminée, proclama que son choix était irrévocable : Rosa était la femme de sa vie, l'objet de son amour profond et sincère. Il déclara qu'il demanderait sa main en mariage, affirmant avec conviction que c'était elle, et personne d'autre, qui occuperait cette place privilégiée à ses côtés pour l'éternité. Peu importait l'opinion de Lord Archibald ou les conséquences que cela pourrait avoir pour leur famille. Archibald, calme mais ferme, conseilla à son fils de réfléchir attentivement à cette relation et aux implications de ses décisions. Il lui rappela que chaque acte avait des répercussions, surtout dans les cercles de la haute société. Calum, submergé par la colère et la frustration, se retira de la conversation, laissant planer un silence lourd de tension dans la pièce.

Assise devant la coiffeuse, les cheveux démêlés, Rosa ressentait un malaise grandissant. Elle se sentait comme une étrangère dans cet environnement luxueux et traditionnel. Malgré sa chemise de nuit confortable, elle frissonnait, submergée par le poids des regards désapprobateurs et des attentes sociales. Pendant des années, elle avait lutté pour se démarquer, pour poursuivre ses rêves, mais maintenant, elle se retrouvait confrontée au jugement silencieux de cette famille noble. Elle se demandait si sa vie aurait été plus simple si elle avait renoncé à ses ambitions, si elle s'était conformée aux normes établies ; cependant, elle ne regrettait rien.

Soudain, un léger toc se fit entendre à sa porte, et Calum entra dans la pièce. Bien que leurs chambres fussent légèrement éloignées, mais situées sur le même étage, il voulait lui montrer son univers. Rosa découvrit ainsi la chambre d'enfance et d'adolescence de Calum, où chaque objet semblait raconter une part de son histoire. Alors qu'il lui tenait les mains, Rosa lui confia ses inquiétudes quant à la réaction de ses parents. Calum lui assura que peu importait ce qu'ils pensaient, leur amour finirait par l'emporter. Il savait que Rosa n'était pas encore prête à s'engager, mais il était prêt à l'attendre à ses côtés aussi longtemps qu'il le faudrait. Cette nuit-là, ils bravèrent ensemble les conventions en passant clandestinement la nuit dans la même chambre, décidés à affronter ensemble les défis qui les attendaient.

Au petit matin, alors que les premières lueurs du jour caressaient les murs du manoir, Rosa se glissa silencieusement hors de son lit, savourant l'atmosphère paisible de l'aube écossaise. Les rayons du soleil pénétraient timidement à travers les fenêtres, éclairant doucement la pièce et lui donnant une sensation de calme et de sérénité. Après quelques instants de contemplation, elle se leva avec une énergie renouvelée, se préparant pour une journée d'aventure et de découverte. Alors qu'elle s'occupait de sa toilette matinale, le majordome fit irruption avec l'annonce tant attendue du petit-déjeuner. Descendant les escaliers, elle rejoignit Calum dans la salle à manger, où un festin matinal somptueux les attendait. Seuls dans cette vaste pièce, ils partagèrent un moment privilégié, se délectant des mets délicats et discutant avec enthousiasme de l'escapade à venir dans les Highlands.

Au volant de sa voiture, Calum guida Rosa à travers les routes sinueuses des Highlands, cette région sauvage et mystique du nord de l'Écosse, où les paysages époustouflants portaient l'empreinte de siècles d'histoire et de légendes. Les majestueuses montagnes des Highlands se dressaient comme des gardiens ancestraux, témoins silencieux des luttes et des récits qui ont façonné cette terre. Les routes les menèrent vers des destinations légendaires telles que le Loch Ness, célèbre pour son mystérieux monstre, et Glencoe, où les montagnes racontent les tragédies et les exploits des clans écossais, dont le clan McMurray, dont est issu Calum. C'est au cœur de ces terres que les McMurray ont bâti leur renommée, forçant l'admiration par leur courage et leur fidélité à leurs traditions ancestrales.

Rosa écoutait avec fascination les récits que Calum lui partageait sur l'histoire de sa famille, sur les hauts faits et les épreuves qui ont jalonné le chemin des McMurray à travers les siècles. Chaque nouveau panorama dévoilait une beauté sauvage et brute qui éveillait en elle une profonde admiration pour cette terre indomptée et pour la lignée de Calum, qui avait inscrit son nom dans les annales de l'histoire des Highlands. Cette journée d'exploration des Highlands, entre émerveillement et fascination, scella davantage leur relation, renforçant les liens qui les unissaient dans la découverte commune de cette terre aux mille histoires, dont celle glorieuse et tumultueuse du clan McMurray : La découverte de ces terres sacrées renforça leur lien, scellant leur relation dans le cadre enchanteur des Highlands écossais. Dans ces instants magiques, alors qu'ils partageaient ensemble ces moments de pure beauté, Rosa réalisait à quel point Calum avait enrichi sa vie et lui avait ouvert les portes d'un monde nouveau et passionnant.

Alors que la journée touchait à sa fin, le trajet de retour vers le manoir se déroulait dans un calme étrange. Lord Archibald était de nouveau absent, parti en voyage, laissant derrière lui un vide palpable dans la demeure. Lady Eleanor, habituée à dissimuler ses émotions derrière un masque aimable, affichait une tristesse contenue que même sa façade ne parvenait pas à dissimuler. Quant à Calum, il s'était muré dans un silence pesant, loin de l'homme passionné qui avait partagé avec Rosa les récits envoûtants de l'histoire des Highlands. Cette ambiance morose pesait sur Rosa, la laissant désemparée face à cette froideur qui s'était installée autour de la table du dîner. Son mutisme s'ajoutait à celui de ses hôtes, créant un malaise palpable qui enveloppait la pièce d'une aura lourde et oppressante.

Plus tard, dans la soirée, dans l'obscurité suffocante du manoir McMurray, Rosa attendait anxieusement le passage de Calum. L'attente s'étirait comme une éternité, et lorsqu'elle décida finalement de se rendre à sa chambre, une étrange appréhension s'empara d'elle. Ses pas résonnaient dans le silence oppressant, chaque bruit semblant amplifié par l'obscurité. À sa grande surprise, personne ne répondit à son appel, et l'atmosphère glaciale du manoir semblait s'épaissir autour d'elle.

Intriguée, mais également terrifiée, Rosa s'aventura plus loin dans les corridors sombres, où les ombres dansaient comme des spectres. L'histoire ancienne de ce lieu semblait palpable, pesante, et Rosa sentait une présence obscure planer dans l'air. Alors qu'elle avançait avec précaution, elle fut soudainement attirée par la lueur vacillante d'un feu de cheminée, émanant d'une pièce obscure au bout du couloir. Son cœur battait la chamade, et chaque pas lui semblait un défi, comme s'il y avait quelque chose de sinistre tapi dans l'ombre, attendant de se révéler.

Dans l'obscurité tamisée de la pièce, Rosa franchit le seuil avec une appréhension grandissante. Là, assis sur un canapé, à la lueur dansante du feu de cheminée, se tenait Calum. Son regard était lointain, perdu dans les flammes, tandis qu'il tenait entre ses doigts un verre de whisky, empreint d'une aura sombre et troublée. Il semblait absorbé par ses pensées, comme s'il était plongé dans un abîme de tourments intérieurs, inatteignable et mystérieux.

Dans la pénombre de la bibliothèque, Calum semblait hanté par ses pensées, assis là, seul avec ses démons et ses incertitudes. Rosa entra doucement, sentant le poids de son malaise. Elle s'approcha de lui, le cœur serré devant la détresse qui émanait de son regard. Sans un mot, elle s'assit à ses côtés, partageant silencieusement son fardeau. Après un moment, Calum se décida enfin à parler, la voix empreinte de désarroi. Il lui confia ses craintes, avouant qu'il se sentait écrasé par le poids des attentes familiales, par la peur de ne jamais être à la hauteur. Rosa l'écouta attentivement, son cœur se serrant à chaque mot prononcé. Puis, lorsqu'il se tut, elle prit doucement sa main dans la sienne, cherchant à lui offrir un peu de réconfort dans cette obscurité émotionnelle.

« Ils me connaissent ; ils savent qui je suis et ils ont vu la noirceur de mon âme », confesse-t-il d'une voix empreinte de désarroi. Ces mots, chargés d'une profondeur insondable, troublèrent Rosa, qui tentait de comprendre le fardeau qui pesait sur lui. Calum, sous l'effet du whisky, s'abandonna à une sincérité brutale, laissant entrevoir les ombres enfouies de son être.

Dans un geste de compassion, Rosa ouvrit son cœur à Calum, partageant avec lui des fragments douloureux de son passé. Avec une sincérité teintée d'émotion, elle évoqua les moments sombres où elle avait été contrainte de céder à des actes dont elle n'était pas fière. Les spectacles humiliants imposés par Evelyn, les compromis qu'elle avait dû consentir dans des situations désespérées, tout cela émergea de sa mémoire avec une clarté troublante. C'était la première fois qu'elle se confiait ainsi à quelqu'un, dévoilant des cicatrices invisibles et des secrets enfouis depuis trop longtemps, dont celui du soir où elle avait été contrainte de se prostituer. Dans ses paroles réconfortantes, elle souligna la réalité universelle de la condition humaine, où la dignité pouvait être éclipsée par la nécessité et où les choix étaient parfois dictés par la détresse.

Dans un état de fatigue profonde, Calum ressentait le poids des émotions tumultueuses qui avaient marqué la journée. Malgré son désir ardent de trouver le sommeil, son esprit était toujours tourmenté par les révélations troublantes de la soirée. Aux côtés de Rosa dans le lit, il se laissa enfin envahir par le sommeil, mais une pensée persistait dans son esprit agité : la femme qu'il aimait, bien que rayonnante à première vue, était aussi celle qui avait mené une vie de légèreté, voire même celle d'une prostituée, une réalité qu'il avait du mal à concilier avec l'image idéalisée qu'il avait d'elle.

CHAPITRE 19
2008

Luciella avait pris une décision lourde de sens après la cérémonie funéraire. Elle savait qu'elle devait trouver des réponses, des explications à tout ce qui semblait désormais flou dans sa vie, et cela la menait tout droit vers son oncle Francesco. Alors, d'un pas décidé, elle s'approcha de lui, qui était resté en retrait, les traits marqués par le poids des années et des souvenirs.

«Francesco», l'appela-t-elle doucement. Son oncle leva les yeux vers elle, une lueur d'inquiétude et de curiosité dans son regard. Luciella lui proposa alors de l'accompagner dans un café après la cérémonie, désireuse d'avoir une discussion sérieuse avec lui. Elle lui expliqua qu'elle ne voulait pas impliquer sa fille dans cette conversation, souhaitant la préserver des tourments qui la hantaient déjà. Elle suggéra plutôt à Francesco de passer du temps ensemble, comme ils ne l'avaient pas fait depuis longtemps. Francesco acquiesça, comprenant la détresse dans les yeux de sa nièce. Luciella proposa alors à Isabella qu'elle passe du temps avec son père, elle qui l'avait peu vu ces derniers temps. Luciella se sentait à la fois anxieuse et résolue, prête à affronter la vérité, quelles qu'en soient les conséquences.

Isabella partit donc avec son père, Alessandro Bianchi. La relation entre ce dernier et Luciella était complexe, marquée par un divorce survenu lorsqu'Isabella n'avait que 14 ans. Les années écoulées n'avaient pas réussi à effacer tous les ressentiments entre Luciella et lui, mais une forme de cordialité s'était néanmoins installée pour le bien-être d'Isabella. Père et fille s'installèrent à une table dans un petit bar du quartier. Luciella n'avait pas réalisé à quel point leur fille était en difficulté, mais Alessandro, lui, le percevait clairement. Isabella avait toujours été une enfant complexe, une jeune fille aux multiples facettes ; tantôt sensible et rêveuse, tantôt débordante d'énergie, puis par moments, plongée dans une sorte de torpeur émotionnelle. Élever Isabella avait toujours été un défi pour ses parents, qui devaient jongler avec ses humeurs changeantes et son caractère imprévisible.

Et ce jour-là, cette inquiétude était d'autant plus prégnante ;
Isabella avait quitté l'adolescence derrière elle, mais n'avait pas
encore tout à fait embrassé l'âge adulte. Désormais, elle se retrouvait
seule, livrée à elle-même, dans une grande ville grouillante de
tentations et de pièges, sans aucune forme de surveillance parentale,
libre de flirter avec tous les vices possibles. Mais Alessandro savait
que ce n'était pas le moment pour aborder ces sujets sensibles avec sa
fille ; il devait la ménager, au moins pour cette journée marquée par
le deuil et les émotions tumultueuses qui l'accompagnaient.

Luciella et Francesco, eux, s'installèrent dans un petit café
chaleureux, loin des regards indiscrets. Luciella, le cœur battant,
sentait que le moment était venu d'affronter la vérité sur ses origines.
Elle avait besoin de savoir qui était cette personne dont son oncle
avait prononcé le nom avec une telle gravité : Calum McMurray.
Convaincue que cet homme était probablement son père, elle
plongea son regard dans celui de son oncle et lui demanda d'une voix
tendue qui était cet homme. Francesco prit une profonde inspiration,
sentant le poids des mots qu'il s'apprêtait à prononcer, et lui révéla la
première phrase d'une longue série de vérités douloureuses : « C'était
un homme mauvais, une personne démoniaque. Il a brisé ta mère. »

CHAPITRE 20
1958

Le matin du 22 juillet, après deux nuits passées au manoir McMurray, Rosa et Calum se lancèrent dans un périple éreintant, de retour des Highlands jusqu'à Londres. Sur la route interminable, une étrange atmosphère de silence enveloppait Calum, laissant Rosa dans l'incertitude. À leur arrivée à Londres, en soirée, Calum déposa Rosa chez elle, mettant ainsi fin à leur voyage. Le lendemain, Rosa retrouva la scène après quelques jours de repos bien mérités. Cependant, une sensation étrange persistait entre eux, comme si quelque chose avait changé, laissant Rosa perplexe et inquiète.

De retour chez lui, Calum replongea dans ses pensées tourmentées. Il ouvrit le tiroir d'un de ses meubles et en sortit les pages manuscrites qui constituaient son journal intime, rempli des récits et des réflexions sur Rosa. Les premières lignes remontaient à l'époque où son obsession pour elle avait commencé, lorsqu'il l'avait découverte sur scène. Au fil des jours, il avait continué à écrire, consignant chaque rencontre, chaque échange, chaque émotion ressentie en présence de Rosa. Ces textes étaient le reflet de son amour grandissant pour elle, un amour si intense qu'il se matérialisait en mots sur le papier. Mais derrière cet amour apparent se cachait quelque chose de plus sombre, une obsession malsaine qui le consumait peu à peu, l'empêchant de penser à autre chose qu'à elle. Ces écrits étaient devenus sa manière de rester connecté à elle, même lorsqu'ils étaient physiquement séparés, passant des heures assis à son bureau, plongé dans ses pensées et ses souvenirs de leur amour naissant, sans se rendre compte que cette obsession prenait peu à peu le contrôle de sa vie.

Depuis cette nuit au manoir McMurray, l'obsession de Calum prenait un tournant plus sombre. Il avait toujours perçu Rosa comme une figure d'une beauté intouchable, une énigme dont il était le seul à avoir percé le mystère. Mais cette révélation, celle de son passé troublant, l'avait ébranlé au plus profond de son être. Apprendre que Rosa avait cédé à la tentation de l'argent, avait embrassé des voies qu'il n'aurait jamais imaginées, l'avait plongé dans un abîme de doute et de crainte. Il avait l'impression de ne plus connaître la femme qu'il aimait, de découvrir un côté d'elle qu'il n'avait jamais soupçonné. Désormais, une peur le hantait : celle que Rosa Rosso puisse être attirée par un autre homme, qu'elle puisse trouver en quelqu'un d'autre ce qu'il n'était pas capable de lui offrir.

Il se plongea alors dans l'écriture, noircissant des pages entières de tourments concernant la femme qu'il avait envisagé d'épouser. Ses nuits étaient courtes, son sommeil agité par des pensées obsédantes, et il enchaînait les verres de whisky pour tenter d'apaiser sa tourmente intérieure. Chaque mot qu'il couchait sur le papier était empreint d'une obscurité croissante, reflétant son propre désarroi face à la complexité de ses sentiments pour Rosa.

Deux jours plus tard, Rosa parvint enfin à se libérer de son emploi du temps chargé, permettant ainsi à Calum et elle de se retrouver. Ils avaient rendez-vous dans un restaurant chic où ils étaient devenus des habitués au fil du temps. Pourtant, dès le début de la soirée, Calum se montra étrangement distant, jetant des regards froids à Rosa qui ne comprenait pas son attitude. Inquiète, elle finit par briser le silence pesant en lui demandant si elle avait commis quelque chose qui l'avait contrarié. Calum, le regard empreint de colère, lui lança alors une question glaciale : « Combien d'hommes y a-t-il eu avant moi ? » Cette interrogation inattendue plongea Rosa dans la confusion la plus totale. Pourtant, elle lui avait déjà avoué avoir eu deux relations antérieures, avec Lorenzo, son premier amour, et ce directeur de casting à Londres, contre son gré, il y a plusieurs années de cela. Déconcertée, elle lui répéta ces faits, ne comprenant pas pourquoi il lui adressait une telle question avec autant de froideur.

Calum la fixa avec insistance, demandant comment elle pouvait oser lui mentir en le regardant droit dans les yeux. Rosa, déconcertée, réitéra pourtant avec assurance la véracité de ses paroles. Mais Calum, loin de se calmer, entra dans une fureur que Rosa n'avait jamais vue chez lui auparavant. Il se mit à crier, accusant Rosa de mentir, et frappa violemment du poing sur la table, faisant sursauter Rosa et surprenant l'ensemble des clients présents dans le restaurant, qui détournèrent le regard, choqués par cette scène inattendue.

Sous le choc, Rosa se leva brusquement et quitta le restaurant sans dire un mot. Dans la rue, elle chercha un taxi, cherchant à échapper à cette confrontation imprévue. Calum la rejoignit à l'extérieur, déterminé à clarifier les choses. Toujours en proie à sa colère, il reprocha à Rosa son comportement, l'accusant de fuir plutôt que de faire face à leurs problèmes comme des adultes, jugeant son attitude immature, impolie et indigne de quelqu'un qui prétendait l'aimer. Les larmes aux yeux, Rosa lui assura qu'elle disait la vérité, qu'elle n'avait rien à se reprocher et qu'elle ne voulait pas d'une relation marquée par de tels débordements. Conscient d'avoir dépassé les limites, Calum baissa le ton de sa voix, se radoucit et prit Rosa dans ses bras, lui demandant de se calmer et lui assurant qu'il la croyait. Ce soir-là, ils firent la paix, mais des fissures avaient commencé à se former dans leur relation.

Les jours défilaient, et Calum, malgré son apparence calme, sombrait de plus en plus dans ses tourments intérieurs. Il retombait dans ses vieilles habitudes, celles qu'il avait tant peiné à laisser derrière lui lorsqu'il s'était appliqué à publier son troisième livre, et qu'il avait presque totalement abandonnées lorsqu'il avait découvert Rosa. Il se réfugiait de nouveau dans l'alcool, s'abandonnait à une consommation excessive, et renouait avec l'amphétamine, les barbituriques, voire les deux combinés, qu'il se procurait sur le marché noir, par le biais de son cercle littéraire. À mesure qu'il avançait dans l'écriture de ses textes sur Rosa, ces derniers s'assombrissaient, reflétant son état d'esprit tourmenté.

Rosa, quant à elle, se sentait de plus en plus épuisée au fil des jours, sans véritable explication. Pendant les répétitions et les performances de *My Fair Lady*, quelque chose en elle avait changé, et ses collègues l'avaient remarqué. Tout était exécuté machinalement, mais peu à peu, une lueur de tristesse perçait à travers son jeu, comme si elle se fanait lentement. Lorsqu'elle croisait son reflet dans le miroir des loges, elle voyait une fleur flétrie, une ombre de ce qu'elle avait été. Une fois de plus, elle souffrait d'un mal étrange et auquel elle ne savait pas donner d'explication.

Le 10 août, Rosa célébra ses 25 ans avec faste. Dans son vaste appartement londonien, elle avait décidé d'organiser une réception grandiose, conviant une trentaine de personnes. Parmi les invités, figuraient des amis qu'elle n'avait pas revus depuis longtemps, ainsi que des proches de son cercle social, certains venant accompagnés de leurs conjoints. C'était la première fois que Rosa organisait un événement d'une telle envergure pour son anniversaire, et elle était fière de pouvoir accueillir ses convives dans ce lieu qui lui était cher.

La réception était prévue pour débuter à 19 heures, mais Calum arriva plus d'une heure avant les autres invités. Son désir était d'être celui qui comptait le plus aux yeux de Rosa et il souhaitait lui offrir son cadeau en toute intimité. Optant pour quelque chose d'exceptionnel, il franchit le seuil avec une toile soigneusement recouverte d'un drap blanc. Dévoilant le présent, Rosa découvrit avec émotion un portrait d'elle, réalisé par l'un des artistes les plus renommés de Londres, offrant ainsi l'opportunité de figer sa beauté pour l'éternité. Touchée par ce geste, Rosa se sentit profondément flattée ; habituellement, seuls les nobles ou presque avaient le privilège de posséder leur propre portrait.

La réception débuta et les invités affluèrent peu à peu, accueillis par Rosa et le personnel attentif qui veillait au bon déroulement de la soirée. L'atmosphère était empreinte de prestige, animée par un petit groupe de jazz qui distillait une ambiance feutrée et élégante. Les convives se délectaient d'une sélection exquise de mets raffinés, savourant chaque bouchée avec délice. Le bar proposait une variété de boissons haut de gamme, allant des meilleurs vins fins aux champagnes pétillants, en passant par une gamme de cocktails classiques et de spiritueux de qualité, offrant ainsi aux invités un éventail de choix pour accompagner leurs conversations animées.

Avant que la soirée ne débute, Rosa revêtit la plus pièce de sa garde-robe, une robe pailletée et décolletée, choisie avec soin pour l'occasion. Calum, bien qu'il désapprouvât cette tenue qui attirait trop l'attention à son goût, garda ses remarques pour lui-même, préférant rester silencieux. Il commença tôt à siroter du whisky, cherchant à dissiper son malaise croissant, et s'éclipsa discrètement dans les toilettes pour prendre ses amphétamines, espérant ainsi calmer ses angoisses grandissantes. Lorsqu'il revint des toilettes, Calum découvrit les trois amies italiennes de Rosa, ses anciennes colocataires du quartier de Soho, qui avaient pris part à la réception. Il les considérait comme des femmes de mauvaise réputation, trop extravagantes et tapageuses à son goût. S'approchant de Rosa, il lui glissa à l'oreille qu'il ne comprenait pas pourquoi elle fréquentait de telles femmes et lui conseilla de s'éloigner d'elles. Rosa, désormais habituée depuis peu à ce genre de remarques de la part de Calum, haussa simplement les épaules, choisissant de ne pas réagir et de les ignorer.

Durant la soirée, Calum observa attentivement Rosa et James Campbell, sa co-vedette dans *My Fair Lady*. Leur complicité semblait dépasser le cadre de la scène ; leurs regards échangés, leurs sourires complices trahissaient une intimité bien au-delà de la simple amitié. Pourtant, David était marié, et leur relation était uniquement basée sur de l'amitié. Malgré cela, Calum sentit une colère sourde monter en lui, une jalousie incontrôlable. Comment pouvait-elle être aussi proche de cet homme, même en dehors des projecteurs ? Cette découverte éveilla en lui une inquiétude grandissante et une jalousie dévorante.

Rosa remarqua immédiatement l'état d'esprit sombre de Calum lors de la soirée. Elle tenta de s'en éloigner discrètement, préférant éviter tout conflit en cette occasion festive. Au fur et à mesure que la soirée avançait et que les invités se dispersaient, Calum persista dans sa volonté de parler à Rosa. Celle-ci lui répondit avec calme, lui demandant d'attendre que tous les invités soient partis pour pouvoir s'expliquer en toute intimité.

Une fois la soirée terminée, seuls eux deux et quelques membres du personnel restaient, affairés à nettoyer les lieux. Ils se retrouvèrent dans un isolement relatif, et la tension entre Calum et Rosa devint palpable. La colère montait en Calum alors qu'il mentionnait la complicité qu'il avait remarquée entre Rosa et sa co-vedette. D'un ton grave, il lui demanda si elle entretenait une relation amoureuse avec cet homme. Rosa, surprise, lui assura que c'était ridicule, qu'ils étaient simplement amis et qu'elle entretenait même de bonnes relations avec sa femme. Mais Calum, incapable de contenir sa rage, l'accusa d'avoir porté cette robe pour attirer l'attention de James. Rosa lui répliqua avec fermeté que c'était absurde. Alors, Calum, emporté par la fureur, la traita de traînée. Il projeta violemment son verre de whisky contre le mur, et lorsque Rosa tenta de quitter la pièce, il lui saisit fermement le bras. Elle se débattit, mais Calum tint bon, refusant de la lâcher. Alerté par le bruit de la dispute, un membre du personnel intervint et demanda si tout allait bien. Calum, reprenant ses esprits, resta silencieux, lâcha le bras de Rosa et quitta l'appartement sans dire un mot.

Sous le choc de la violente dispute avec Calum, Rosa s'efforçait de garder une apparence calme devant l'homme qui avait mis fin à la confrontation. Quand il lui demanda si elle allait bien, elle lui répondit par un faible acquiescement, dissimulant tant bien que mal son trouble. Se baissant pour ramasser les morceaux de verre éparpillés sur le sol, elle fut interrompue par cet homme bienveillant qui lui conseilla de laisser ces tâches à d'autres. Rosa acquiesça silencieusement et se redressa, laissant derrière elle les débris du verre brisé. Quelques instants plus tard, alors que le personnel terminait de ranger et de nettoyer, les derniers invités s'en allèrent, laissant Rosa seule, les pensées encore troublées par l'incident avec Calum.

Choquée par la soudaine explosion de colère, la noirceur palpable et la violence qui avaient émané de Calum, Rosa se sentait comme prise dans un cauchemar. Cette crise de rage, suivie de son départ sans un mot échangé, tout semblait irréel. Une fois seule dans son lit, plongée dans l'obscurité de sa chambre, les larmes vinrent naturellement à ses yeux. Elle réalisait désormais qu'elle devait faire le deuil de l'homme qu'elle avait cru connaître, car il était désormais évident qu'il n'était pas celui qu'elle avait cru.

Le lendemain matin, Rosa émergea lentement de son sommeil, prenant un moment pour réaliser ce qui s'était déroulé la veille. Se levant avec précaution, elle se dirigea vers la salle de bain pour se rafraîchir. Là, elle remarqua un bleu sur son bras, vestige de l'étreinte violente de Calum. Tentant de dissimuler la marque avec du maquillage, elle se rendit compte que ses efforts étaient vains ; la marque était trop évidente. Abandonnant cette tentative, elle se dirigea vers la cuisine. Bien qu'elle ait besoin de toute son énergie pour sa représentation du soir, elle se sentait épuisée et n'avait aucune appétence. Se contentant d'un verre d'eau, elle s'apprêtait à s'installer, lorsque la sonnette retentit à la porte.

Elle sentit un frisson la parcourir en entendant la sonnette, redoutant que ce soit Calum à nouveau. Jetant un coup d'œil à travers le judas, elle constata qu'il s'agissait d'un livreur, ce qui la soulagea quelque peu. Ouvrant la porte, elle reçut un gigantesque bouquet de fleurs des mains du livreur. Observant les fleurs avec étonnement, elle remarqua qu'elles étaient accompagnées d'une lettre, dont la signature portait la marque de Calum.

Elle s'installa confortablement, tenant la lettre entre ses mains tremblantes, et commença à lire les mots de Calum, écrits avec une sincérité palpable. Chaque phrase résonnait en elle, touchant des cordes sensibles de son cœur. Calum lui avouait qu'avant de la rencontrer, il était un homme brisé, perdu dans les ténèbres de sa propre âme tourmentée. Il se sentait seul, incompris, et son malheur l'avait parfois poussé à des actes sombres. Mais sa rencontre avec Rosa avait tout changé. Elle avait été sa lumière dans l'obscurité, sa guérison, son salut. Cependant, la peur de la perdre l'avait étreint, le poussant parfois à retomber dans ses vieux démons. Malgré tout, il assurait que l'amour de Rosa avait le pouvoir de le guérir, de le rendre meilleur. Il lui avouait qu'il avait besoin d'elle, qu'elle était la femme de sa vie, celle sans qui il ne pouvait imaginer son existence. Il lui promettait de repartir à zéro, de lui accorder toute sa confiance, de laisser derrière lui sa colère et ses démons. Car pour lui, perdre Rosa serait insupportable et il ne survivrait pas à cette perte.

Rosa se sentait déboussolée, perplexe, face à cette lettre chargée d'émotions contradictoires. Incapable de décider quoi en penser pour l'instant, elle laissa le papier de côté, reportant sa réflexion à plus tard. Elle avait d'autres priorités pour le moment, notamment affronter la journée qui s'étendait devant elle. Passant une partie de la matinée alitée, elle repoussa le moment de faire face à la réalité jusqu'à ce qu'elle ne puisse plus ignorer ses responsabilités. Finalement, elle se leva, se préparant mentalement pour la performance qu'elle devait assurer ce soir.

Arrivée au théâtre, Rosa dut faire face aux regards inquisiteurs de certains invités de la réception de la veille, qui avaient remarqué le bleu sur son bras. Elle leur donna une explication rapide, attribuant la marque à un incident mineur. Son partenaire à l'écran, James, ne put s'empêcher de remarquer son malaise, mais Rosa tenta de dissimuler au mieux sa détresse. Une fois seule dans sa loge, elle se retrouva face à son propre reflet, et une vague de désespoir la submergea. Elle eut envie de hurler, de briser le miroir en mille morceaux, mais elle se ressaisit. Malgré la tourmente intérieure, elle se tenait debout, solide comme un roc, prête à assurer le spectacle comme toujours.

De retour chez elle, Rosa se sentit submergée par la fatigue et la solitude. Alors qu'elle se préparait un bain pour se détendre, le téléphone retentit. Elle hésita un instant avant de décrocher, sachant pertinemment qui se trouvait à l'autre bout du fil au vu de l'heure tardive. C'était Calum. Sa voix, empreinte de tristesse et de calme, la fit frissonner. Il lui demanda doucement si elle avait lu sa lettre. Rosa, encore sous le choc de la soirée précédente, lui assura que oui, mais qu'elle avait besoin de quelques jours pour réfléchir. Calum, sentant toujours une lueur d'espoir dans la voix de Rosa, accepta sa demande de répit et lui promit d'attendre. Une fois l'appel terminé, Rosa s'effondra sur son lit, épuisée.

Pendant plusieurs jours, Rosa reprit le cours de sa vie, retrouvant peu à peu ses forces, tandis que Calum continuait d'écrire et de boire. Respectant l'espace de Rosa, il lui envoyait chaque matin un bouquet de fleurs avec un mot d'amour. Au fil des jours, Rosa commença à ressentir le manque de Calum. Le 16 août, elle prit la décision de se rendre chez lui sans prévenir, dans l'espoir de lui faire une surprise et de lui laisser une deuxième chance.

Lorsqu'elle sonna chez lui et qu'il ouvrit la porte, Calum semblait à la fois surpris et heureux, mais il avait également l'air assommé, comme s'il était dans un état second. Rosa lui demanda s'il allait bien et s'il préférait qu'elle repasse plus tard. Calum lui assura que tout allait bien et qu'il était heureux qu'elle soit là. Il l'attira vers lui et l'embrassa avec passion. Lorsqu'ils entrèrent, Calum, qui ne s'attendait pas à recevoir Rosa ce soir-là, avait des preuves évidentes de son obsession pour elle partout dans la pièce : sur son bureau, les pages de ses écrits sur elle, ses photos. Calum se précipita pour tout ranger dans la commode près de son bureau, affirmant qu'il n'aimait pas recevoir quand c'était en désordre. Rosa, qui n'avait pas eu le temps de voir de quoi il s'agissait, eut malgré tout une drôle d'impression.

Elle lui demanda s'il était certain d'aller bien, et il répondit simplement qu'il était fatigué et que tout allait mieux maintenant qu'elle était là. Rosa, toujours amoureuse, mais se méfiant tout de même des explosions de colère de Calum, souhaitait avoir une conversation sincère avec lui. Calum lui demanda ce qu'elle avait pensé des lettres qu'il lui avait envoyées, et elle répondit qu'elle avait été touchée. Elle l'aimait toujours, mais craignait que les mêmes schémas ne se répètent. Calum lui promit que la jalousie était derrière lui, de même que ses accès de colère.

Elle le prit dans ses bras et lui suggéra de venir se coucher, consciente de sa fatigue. Ils se dévêtirent et, une fois en sous-vêtements, s'installèrent dans le lit sans pour autant passer à l'acte. Calum s'endormit rapidement, accablé par le mélange d'alcool et de barbituriques. Tandis qu'il sombrait dans un sommeil profond, Rosa se dégagea de ses bras et resta allongée à ses côtés, fixant le plafond, absorbée dans ses pensées. Malgré l'heure tardive, elle enfila un peignoir et se leva pour aller boire un verre dans le salon. Assise sur le canapé, un étrange pressentiment s'empara d'elle, comme si un message lui avait été envoyé d'outre-tombe : elle devait explorer le contenu de la commode dans le bureau de Calum, une opportunité inespérée alors qu'il était plongé dans un sommeil profond.

Elle retourna d'abord dans la chambre pour vérifier que Calum dormait toujours, et voyant qu'il était profondément endormi, elle se dirigea le plus silencieusement du monde vers son bureau. Avec une légère appréhension, elle ouvrit la commode où Calum avait si hâtivement rangé ses affaires. Elle y découvrit une multitude de documents sur Rosa : des articles de presse, des photos de magazines, des clichés d'elle remontant même avant le début de sa carrière. Rosa se demanda comment Calum avait pu obtenir tout cela et commença à se rendre compte qu'une obsession grandissait en lui à son égard.

Elle ouvrit un autre tiroir et découvrit une pile de pages, apparemment des écrits sur elle. Au début, cela ne la surprit pas, sachant que Calum travaillait sur un livre à son sujet. Cependant, la réalité était bien plus sombre. En seulement quelques minutes, Rosa allait découvrir toute la noirceur qui habitait Calum. Elle prit les plus anciens écrits et réalisa que Calum était obsédé par elle depuis sa toute première apparition sur la scène de *My Fair Lady*. Tout ce temps, il l'avait espionnée, suivie et mis en place tout un stratagème pour l'apprivoiser.

Dans ses écrits les plus récents, elle découvrit un Calum rempli de haine, qui avait une part de mépris pour Rosa, la décrivant comme une ancienne danseuse de charme et même comme une prostituée. Rosa, lisant ces mots, sentit un mélange de tristesse et de colère l'envahir. Elle était abattue de voir comment Calum la dépeignait ainsi, ignorant les réelles épreuves qu'elle avait traversées.

Toutes ces années, elle avait gardé enfouis ces épisodes traumatisants de sa vie, notamment le soir où elle avait dû se prostituer contre sa volonté. Ce soir-là, il y a des années de cela, après avoir été souillée par un homme qui la répugnait et auquel elle n'était pas en mesure de dire non, Rosa s'était sentie comme si elle avait été violée. Elle n'avait jamais trouvé le courage de partager ce sombre secret par honte et par crainte du jugement des autres. Pourtant, elle avait finalement décidé de confier cette part sombre de son passé à Calum, dans l'espoir qu'il puisse comprendre et l'accepter.

Mais aujourd'hui, en lisant ces mots empreints de mépris, elle se sentait trahie. Calum ne la voyait plus que comme un objet, comme un putain, ignorant totalement la personne qu'elle était vraiment. La confiance qu'elle avait placée en lui semblait désormais trahie, et elle se sentait plus seule que jamais. Rosa continua de fouiller et tomba sur d'autres papiers, des contrats avec des écrivains fantômes. Elle eut un pincement au cœur en réalisant que les deux romans à succès publiés par Calum n'avaient pas été écrits de sa main. En réalité, Calum était un homme doté d'une intelligence supérieure à la moyenne, bourré de talent et qui aurait pu montrer au monde de quoi il était capable. Il aurait pu soulever des montagnes et révolutionner le monde littéraire.

Mais la triste vérité était tout autre. Calum, qui se donnait des airs d'intellectuel en surface, s'était laissé aspirer par le tourbillon de la vie londonienne. Il avait sombré dans les soirées clandestines, dans des endroits douteux, dans la débauche, l'alcool et les drogues. Cette facette sombre de sa vie, Rosa ne la connaissait pas vraiment, pensant qu'il s'était assagi récemment. Tiraillé entre la paresse des lendemains d'ivresse et l'envie de produire des œuvres pour maintenir l'image qu'il avait de lui-même, mais également pour que ses parents continuent de financer son train de vie, il avait pris la décision d'engager deux écrivains fantômes pour rédiger ses romans. Il les avait payés généreusement pour cela.

Cette découverte plongea Rosa dans une profonde réflexion sur la personne qu'elle avait aimée et sur la véritable nature de leur relation. Elle se sentait trahie et déçue, mais surtout elle réalisait qu'elle avait été aveuglée par l'image idéalisée qu'elle avait de Calum. Elle, qui admirait ses œuvres, réalisa que tout ça n'était que du vent.

Mais ce n'était pas tout, car le pire restait à venir. Rosa ouvrit le dernier tiroir de la commode et fut pétrifiée en découvrant une pile de photos. Les images semblaient avoir été prises dans différents endroits de l'appartement de Calum. Sur celles-ci, des femmes, certaines paraissant très jeunes, étaient capturées dans des situations troublantes. Elles semblaient endormies ou dans un état de confusion, adoptant des poses suggestives. Rosa, choquée mais soulagée de ne pas voir son propre visage sur ces photos, réalisa qu'elle avait affaire à un individu profondément perturbé. Calum était bien plus que le simple écrivain talentueux qu'elle avait cru connaître. Il était un prédateur, un manipulateur, un menteur.

Se sentant comme l'épouse de Barbe Bleue qui découvre la pièce interdite remplie de cadavres, Rosa comprit qu'elle devait fuir cet homme à tout prix. La réalité s'imposait à elle de manière brutale : sa sécurité et son bien-être étaient en danger tant qu'elle resterait près de Calum. Rosa décida instinctivement de quitter l'appartement sans faire de bruit, laissant derrière elle toutes les preuves de la véritable nature de cet homme. Dans un silence pesant, elle s'avança vers la chambre où Calum dormait encore paisiblement, veillant à ne pas le réveiller. Attrapant sa robe et ses chaussures, elle quitta discrètement l'appartement, déterminée à ne jamais y remettre les pieds. Alors qu'elle cherchait un taxi dans la rue, une certitude s'imposait à elle : jamais plus elle ne laisserait Calum McMurray la toucher.

Assise dans le taxi qui la ramenait chez elle, Rosa se sentait libérée. L'amour qu'elle avait éprouvé pour Calum s'était envolé en un instant, remplacé par une lucidité implacable. En repensant à tous les moments partagés avec lui, elle réalisait désormais que tout n'était que vice et manipulation de sa part. Aucun sentiment de tristesse ou de colère ne l'envahissait ; elle se sentait simplement soulagée, délivrée de l'emprise toxique de Calum. En rentrant chez elle et en verrouillant la porte derrière elle, Rosa savait qu'elle avait fait le bon choix.

Calum se réveilla vers 5 heures du matin, son esprit encore embrumé par le sommeil. En se tournant vers le côté où Rosa aurait dû être, il constata avec surprise et inquiétude son absence. Se levant précipitamment, il se dirigea vers le bureau, où une vision d'horreur l'attendait : les papiers, les photos et les articles qu'il avait soigneusement dissimulés dans la commode étaient maintenant éparpillés sur le sol, révélant ainsi ses sombres secrets. Son cœur se mit à battre à tout rompre, submergé par un mélange de panique et de désespoir. Il sentait une angoisse grandissante l'envahir alors qu'il se précipitait pour ramasser les documents éparpillés. Son esprit était en ébullition, cherchant frénétiquement un moyen de réparer les dégâts, de rattraper le temps perdu. Il ne voulait pas perdre Rosa, pas après avoir réalisé à quel point elle était précieuse pour lui. Il voulait lui montrer qu'il était prêt à changer, à abandonner ses démons du passé pour elle, pour un avenir meilleur.

Le souvenir de cette nuit tumultueuse hantait les pensées de Rosa alors qu'elle se réveillait. La découverte des sombres secrets de Calum avait ébranlé toutes ses certitudes. Elle se sentait trahie, indignée et surtout horrifiée par la véritable nature de l'homme qu'elle avait aimé. Les révélations sur son obsession malsaine à son égard, sur sa tromperie quant à ses romans acclamés, et surtout sur sa perversion envers les femmes l'avaient bouleversée au plus profond d'elle-même. Ces photos, preuves de sa dépravation, la révoltaient. Elle réalisait avec effroi qu'elle avait partagé sa vie avec un prédateur.

Le téléphone se mit à sonner, glaçant le sang de Rosa. Elle se doutait bien qu'il s'agissait probablement de Calum, mais il était impossible pour elle de le savoir avant de décrocher. C'était son présentiment. Elle ignora donc les appels consécutifs et reprit le cours de sa vie. En rentrant de sa prestation du soir, le téléphone se mit encore à sonner. À cette heure tardive, elle savait que ça ne pouvait être que lui.

Elle ne pouvait pas fuir éternellement, ni ignorer les appels du reste du monde pour toujours. Finalement, elle décida de décrocher et confronta Calum, lui annonçant que tout était fini entre eux. Malgré ses insistantes excuses et ses déclarations d'amour passionnées, elle resta ferme dans sa décision. Elle lui dit qu'il était malade, qu'il la dégoûtait, et qu'elle ne voulait plus jamais qu'il l'appelle.

Quelques jours passèrent, et malgré les efforts de Rosa pour reprendre son quotidien, Calum persistait dans ses appels incessants, que Rosa continuait d'ignorer. Elle se terrait chez elle, prenant le risque de manquer des appels importants. Les livraisons de fleurs et de lettres de Calum ne cessaient pas, et il semblait même connaître son emploi du temps au théâtre. Un après-midi, alors qu'elle sortait de chez elle pour rejoindre le théâtre, elle tomba nez à nez avec lui, l'attendant devant sa porte. Il avait également fait le pied de grue à la sortie du théâtre. Rosa, qui ressentait déjà un malaise croissant face à cette situation, se sentait de plus en plus oppressée par la persistance de Calum. La simple pensée de sa possible présence au théâtre, avec son regard posé sur elle pendant toute la représentation, la révulsait.

Au bout de deux semaines à endurer le harcèlement incessant de Calum, Rosa, exténuée et déterminée à retrouver la paix, prit des mesures drastiques. Elle fit changer sa ligne téléphonique à un coût exorbitant, afin que Calum ne puisse plus la contacter. De plus, elle prit contact avec le prestataire qui livrait les fleurs pour lui demander de cesser toute livraison à son adresse. Le fleuriste, perplexifié par cette requête inhabituelle, tenta de défendre le geste romantique de Calum envers Rosa. Cependant, Rosa, déterminée, haussa le ton pour faire entendre fermement sa demande, refusant toute forme de contact avec son harceleur.

Un jour, alors que Rosa se rendait au théâtre, elle trouva Calum qui l'attendait à l'entrée. Il lui promit qu'il ne la harcèlerait plus si elle lui accordait juste cinq minutes de son temps. Fatiguée de cette situation, Rosa accepta, espérant en finir une fois pour toutes. Calum lui réitéra ses excuses et prétendit être prêt à changer. Mais Rosa, ayant atteint son point de rupture, lui déclara qu'il n'y avait plus rien entre eux, que c'était fini pour de bon. Elle mettait également fin à leur collaboration pour le projet littéraire qui avait provoqué leur rencontre. La réaction de Calum fut explosive, et il la rabroua devant son lieu de travail, l'accusant d'être indigne d'un homme respectable. Déterminée à ne plus supporter son comportement toxique, Rosa décida de prendre les choses en main. Elle demanda au personnel du théâtre de ne plus permettre à Calum d'y entrer, expliquant la situation en détail. Le théâtre, compatissant envers Rosa, accepta sa demande et décida d'interdire l'accès à Calum, faisant ainsi de l'établissement un sanctuaire sûr pour elle.

Effectivement, après cette confrontation et l'interdiction d'accès au théâtre, Rosa fut soulagée de constater que Calum semblait respecter sa promesse de ne plus la harceler. Plus de lettres intrusives glissées sous la porte, plus de Calum qui l'attendait en bas de chez elle ou devant le théâtre. De plus, elle avait la certitude qu'il ne faisait plus partie de son public, ce qui lui procurait un sentiment de sécurité renforcé. Elle pouvait enfin respirer à nouveau, se sentir libre de vaquer à ses occupations sans la peur constante d'être surveillée ou importunée par lui.

La tranquillité apparente dans laquelle Rosa pensait évoluer était en réalité un leurre. Calum, loin de s'avouer vaincu, avait secrètement décidé de redoubler d'efforts pour ramener Rosa dans sa vie, mais cette fois-ci en jouant la carte de la discrétion. Sous l'apparence d'un homme résigné, il avait entrepris de la suivre et de l'espionner, prêt à tout pour la garder à sa portée. Alors que Rosa croyait qu'il avait retrouvé la raison et l'avait enfin laissée tranquille, la réalité était tout autre. En vérité, Calum se terrait dans l'ombre, laissant la noirceur qui le rongeait depuis sa naissance se propager insidieusement en lui. À travers ses écrits de plus en plus sombres et ses pensées torturées, il devenait évident que Calum McMurray n'était en train de devenir rien de moins que la personnification de cette tumeur noire qui le consumait.

CHAPITRE 21
2008

Luciella, assise dans le café avec son oncle, venait de recevoir un coup de massue émotionnel. Son oncle, le visage grave, lui avait dévoilé toute la vérité sur Calum McMurray, cet homme qui avait traversé la vie de Rosa comme une ombre sombre et menaçante. Mais ce n'était pas tout. Dans le récit de son oncle se trouvait également l'histoire poignante de Rosa, cette femme forte et résiliente dont le destin avait été irrémédiablement marqué par une nuit tragique, celle du 11 octobre 1958. Luciella, bouleversée par ces révélations, sentait le poids de l'histoire peser sur ses épaules, comme si chaque mot prononcé par son oncle avait le pouvoir de la transporter dans le passé, au cœur des tourments et des épreuves vécues par Rosa.

Après toutes ces révélations et une conversation longue d'une heure et demie avec son oncle, Luciella décida de le raccompagner chez lui en voiture. Lorsqu'il descendit du véhicule, elle resta assise, immobile, réalisant que son monde venait de basculer, que plus rien ne serait comme avant. Elle sentait que quelque chose avait profondément changé en elle, que son être tout entier était imprégné de cette nouvelle réalité.

Isabella et son père, eux, passaient un moment à discuter, évoquant la vie, les souvenirs et surtout Rosa. Alessandro entretenait toujours des relations cordiales avec son ancienne belle-mère, qui était également la grand-mère de sa fille. Malgré les épreuves du passé, cette femme avait toujours manifesté son appréciation envers Alessandro et avait soutenu son union avec sa fille. Même après le divorce, causé par l'infidélité d'Alessandro, elle était restée compréhensive et respectueuse envers lui, reconnaissant ses qualités de père pour sa petite-fille. Alessandro, de son côté, avait surmonté ses réticences initiales envers cette femme qui avait blessé celle qui qui fut autrefois sa femme. Il avait finalement appris à la connaître comme une figure accueillante au sein de la famille, partageant avec lui un lien précieux : leur amour commun pour Isabella.

Isabella rassembla son courage pour aborder un sujet délicat avec son père : la lettre que Rosa avait laissée avant sa mort. Malgré ses liens familiaux, Isabella avait toujours eu en elle un sentiment d'étrangeté, une incomplétude dans son identité. Elle connaissait son père et sa mère, mais une partie de son histoire restait obscure. Cette sensation l'avait toujours accompagnée, mais aujourd'hui, elle découvrait qu'une partie de ses origines et de son identité demeurait floue. Cette révélation laissa Alessandro sans voix, confronté à une réalité qu'il n'avait jamais soupçonnée.

Isabella exprima à son père son sentiment d'être tenue à l'écart de la vérité, comme si elle n'était qu'une enfant à qui l'on dissimulait des secrets. Elle évoqua ses soupçons envers son oncle et peut-être même sa mère quant à la dissimulation d'une partie de la vérité sur Rosa. Isabella avait le désir de mener des recherches sur Rosa pour découvrir la vérité, mais son ordinateur refusait de fonctionner depuis son retour. Prise dans le tumulte des obsèques de Rosa, elle n'avait pas eu l'occasion de se pencher davantage sur cette question. Elle sollicita alors son père pour qu'il tente de réparer l'ordinateur lorsqu'il la raccompagnerait chez elle. Bien que soucieux du bien-être de sa fille dans cette situation délicate, Alessandro accepta avec préoccupation cette requête.

Alessandro raccompagna Isabella chez elle et inspecta immédiatement l'ordinateur. Après quelques minutes de vérifications, il réussit à résoudre le problème et l'ordinateur semblait fonctionner correctement à nouveau. Il demanda à Isabella si elle voulait qu'il reste un peu pour s'assurer que tout allait bien. Isabella lui répondit de ne pas s'inquiéter, qu'elle avait besoin d'un peu de solitude pour le moment, mais qu'ils se tiendraient au courant pour organiser une rencontre avant son départ pour Rome. Alessandro acquiesça, comprenant le besoin d'Isabella de réfléchir et de se retrouver seule. Il lui fit promettre de l'appeler dès qu'elle aurait besoin de quelque chose ou simplement pour parler. Isabella lui sourit, reconnaissante pour son soutien, puis le regarda partir avant de refermer la porte derrière lui. Se retrouvant seule, elle se sentit à la fois soulagée et anxieuse. Elle avait désormais accès à son ordinateur et pouvait enfin commencer ses recherches sur Rosa.

Isabella commença ses recherches en tapant simplement le nom Rosa Rosso dans le moteur de recherche. Les premiers résultats furent prévisibles : des images éblouissantes, des articles élogieux sur sa carrière fulgurante, comme ceux qu'elle avait découverts dans le grenier à la mort de Rosa.

Puis, alors qu'elle naviguait à travers les résultats, quelque chose attira son attention. Un titre accrocheur : La Nuit Sanglante de West End. Intriguée, Isabella cliqua sur l'article et commença à lire. Ce qu'elle découvrit la glaça jusqu'aux os : des détails macabres sur un événement tragique survenu dans les rues de Londres le 11 octobre 1958, une nuit où la terreur avait régné et où des vies avaient été bouleversées à jamais.

C'est alors qu'elle remarqua un nom qui revenait sans cesse dans les récits de cette nuit cauchemardesque et qu'elle avait entendu sortir de la bouche de son grand-oncle, ce même nom qui l'avait rendue malade après avoir été prononcé : celui de Calum McMurray. Intriguée, Isabella décida d'en savoir plus sur cet homme. Les recherches révélèrent qu'il était un écrivain de la haute noblesse écossaise, né en 1929 et mort à Londres dans la nuit du 11 au 12 octobre 1958. Un frisson glacial parcourut Isabella alors qu'elle réalisait l'importance de cette découverte.

CHAPITRE 22
1958

Les jours défilaient, la vie reprenait son cours et Rosa retrouvait peu à peu l'équilibre. Après les tumultes des premiers jours post-rupture, où elle avait perdu toute vitalité et se sentait étouffée par la présence oppressante de Calum et les tourments de l'existence, Rosa ressentait enfin un retour à la normale. Elle se retrouvait, retrouvait cette connexion avec elle-même qui lui avait tant manqué. La passion refaisait surface, l'animant à nouveau de son feu intérieur.

Rosa puisait sa force dans l'admiration du public et les tonnerres d'applaudissements qui accompagnaient chacune de ses prestations. Elle retrouvait cette flamme qui l'avait toujours animée, cette passion pour la scène qui l'avait poussée à tant d'efforts pour en arriver là. Désormais, elle avait une vision claire de son chemin : pour elle, ce n'était que le début d'une carrière prometteuse, où elle comptait bien briller de mille feux.

Alors que Rosa reprenait peu à peu son éclat et rayonnait sur scène, Calum, lui, se trouvait souvent non loin, voire parfois bien plus près qu'elle ne l'imaginait. Pourtant, il était tapi dans l'ombre, sombrant de plus en plus dans les profondeurs de sa propre noirceur. Il n'avait pas seulement perdu l'amour de sa vie, mais aussi sa muse, son inspiration, son guide à travers les mots. Rosa n'était pas seulement sa compagne, mais aussi le personnage principal de son œuvre, une part de lui-même incarnée dans une histoire. Chaque mot qu'il avait écrit, chaque ligne qu'il avait tracée, c'était comme s'il avait donné vie à Rosa Rosso, une partie de son âme inscrite dans les pages de son livre. Et maintenant, avec son départ, il se sentait vidé, comme si une part de lui-même avait été arrachée, laissant un vide béant dans son être ; c'était comme si une partie de lui-même était devenue Rosa Rosso.

Tout allait bien pour Rosa, qui laissait peu à peu Calum s'éloigner de son esprit. De l'écrivain renommé qu'il était, il était devenu son amant, puis de l'amant, il était tombé au rang d'un admirateur déséquilibré, un intrus indésirable dans son existence.

Un soir du 14 septembre 1958, alors qu'elle venait de terminer une représentation théâtrale et retournait en loges, le destin de Rosa allait à nouveau être bouleversé sans qu'elle ne s'y attende. On vint lui dire qu'un homme qui affirmait bien la connaître demandait à la voir. Elle pensa d'abord à Calum, agacée à l'idée que le théâtre ne respectait pas son interdiction, mais lorsque, irritée, elle demanda qui il était, on lui répondit un nom complètement inattendu. Ce nom ébranla Rosa et dissipa toute colère en elle. Il s'agissait du nom de Lorenzo Williams, son premier grand amour qu'elle avait connu des années auparavant à Naples alors qu'elle n'avait que 19 ans.

Lorsque Rosa entendit le nom de Lorenzo Williams, son cœur fit un bond dans sa poitrine, et un tourbillon d'émotions l'envahit. La surprise la figea sur place, son esprit débordant d'incompréhension face à la présence inattendue de celui qu'elle avait tant aimé autrefois. Des souvenirs enfouis remontèrent à la surface, mélangeant douceur et douleur, nostalgie et anxiété. Elle se sentit submergée par l'émotion, ne sachant comment réagir à cette nouvelle.

Lorsqu'ils se retrouvèrent enfin face à face, Rosa et Lorenzo furent momentanément privés de mots. Le temps semblait suspendu autour d'eux, laissant place à un silence chargé d'émotions. Pour Rosa, le choc fut intense ; elle se rappela les premiers instants de leur rencontre, plus de six ans auparavant, et réalisa avec étonnement que le visage de Lorenzo était resté gravé dans sa mémoire avec une précision saisissante. Il était là, devant elle, tel qu'elle l'avait connu, mais avec une maturité et une élégance qui le rendaient encore plus séduisant. Quant à Lorenzo, il contemplait Rosa avec un mélange de surprise et d'admiration. La jeune fille qu'il avait connue autrefois s'était métamorphosée en une femme rayonnante, et il fut instantanément captivé par sa présence.

Le regard de Rosa se plongea dans celui de Lorenzo, et dans cette rencontre, elle ressentit une explosion d'émotions. Elle réalisa alors que les sentiments qu'elle avait pour lui n'avaient jamais vraiment disparu. Son cœur battait la chamade, comme s'il avait attendu ce moment pour retrouver la chaleur d'un amour enfoui. Peut-être, se dit-elle, n'avait-elle jamais cessé de l'aimer. Malgré les tourments et les épreuves, malgré les histoires passées avec Calum, cet amour semblait avoir survécu au temps, tapi au plus profond d'elle-même, attendant patiemment de ressurgir. En cet instant, face à l'homme qui avait été son premier grand amour, Rosa comprit que certains liens étaient indestructibles, et que certains amours étaient destinés à durer éternellement.

Ils avaient tant de choses à se dire, et pourtant ils se retrouvaient sans mots, jusqu'à ce que Lorenzo lui dise : «Tu l'as fait, tu as accompli ton rêve».

Ces simples résonnèrent dans le cœur de Rosa, réveillant des souvenirs enfouis et des émotions intenses. Elle savait qu'il avait raison. Tout ce chemin parcouru depuis leur rencontre à Naples, toutes ces luttes et ces sacrifices pour atteindre son rêve de devenir une étoile de la scène, tout cela avait enfin porté ses fruits. Elle sentit les larmes lui monter aux yeux, mais cette fois, ce n'étaient pas des larmes de tristesse ou de douleur, mais des larmes de gratitude et de bonheur. Dans ce moment de complicité retrouvée, Rosa se sentit pleinement accomplie, comme si chaque épreuve surmontée avait contribué à la réalisation de son destin.

Lorenzo et Rosa se retrouvèrent à l'extérieur pour discuter. Tandis qu'ils se baladaient dans la rue, Lorenzo lui confia qu'il avait entamé une carrière dans le journalisme à New York. Malgré plusieurs années passées à construire sa vie et à obtenir ce qu'il désirait, il ressentait un vide, une absence. Il avait fréquenté différentes femmes, mais il réalisa qu'aucune ne pouvait remplir le creux dans son cœur comme Rosa. Il partagea avec elle qu'il avait même eu une relation de deux ans avec une autre femme, mais qu'il avait ressenti bien plus de choses en deux jours avec Rosa qu'en deux ans avec cette personne.

Il lui avoua que ces derniers mois, elle était constamment présente dans ses pensées. Il était obsédé par les « et si » concernant leur relation, se demandant ce que leur vie aurait été si leur histoire avait pris une autre tournure. Finalement, il réalisa, tout comme Rosa plus tard, qu'à l'époque, ils étaient jeunes et pas encore totalement accomplis. On aurait pu attendre d'eux qu'ils s'engagent malgré leur jeunesse, mais en réalité, ils avaient encore besoin de mûrir et de grandir.

Après des années de doute, Lorenzo ressentit le besoin de revoir Rosa, mais il était assailli par les questions : était-elle toujours célibataire ? L'avait-elle oublié ? Comment réagirait-elle à son retour ? Malgré ses hésitations, il prit la décision de se rendre en Italie au mois d'août. À Naples, il découvrit que Rosa avait quitté la ville depuis plusieurs années pour tenter sa chance à Londres. Résolu à la retrouver, il décida de se rendre à Londres à la fin de l'été, se lançant ainsi dans l'inconnu, sans savoir ce qui l'attendait. Installé dans un hôtel à Soho, Lorenzo avait pris un aller simple sans savoir quand il en partirait. Son unique motivation était de revoir Rosa, sans aucune idée de ce que l'avenir lui réservait.

Ils prirent place dans un bar à vin et rattrapèrent le temps perdu en se racontant tout ce qui s'était passé pour chacun. La magie était au rendez-vous entre eux, comme six ans auparavant. Tandis qu'il parlait, Rosa le regarda et se demanda comment elle avait pu vivre toutes ces années sans sa présence. Elle qui pensait qu'elle ne le reverrait plus jamais et qu'il resterait à jamais un souvenir lointain dans sa mémoire, sa journée prit la plus inattendue des tournures.

Chaque mot, chaque regard, chaque sourire ravivait les sentiments qu'ils avaient partagés il y a de cela six ans. Rosa se surprenait à rire aux anecdotes de Lorenzo comme si elle les avait vécues à ses côtés. Chaque détail de leur brève histoire d'amour semblait gravé dans sa mémoire, chaque émotion remontant à la surface avec une intensité surprenante. Elle se sentait transportée dans le passé, revivant chaque instant comme si c'était hier. Lorenzo, de son côté, était émerveillé par la manière dont Rosa avait évolué. Elle était devenue une femme forte, confiante et épanouie, mais toujours aussi captivante. Il se demandait comment il avait pu rester si longtemps éloigné d'elle, ignorant l'impact qu'elle avait eu sur sa vie.

À chaque échange, ils découvraient de nouveaux points communs, de nouvelles aspirations, comme s'ils avaient été faits l'un pour l'autre depuis le début. Leurs retrouvailles étaient une fusion parfaite de deux âmes qui semblaient destinées à se retrouver, malgré les années écoulées et les chemins empruntés séparément. Dans ce bar chaleureux, entourés par la douce lueur des bougies et le murmure des conversations, Rosa et Lorenzo réalisaient que leur histoire n'était pas simplement un chapitre du passé, mais plutôt le début d'un nouveau livre rempli de promesses et de possibilités infinies.

En quelques instants, tout devint clair pour Rosa. C'était comme si le destin avait patiemment tissé les fils de leurs vies pour les réunir enfin. Leurs chemins, sinueux et tumultueux, semblaient converger vers ce moment précis. Dans cette atmosphère chargée d'émotions et d'histoires, Rosa sentit une paix profonde envahir son être. Elle comprit que leur histoire ne faisait que commencer, que les épreuves du passé n'étaient que le prologue d'un chapitre plus vaste, écrit à quatre mains dans les pages de leur destinée commune.

Alors que Rosa et Lorenzo sortaient du bar, riant sous les étoiles, ils ne se doutaient pas qu'ils étaient suivis. Calum, caché dans l'ombre, les observait avec une jalousie brûlante. Qui était donc cet homme qui se tenait si près de Rosa ? Pourtant, Calum décida de rester dans l'ombre, patientant pour le moment idéal pour agir. Leur promenade innocente continuait, marquée par leur rire et leur joie partagée, tandis que Calum, consumé par la colère et la jalousie, gardait ses distances. Même s'il était tenté d'intervenir, il savait qu'il devait attendre le bon moment pour révéler sa présence et réclamer Rosa pour lui.

Les jours défilaient pour Rosa et Lorenzo, enveloppés dans la douceur de leur amour retrouvé. Ils partageaient leurs nuits entre l'appartement de Rosa et l'hôtel choisi par Lorenzo, chaque moment passé ensemble renforçant leur conviction d'être faits l'un pour l'autre. Pour Rosa, c'était clair comme de l'eau de roche : le destin avait joué en sa faveur en la libérant de Calum juste à temps pour accueillir Lorenzo à bras ouverts. Dans leur bulle, tout semblait si simple, si pur ; ils s'aimaient, et rien d'autre ne comptait.

Cependant, loin de cette idylle, Calum, rongé par la jalousie, ne pouvait accepter de les voir ainsi épanouis. Il se lança dans une quête obscure, embauchant un détective privé pour fouiner dans le passé de Lorenzo. Il était convaincu qu'en creusant assez profond, il découvrirait de quoi écarter Lorenzo du tableau et reprendre sa place auprès de Rosa. Calum attendait avec impatience le moment où il pourrait utiliser ces informations pour briser leur bonheur.

Pendant que Rosa et Lorenzo vivaient dans l'euphorie de leur passion renaissante, le détective engagé par Calum menait son enquête en secret, collectant chaque miette d'information qui pourrait servir les desseins vengeurs de Calum. Le couple, aveuglé par l'amour, ne voyait pas l'orage se préparer à l'horizon. Ils ne savaient pas encore à quel point les actions de Calum pourraient menacer leur futur ensemble. Leurs cœurs liés par l'amour allaient bientôt être mis à l'épreuve par les machinations d'un passé qui refusait de les laisser en paix.

Plus de deux semaines s'étaient écoulées, plongeant Rosa et Lorenzo dans une mer de bonheur. Le théâtre tout entier, des loges aux fauteuils rouges, vibrait du rayonnement de leur joie. Sur scène, Rosa brillait d'une lumière renouvelée, ses performances imprégnées de l'éclat de son amour retrouvé. Chaque geste, chaque sourire trahissait son bonheur, un secret partagé ouvertement avec Lorenzo. Ils étaient l'image même de l'amour, insouciants et libres, tissant autour d'eux une aura de plénitude qui ne laissait personne indifférent.

Pendant ce temps, dans l'ombre de ce tableau idyllique, Calum ruminait sa frustration. Les informations rapportées par le détective privé n'avaient fait qu'allumer la flamme de sa jalousie. Découvrir que Lorenzo était le premier grand amour de Rosa, celui qui avait marqué son cœur bien avant lui, le rendait fou. Cependant, les rapports se limitaient à des détails superficiels sur la vie de Lorenzo : son identité déjà connue de Rosa, les contours de sa carrière prometteuse et son milieu familial sans tâche. Rien de tout cela ne servait aux desseins noirs de Calum. Dans un accès de colère, il exigea plus, frappant du poing sur la table. « Ce n'est pas assez ! » s'exclama-t-il, ordonnant au détective de creuser encore, persuadé qu'il devait y avoir quelque chose, un secret, une faille, qui lui permettrait de détruire cette relation qui le tourmentait.

Calum était convaincu que derrière l'image parfaite que Lorenzo renvoyait se cachait un secret sombre, quelque chose qui, une fois révélé, remettrait tout en question. Il ne pouvait se résoudre à accepter leur bonheur, persuadé que Rosa lui appartenait encore. Alors, avec une détermination froide, il poussa le détective à redoubler d'efforts, à plonger plus profondément dans le passé de

Lorenzo, cherchant désespérément le moindre éclat d'ombre qui pourrait lui servir d'arme. Dans sa quête obsessionnelle, Calum ne réalisait pas qu'il s'éloignait chaque jour un peu plus de la possibilité de reconquérir Rosa, se perdant dans un labyrinthe de rancœur et de vengeance.

Le 30 septembre, Lorenzo prit la main de Rosa et l'emmena vers un lieu tenu secret. Lorsqu'ils franchirent le seuil, Rosa fut émerveillée par l'endroit qu'elle découvrit : un bar-restaurant italien, au charme insolite et accueillant, bien loin des fastes auxquels elle était désormais habituée. C'était là tout le charme de Londres, pensa-t-elle, cette capacité à surprendre par ses trésors cachés. La musique italienne enveloppait l'espace, invitant les convives à se laisser aller sur la piste de danse. Ensemble, ils dégustèrent une pizza napolitaine authentique, une saveur qu'elle n'avait pas savourée avec autant d'intensité depuis des années. L'atmosphère était électrique, tout le bar semblait vibrer d'une joie de vivre contagieuse.

Sur les premières notes de *Nel Blu Dipinto Di Blu*, le tube italien du moment, Lorenzo invita Rosa à danser. Ils se déplacèrent au rythme de la musique, entourés de danseurs partageant la même allégresse. La soirée battait son plein, dans une bulle de bonheur parfait. Alors, dans un mouvement qui semblait suspendre le temps, Lorenzo se figea et s'agenouilla devant Rosa, les yeux brillants d'émotion. Rosa, le cœur battant, saisit immédiatement le sens de ce geste. Avec des mots empreints d'une sincère affection, Lorenzo lui parla de son amour, de la magie de leur destin réuni, de leur avenir ensemble, peu importe le lieu, Londres, New York ou ailleurs... Le monde avait besoin de leur talent, tout comme il avait besoin de Rosa Rosso. Puis, il lui demanda sa main.

Rosa, submergée par une joie indescriptible, accepta sans la moindre hésitation. Avec une tendresse infinie, Lorenzo glissa la bague au doigt de Rosa, scellant leur promesse d'avenir commun. Ce soir-là, entourée de l'amour de sa vie, des mélodies qui lui étaient chères et d'une foule en fête, Rosa vécut la plus belle soirée de son existence.

Après cette soirée mémorable, Lorenzo et Rosa n'ont pas perdu de temps pour annoncer la grande nouvelle à leurs familles. L'excitation était palpable au téléphone. Leurs voix vibraient de bonheur partagé. C'était décidé : leur mariage se tiendrait en avril, à Naples. Ils voulaient célébrer leur union dans la ville qui avait vu naître leur amour, entourés de tous ceux qu'ils aimaient. L'idée de se marier à Naples leur semblait parfaite. Cette ville, avec son charme unique et son atmosphère vibrante, reflétait tout ce qu'ils souhaitaient pour leur grand jour. Ils commencèrent immédiatement à imaginer la cérémonie, à rêver des ruelles pittoresques et des paysages à couper le souffle qui feraient le décor de leur engagement. Dans cette bulle de bonheur, Lorenzo décida de passer les prochains mois à Londres avec Rosa. C'était l'occasion pour lui de vraiment découvrir la ville, avant qu'ils ne prennent la décision d'y rester ou non après le mariage.

Le 3 octobre, l'article intitulé « Fiançailles étoilées pour Rosa Rosso ! » parut dans le journal *The Stage*, révélant au monde entier les fiançailles de Rosa. Calum, tombant sur cet article, fut submergé par une rage impuissante. Avec précipitation, il déchira le papier en mille morceaux. La haine et la douleur avaient atteint leur apogée dans son cœur. Il se souvenait amèrement comment Rosa lui avait jadis confié ne pas être prête pour le mariage. Pourtant, elle s'était engagée en moins de trois semaines avec un homme que Calum ne pouvait pas supporter. Seul dans son appartement, sa frustration explosa en une tempête de destruction, renversant et brisant tout ce qui se trouvait à sa portée, chaque éclat de verre brisé résonnant comme un écho de sa peine.

Ce jour-là, rongé par une rancœur plus vive que jamais, Calum ne nourrissait qu'une certitude : ce mariage ne se déroulerait pas comme prévu, car il prendrait toutes les mesures nécessaires pour l'en empêcher. Dans l'ombre, il ourdissait des plans sinistres, son esprit s'abîmant dans des scénarios sombres et désespérés pour briser l'union à venir. Pendant ce temps, Rosa vivait dans une bulle de bonheur, totalement inconsciente des menaces qui pesaient sur son futur. Pour elle, Calum n'était plus qu'un souvenir lointain, une ombre du passé sans aucune prise sur sa vie présente. Elle avançait vers son avenir avec Lorenzo, sans se douter un instant de l'orage qui se préparait dans le cœur brisé de Calum.

Le 9 octobre 1958, l'hôtel The Savoy fut le théâtre d'une réception de fiançailles mémorable pour Rosa et Lorenzo. L'hôtel, avec ses éclats et son élégance, baignait dans une ambiance festive où rires et musique se mêlaient harmonieusement. Les invités, éblouis par le décor somptueux, naviguaient entre conversations animées et pas de danse, sous le regard bienveillant des lustres scintillants. Au milieu de cette effervescence, Rosa était l'incarnation du bonheur, sa robe élégante captant la lumière et les regards, son sourire éclatant reflétant tout l'amour qu'elle portait à Lorenzo. La soirée prit une tournure encore plus spéciale avec la présence d'un journaliste de *The Stage*, venu couvrir l'événement. Son attention à l'égard du couple, promesse d'un article élogieux, soulignait l'importance de leur union dans le monde du théâtre londonien.

Informé de la réception de fiançailles, Calum, animé d'une résolution sombre, décida de se rendre à la réception, vêtu de son plus élégant costume. À son arrivée, il fut stoppé net par le personnel à l'entrée, qui lui signifia poliment mais fermement qu'il n'était pas sur la liste des invités. Refusant d'accepter ce barrage, Calum éleva la voix, insistant lourdement pour voir Rosa, convaincu que sa présence seule pourrait changer le cours des choses. Face à son insistance, Rosa fut finalement appelée à l'entrée. À la vue de Calum, son cœur se serra, la surprise laissant rapidement place à une froideur glaçante.

La tension monta d'un cran lorsque Calum, refusant de partir, fit éclater un scandale sous les yeux ébahis des invités. Il proclama haut et fort que Rosa ne pouvait pas épouser Lorenzo, perturbant la sérénité de la soirée. Rosa, le regard empli de dédain, répliqua avec une fermeté cinglante, affirmant n'avoir jamais aimé Calum comme elle aime son fiancé et brandissant sa bague d'engagement comme preuve irréfutable de son amour pour Lorenzo. Elle exigea alors que Calum soit expulsé de l'hôtel. Alors qu'il était escorté vers la sortie, Calum, dans un dernier élan de désespoir, aperçut Lorenzo au loin. Ne comprenant pas l'origine de cette altercation, Lorenzo fut la cible d'une ultime provocation : Calum lui hurla que ce dernier s'apprêtait à épouser une traînée, tentant ainsi de semer le doute et la discorde dans ce qui devait être une soirée de célébration.

Calum disparut alors rapidement de la vue de Rosa et de Lorenzo, laissant alors ce dernier ainsi que les témoins dans la confusion la plus totale ; malgré tout, la soirée reprit son cours. Cet incident, aussi perturbant fût-il, ne parvint pas à éclipser la joie et l'amour qui unissaient le couple. Lorenzo, cherchant à comprendre, se tourna vers Rosa pour des explications. Elle lui avait déjà fait mention de son passé avec Calum, mais jamais avec autant de détails, la honte et le dégoût l'ayant toujours empêchée de s'ouvrir pleinement.

Rosa confia alors à Lorenzo que Calum était une figure troublée de son passé, qui l'avait harcelée pendant une période prolongée. Elle avait cru, à tort, qu'il avait fini par tourner la page. Lorenzo écouta, plein d'empathie, assurant Rosa de son inébranlable soutien. Ensemble, ils décidèrent de mettre cet épisode désagréable derrière eux, ne voulant pas qu'il ternisse davantage leur soirée de célébration. Cependant, malgré la résolution de Rosa à minimiser la menace que Calum représentait, elle ne pouvait s'empêcher de se sentir inquiète. Au fond d'elle, elle ne mesurait pas encore pleinement l'étendue de ce dont Calum était capable, sous-estimant la profondeur de sa détermination et de son obsession.

CHAPITRE 23

Le soir du 11 octobre 1958 enveloppait Londres d'une ombre sombre, teintée d'une inquiétude imperceptible qui flottait dans l'air. Rosa, éclat de lumière dans cette pénombre, quittait son appartement, laissant derrière elle Lorenzo qui promettait de la rejoindre après sa prestation. Leur étreinte, chargée de promesses et d'affection, semblait un présage face à l'obscurité grandissante. Lorenzo, avec tendresse, assura Rosa de son admiration éternelle, laissant échapper un « Tu seras exceptionnelle, comme toujours ». Mais au-delà de ce cadre rassurant, les rues de Londres abritaient une menace que ni Rosa ni Lorenzo ne pouvaient imaginer.

Calum, consumé par une obsession maladive, avait laissé son esprit sombrer dans les ténèbres les plus profondes. Ses journées et ses nuits se confondaient en une suite incessante de pensées sombres, tissant un plan macabre dont Rosa était le cœur involontaire. Sa connaissance précise de leurs routines transformait chaque instant de leur quotidien en une opportunité pour lui d'agir. Ce soir-là, tandis que Rosa illuminait la scène de sa présence, Calum se fondait dans l'obscurité, guettant le moment où Lorenzo s'aventurerait seul dans la nuit. L'air était frais et les ruelles désertes résonnaient du silence prédateur de Calum, qui suivait Lorenzo avec une détermination glaciale.

Dans un passage isolé, où les échos des pas de Lorenzo résonnaient dans la ruelle, le drame se joua loin des regards. Calum, masquant son identité sous une cagoule, fit un choix irréversible qui changea le cours de leur histoire. C'est silencieusement et sans un mot qu'il surprit Lorenzo par derrière en l'égorgeant. Il le retourna vers lui et lui donna huit coups de couteau. Calum tuait pour la première fois, et le sang éclaboussait de tous les côtés. Il laissa tomber à terre Lorenzo, qui n'avait de toute façon plus aucune chance d'en réchapper.

Dans les derniers instants de Lorenzo, le temps sembla suspendre son vol. Surpris par l'inattendu, il n'eut guère le temps de comprendre ce qui lui arrivait. Aucune douleur ne parvint à effleurer son esprit ; seule une pensée persistait, claire et lumineuse malgré l'obscurité s'abattant autour de lui : Rosa. Son visage, son sourire, la mélodie de sa voix, tout ce qui en faisait l'essence même, occupait son dernier souffle. Il s'en alla comme il avait vécu depuis leur rencontre, avec Rosa au cœur de ses pensées, son amour pour elle étant la dernière étincelle dans la nuit de son existence. Lorenzo, dans ce moment ultime, se trouva enveloppé non pas de peur, mais d'une sérénité étrange, emportant avec lui le souvenir indélébile de leur bonheur partagé.

Surpris qu'il ait réussi à aller jusqu'au bout de ses plans écrits sur papier, Calum recula, observant le massacre comme un spectateur. Il l'avait fait ; il avait éliminé son concurrent. Il retira la cagoule, essuya les taches sur son visage, le manteau noir cachant bien la couleur rouge, et déroba les affaires de Lorenzo pour que cette agression ressemble à un vol qui a mal tourné. Il s'en alla discrètement de la scène.

Ce soir-là, le destin de Rosa et de Lorenzo fut marqué par une tragédie silencieuse, un écho sombre de l'amour et de la haine qui se mêlaient dans le cœur de ceux dont les vies avaient été irrémédiablement changées. La lumière de leur amour, si brillante et pleine de promesses, s'estompait face à l'ombre d'un acte que rien ne pourrait effacer.

Dans la suite de cette nuit déjà marquée par le drame, Calum, guidé par sa folie, se glissa dans l'ombre jusqu'à l'appartement de Rosa. Armé d'un passe-partout, il pénétra dans le sanctuaire de celle qu'il refusait de laisser partir. L'intérieur, empreint de la présence de Rosa, lui apportait un étrange réconfort dans sa quête délirante. Les souvenirs du temps passé ensemble l'envahirent, tandis qu'il se débarrassait de son manteau et se lavait le visage. De sa poche, il sortit un revolver qui confirmait la gravité de ses intentions. Installé à la table, se servant un verre de vin, il attendit Rosa, convaincu que l'absence de Lorenzo, le plus grand obstacle à leur relation, rétablirait un dialogue longtemps interrompu entre eux.

Après sa prestation, Rosa fut surprise de ne pas trouver Lorenzo à la sortie du théâtre. Elle supposa alors qu'il avait décidé de rester à leur appartement. Demandant à son chauffeur de la ramener, elle arriva chez elle vers 23 heures. Sous le voile de la nuit, elle pénétra dans le bâtiment et monta les marches en silence, ignorant totalement ce qui l'attendait. En ouvrant la porte, intriguée par la lumière déjà allumée, elle appela Lorenzo pour signaler son retour. L'absence de réponse l'étonna profondément. Progressant à travers l'appartement jusqu'à la salle à manger, elle se figea soudain : ce n'était pas Lorenzo qui l'attendait, mais Calum, assis calmement en face d'elle, un revolver posé à portée de main.

À la vue du revolver, Rosa se figea, paralysée par l'effroi, sans aucune possibilité de fuir ou de crier à l'aide. Dans son esprit, la fuite n'était pas une option envisageable. « Reste calme », articula Calum, sa voix n'offrant aucun réconfort malgré ses mots. Avec un calme qui trahissait l'extrême contrôle de soi plutôt qu'une véritable sérénité, Rosa lui demanda de la voix la plus maîtrisée possible où se trouvait Lorenzo. Calum se contenta d'une réponse évasive, lui indiquant simplement qu'il n'était pas là, sans entrer dans les détails.

Consciente de l'état mental instable de Calum, de son impulsivité et du danger que représentait l'arme qu'il tenait, Rosa savait qu'elle devait agir avec la plus grande prudence. Ses années sur scène, à incarner différents rôles, l'avaient dotée d'une capacité à maîtriser ses émotions, un talent qui lui était désormais d'une utilité vitale. Elle s'assit donc en face de lui, choisissant le silence comme réponse, tout en ressentant une peur intense qui menaçait de submerger sa façade de calme. Dans cette confrontation silencieuse, chaque seconde semblait une éternité, Rosa utilisant tout son art pour naviguer dans cette situation terrifiante avec l'espoir de trouver un moyen de s'échapper ou de désamorcer la menace.

Submergée par la peur des événements à venir, Rosa ne pouvait s'empêcher de penser à Lorenzo, qui, selon ses espoirs, pourrait arriver à tout moment. Elle oscillait entre la terreur de le voir se mettre en danger en tombant dans ce piège tendu par la folie de Calum et l'espoir qu'il puisse être son sauveur. Pendant ce temps, Calum, l'esprit embrouillé par l'alcool, se confia à Rosa, prétendant avoir passé ce temps loin d'elle à réfléchir et à se remettre en question. Rosa, cependant, ne voyait en lui qu'une folie insondable, mais acquiesçait à ses dires, ne voyant aucune autre issue face à la menace du revolver. Les secondes semblaient être des minutes, et les minutes des heures interminables, alors qu'elle restait là, figée, confrontée à l'homme qu'elle méprisait, son regard plongé dans le sien, tentant de masquer sa terreur et son dégoût.

Calum, dans un geste qui se voulait tendre, mais qui n'inspirait que la peur, s'avança vers Rosa et lui caressa doucement le visage. Rosa, bien qu'intérieurement révulsée à l'idée de son contact, fit de son mieux pour dissimuler son effroi. Implorant, Calum la supplia de lui donner une autre chance, promettant que tout serait différent cette fois. Face à ses supplications, Rosa resta muette, pétrifiée, incapable de trouver les mots ou la force de repousser ses avances.

Dans un geste qui scellait sa domination sur le moment, Calum embrassa Rosa. Elle, privée de toute possibilité de refus par la situation, se résigna à subir son baiser. Lorsqu'il la serra dans ses bras, lui murmurant à quel point elle lui avait manqué, les larmes montèrent aux yeux de Rosa. Cernée par l'angoisse et la détresse, elle se demandait désespérément si elle parviendrait un jour à échapper à l'emprise de cet homme qui représentait tout ce qu'elle souhaitait fuir.

Calum lui annonça alors qu'ils passeraient la nuit ensemble en guise de réconciliation et qu'il était temps d'aller se coucher. Paniquée, Rosa ne dit rien et suivit Calum qui l'emmena dans la chambre. Il décida de l'attacher au lit, prétextant qu'elle avait besoin de se reposer et que se lever ne serait pas bon pour elle. Calum s'allongea aux côtés de Rosa et ce qu'elle redoutait arriva ; il commença à la toucher, puis à la déshabiller. Il finit par abuser d'elle dans son propre lit, tandis qu'elle ne montrait aucune réaction. Ce soir-là, c'était comme s'il violait une morte. Quand Calum eut fini, il resta allongé à ses côtés, le revolver posé sur la table de nuit de son côté, et lui dit qu'il avait attendu ce moment depuis trop longtemps. Pour lui, jamais une femme ne lui avait fait autant d'effet dans sa vie. Rosa, elle, était abattue.

Malgré le tourbillon d'émotions qui la submergeait, elle retrouva un semblant de lucidité et se mit à penser à Lorenzo. Elle était déchirée entre le besoin de le protéger et l'espoir d'être secourue. Avec une voix ébranlée par la situation, elle suggéra à Calum que Lorenzo pourrait rentrer bientôt, ajoutant qu'elle envisageait de rompre avec lui et qu'elle était peut-être prête à donner une nouvelle chance à Calum ; un stratagème pour sauver sa peau et celle de son fiancé. Ce dernier, affichant un sourire satisfait tout en la dévisageant, répondit que Lorenzo ne poserait plus aucun problème. Face à cette affirmation, Rosa, perplexe, pressa Calum pour qu'il s'explique davantage.

C'est alors qu'il révéla s'être débarrassé de lui avant qu'elle ne rentre. Rosa, submergée par l'horreur de cette révélation, les larmes aux yeux et la voix tremblante, lui demanda s'il l'avait tué. Calum confirma d'un hochement de tête, plongeant Rosa dans un abîme de désespoir et de peur face à l'irréversible acte de Calum. Face à la terrible révélation, Rosa fut submergée par une vague de douleur inimaginable. Le monde tel qu'elle le connaissait s'effondrait autour d'elle, son fiancé arraché à la vie par l'homme qui la retenait captive. Poussée au-delà de ses limites, elle laissa échapper un cri déchirant, interrogeant Calum avec une intensité désespérée sur les raisons de son acte impardonnable, le traitant de monstre, hurlant de toutes ses forces. Dans un effort surhumain, elle tenta de s'échapper de ses liens, animée par une force née de la terreur et du chagrin.

Calum, face à la résistance inattendue de Rosa, tenta de la contrôler. L'intensité de la situation atteignit un sommet insoutenable lorsque Calum donna un coup dans la tête de Rosa puis saisit son arme, la menaçant dans un silence lourd de tension. Rosa, saisie par la panique, se retrouva sans voix, confrontée à la réalité brutale d'un homme qu'elle n'aurait jamais cru capable de telles horreurs. La peur, mêlée à l'incrédulité, la paralysa, alors qu'elle réalisait l'ampleur de la tragédie qui s'était jouée.

Calum, imprévisible, avait pris soin d'apporter des barbituriques. S'écartant momentanément de Rosa, il l'avertit d'une voix menaçante de rester calme, avant de s'éloigner pour récupérer les cachets accompagnés d'un verre d'eau. À son retour, il les tendit à Rosa, lui ordonnant de les prendre en lui assurant que cela l'aiderait à se détendre et à passer une nuit plus paisible. Rosa, cependant, ne put s'empêcher de remarquer la quantité excessive de pilules, suffisante pour plonger un cheval dans un sommeil profond. Face à sa réticence, Calum insista, lui faisant avaler les cachets de force, avant d'en consommer un lui-même un peu, laissant Rosa face à l'incertitude et à la peur de ce qui pourrait suivre.

Seulement quelques minutes après l'ingestion forcée des barbituriques, Rosa commença à ressentir leur puissant effet sédatif. Elle sombrait progressivement dans un état second, tandis que Calum, plongé dans un silence pesant, l'observait avec une attention malsaine. L'atmosphère oppressante fut brusquement interrompue par des coups frappés à la porte d'entrée, avec une urgence qui ne laissait place à aucun doute sur les intentions des visiteurs. La panique s'empara de Calum, qui ne pouvait qu'imaginer qui se tenait de l'autre côté.

L'écho de voix autoritaires se fit entendre, quatre policiers annonçant leur présence et leur décision d'entrer par la force s'ils n'étaient pas accueillis après un décompte jusqu'à dix. Ils prévinrent qu'ils étaient nombreux et armés, prêts à intervenir. Calum, sentant la chaleur de la peur se diffuser dans tout son corps, fut tenté un instant par l'idée de la fuite. Un regard jeté à la fenêtre lui confirma l'inutilité de cette pensée : des policiers encerclaient déjà l'immeuble, coupant toute échappatoire.

Confronté à l'inévitable, Calum réalisa qu'il était complètement pris au piège, sans aucune issue possible. Dans un dernier sursaut de défi ou peut-être par résignation, il décida de rester sur place, face à son destin. Pendant ce temps, Rosa, à moitié consciente, était loin de comprendre la gravité de la situation qui se déroulait autour d'elle, capturée dans les limbes entre la réalité et l'effet des barbituriques. La porte vola en éclats sous l'assaut de la police britannique, qui pénétra dans l'appartement avec une détermination glaciale, les armes prêtes à l'emploi. Progressant méthodiquement à travers les pièces, ils atteignirent finalement la chambre où se déroulait le drame. Là, ils découvrirent Calum aux côtés de Rosa, celle-ci attachée, dans une scène qui figea l'atmosphère. Instantanément, les policiers pointèrent leurs armes vers Calum, tandis que ce dernier, dans un geste désespéré, brandit son arme au-dessus de Rosa, menaçant de tirer.

Confrontés à cette impasse, les policiers s'efforcèrent de désamorcer la situation avec des mots, tentant de raisonner Calum en lui expliquant que tout acte violent ne ferait qu'aggraver sa situation. Dans ce moment tendu, chaque seconde semblait s'étirer indéfiniment, les policiers cherchant à sauver Rosa sans provoquer Calum à commettre l'irréparable.

Dans cet instant de tension extrême, une lueur de lucidité traversa l'esprit tourmenté de Calum. Confronté à l'imminence de sa chute, il comprit soudain que quoi qu'il fasse, il était fini : la prison à vie l'attendait, et cette fois, ni son argent ni son statut ne pourraient le sauver. Il pensa également à l'humiliation pour lui qui se répandrait également comme une tache sombre sur toute l'histoire des McMurray. Pendant un bref instant, la clarté de sa situation s'imposa à lui avec une force brutale. Il réalisa qu'il avait irrémédiablement précipité sa propre ruine, enfermé dans une trajectoire de vie dont il ne s'échapperait jamais. Il était né avec une malédiction qui régnait sur lui depuis sa naissance et voué à un destin tragique ; il l'avait toujours su au plus profond de lui ; lui, qui se qualifiait d'artiste maudit.

Dans un moment de désespoir absolu, Calum prit une décision irréversible et fit alors ce qui lui semblait être la seule solution pour arrêter tout ça. Il dirigea le revolver sur sa tempe et se tira une balle dans la tête, mettant fin à ses tourments d'une manière tragique sous les yeux impuissants des policiers. Ainsi s'éteignit l'unique héritier des McMurray, scellant le destin de sa lignée dans une solitude éternelle. Alors que Rosa était à moitié consciente, elle put voir l'explosion de sang qui se répandit sur elle et sur les draps blancs. Cette scène devint la dernière image floue avant qu'elle ne sombre dans l'obscurité, emportée par le choc, l'épuisement et les effets des barbituriques.

CHAPITRE 24
2008

Isabella, absorbée par l'écran lumineux de son ordinateur, venait de dénouer les fils d'une histoire familiale tissée d'ombres et de secrets. Elle découvrait avec stupeur et horreur les événements tragiques du 11 octobre 1958 : le meurtre de Lorenzo Williams, le fiancé de sa grand-mère Rosa, par Calum McMurray, suivi de la séquestration de cette dernière et du suicide de Calum pendant l'intervention de la police. Tous ces détails glaçants étaient consignés avec précision clinique dans les archives qu'elle consultait. Sous le choc de ces révélations, Isabella ressentit une empathie profonde et douloureuse pour Rosa, sa grand-mère, dont la jeunesse avait été marquée par une telle tragédie.

Son attention se porta ensuite sur Lorenzo, cette figure énigmatique et presque effacée par le temps. Isabella, animée par une quête personnelle de connexion et de compréhension, chercha à en apprendre davantage sur lui. Mais les informations disponibles étaient cruellement lacunaires : Lorenzo Williams, journaliste italo-américain né le 30 août 1930, sa vie brutalement interrompue à Londres en 1958, sans avoir trouvé la moindre photographie qui puisse immortaliser son existence. Isabella espérait ardemment pouvoir mettre un visage sur cet homme qui, selon toute vraisemblance, était son grand-père. Sa recherche se poursuivait lorsqu'elle fut interrompue par l'arrivée de Luciella, sa mère, visiblement ébranlée. Luciella aussi avait été confrontée à la vérité, révélée par son oncle Francesco, et se trouvait à présent désemparée, incertaine de la manière d'aborder le sujet avec sa fille. Le poids de l'histoire familiale, révélé dans toute sa complexité, planait lourdement sur elles, unissant mère et fille dans une quête silencieuse de réponses et de paix.

Luciella, entrant doucement dans la pièce et apercevant sa fille plongée dans ses recherches, réalisa immédiatement que le voile sur leur passé familial avait été levé. D'une voix empreinte d'une mélancolie résignée, elle confia à Isabella avoir eu une conversation révélatrice avec Francesco. À ces mots, Isabella, sans quitter l'écran des yeux, acquiesça, lui avouant qu'elle était désormais au courant de tout. La question brûlante qui lui échappait depuis des heures franchit finalement ses lèvres : Lorenzo était-il son grand-père ? Luciella, le regard perdu dans le vide, répondit avec une honnêteté déchirante : « La vérité, c'est qu'on ne sait pas. » Dans cette incertitude, un lien invisible mais indestructible se renforça entre mère et fille, unies dans leur quête d'une vérité peut-être destinée à rester dans l'ombre.

CHAPITRE 25
1958

Le matin du 12 octobre 1958, Rosa ouvrit les yeux à l'Hôpital Chelsea and Westminster, enveloppée dans une brume épaisse qui brouillait ses pensées et ses souvenirs. On lui dit alors qu'elle avait été droguée, victime d'une forte ingestion de barbituriques, mais, par chance, pas assez pour mettre sa vie en danger. La confusion régnait en maîtresse dans son esprit, et le choc des événements de la veille l'empêchait de saisir pleinement sa situation. Lorsqu'elle demanda des explications sur ce qui s'était passé, la réponse fut simple et directe : elle devait se reposer. La réalité, qu'elle ignorait encore, était qu'elle avait été sauvée grâce à l'intervention de ses voisins, alertés par ses cris déchirants.

Les appels inquiets des voisins à la police n'avaient pas été ignorés. En effet, les forces de l'ordre, ayant découvert peu de temps auparavant la tragique scène où Lorenzo avait trouvé la mort, avaient immédiatement établi un lien possible entre ces cris désespérés et le meurtre. Convaincus de l'urgence et de la gravité de la situation, ils avaient pris la décision de réagir de façon immédiate. Rosa, désormais à l'hôpital, flottait dans un état second, éloignée de la douleur et de la perte par le voile protecteur des médicaments. Dans cet espace suspendu, la réalité des événements tragiques lui échappait, la laissant dans monde où ni la peine ni le chagrin ne pouvaient l'atteindre. Pour l'instant, elle était à l'abri, protégée de la vérité et de ses conséquences déchirantes, mais le monde extérieur, avec ses révélations et ses deuils, l'attendait. Sa vie ne serait plus jamais la même.

Le 12 octobre, Rosa sombra dans un sommeil sans rêves, échappant pour un temps aux réminiscences de sa récente épreuve. Le lendemain, elle s'éveilla, la brume des médicaments dissipée, accueillie par la lumière bienveillante du soleil qui inondait sa chambre d'hôpital. Graduellement, elle retrouva ses esprits, entourée par un personnel soignant prévenant, pleinement conscient de la tragédie qu'elle avait vécue.

À l'insu de Rosa, l'affaire avait captivé l'attention publique, attirant les médias vers l'hôpital, avides d'informations. Cependant, grâce à la vigilance du personnel, aucun journaliste ne parvint à troubler sa convalescence. Dans cet havre de paix, Rosa commençait doucement son chemin vers la guérison, ignorant encore l'intérêt que le monde extérieur portait à son histoire.

Rosa se trouvait dans un état flottant, un purgatoire émotionnel où la conscience et l'inconscient se livraient bataille. Elle avait recouvré la mémoire des événements tragiques, mais son esprit, submergé par le choc et la douleur, refusait d'embrasser pleinement cette réalité cruelle. Ainsi, le 13 octobre, dans l'après-midi s'effaçait, elle fut informée par le personnel soignant qu'elle serait en mesure de quitter l'hôpital dès le soir même ou le lendemain matin.

Plus surprenant encore, on lui annonça que son frère Francesco se chargerait de venir la chercher. La nouvelle laissa Rosa perplexe ; son frère résidait en Italie, tout comme le reste de sa famille. Ce qu'elle ignorait, c'était que Francesco avait déjà pris l'avion pour Londres et était en route vers l'hôpital. Cette révélation ajoutait une couche d'incertitude à son monde déjà chamboulé. La perspective de revoir Francesco apportait une lueur d'espoir comme une lumière dans la pénombre de son esprit meurtri. Pourtant, elle se sentait détachée, comme si cette réalité appartenait à quelqu'un d'autre, son regard vide trahissant l'immensité du gouffre intérieur dans lequel elle était plongée.

Francesco arriva en fin d'après-midi, sa présence offrant un réconfort immédiat à Rosa, encore engourdie par les récents événements. S'asseyant prudemment à ses côtés, il lui annonça que son appartement resterait inaccessible pour quelques temps, les obligeant à séjourner temporairement dans une suite d'hôtel. Lorsque Rosa l'interrogea timidement sur Lorenzo, la réponse de Francesco fut empreinte d'une douce tristesse : Lorenzo ne reviendrait pas, et Calum, leur tourmenteur, avait disparu à jamais. Malgré la tempête intérieure que ces mots ravivèrent, Rosa garda une apparence stoïque.

Francesco promit de rester auprès de Rosa aussi longtemps que nécessaire, assurant sa protection et son soutien inconditionnels. Il évoqua la possibilité pour elle d'un retour à Naples pour se ressourcer auprès de leur famille, tout en soulignant que toute décision importante serait prise en temps voulu, laissant à Rosa l'espace pour guérir et réfléchir à son avenir. Dans cette promesse de soutien fraternel, Rosa trouva un semblant de paix, malgré le poids du chagrin et des souvenirs confirmés.

Après avoir rassemblé les effets personnels de Rosa et complété les formalités de sortie, Rosa et Francesco quittèrent l'hôpital. Pour protéger Rosa des regards indiscrets, ils lui mirent un foulard et des lunettes de soleil. Malgré ces précautions, à leur sortie, ils furent accueillis par des journalistes à l'affût, déclenchant leurs appareils photo à la vue de Rosa. Pressés, frère et sœur se précipitèrent vers un taxi qui les attendait et se dirigèrent vers l'hôtel The Goring. Là, ils prirent possession d'une suite de deux chambres, un havre temporaire.

Rosa, transportée de son lit d'hôpital à celui de l'hôtel, semblait se mouvoir dans un état second, presque muette, répondant aux sollicitations de manière mécanique. Son esprit, toujours en proie aux réminiscences de la nuit tragique, la rendait semblable à une ombre parmi les vivants, marchant à travers les jours comme un fantôme pris entre deux mondes.

Avec le temps, la routine de Rosa à l'hôtel s'enfonçait dans une tristesse profonde. Les jours s'écoulaient avec Rosa confinée à son lit, maigrissant à vue d'œil sous le poids de sa peine. La nuit, son sommeil était peuplé de cauchemars, la replongeant inlassablement dans les horreurs de cette nuit fatidique, la faisant se réveiller en criant de terreur. Francesco, toujours vigilant, accourait à son chevet pour la consoler, une présence rassurante dans son tourment.

Chaque soir, Rosa pleurait Lorenzo, se laissant submerger par le chagrin pendant des heures, seule dans l'obscurité de sa chambre. Quand des amis venaient lui rendre visite, ils trouvaient une Rosa méconnaissable, figée dans son lit ou assise sur un fauteuil, l'ombre d'elle-même, vide et brisée. La perte soudaine de Lorenzo, la culpabilité écrasante qu'elle ressentait pour sa disparition et le traumatisme du suicide de Calum, après qu'il l'ait agressée, pesaient sur elle d'un poids insupportable.

Ce secret terrible de ce qui s'était passé cette nuit-là avant l'arrivée de la police restait inavoué. Personne, ni l'hôpital, ni sa famille, ni le monde extérieur, ne connaissait l'entière mesure de son calvaire. Rosa, se sentant irrémédiablement souillée par les actions de Calum, choisissait de garder ce fardeau pour elle, une décision lourde de solitude et de désespoir. C'était un secret qu'elle était résolue à emporter avec elle, loin des regards et des jugements, dans l'espoir de trouver un jour la paix au sein de sa tourmente intérieure.

Deux semaines après, Rosa reçut l'autorisation de retourner dans son appartement de Chelsea. L'idée la remplissait d'appréhension, se demandant si elle pouvait faire face aux souvenirs qui l'attendaient. Francesco, rassurant, promit de rester à ses côtés durant cette épreuve. Ensemble, ils passèrent la porte de l'appartement, découvrant un espace méticuleusement nettoyé, libre de toute trace du drame passé. Devant la chambre où le destin de Rosa avait basculé cette nuit-là, son cœur se serra. Tout y était en ordre, comme si rien ne s'était jamais passé. Le matelas, témoin muet de cette soirée tragique, avait été remplacé. Il n'y avait plus la moindre trace de sang. Malgré cette apparente normalité, Rosa se sentait paralysée à l'idée d'entrer dans sa chambre. Sensible à son malaise, Francesco s'offrit de prendre sa place dans la chambre principale, laissant à Rosa la quiétude de la chambre d'amis. Ce geste simple mais profond permit à Rosa de respirer un peu, trouvant dans ce petit espace un havre temporaire pour commencer à panser ses plaies intérieures.

Avec le temps, bien que la douleur ne disparaisse pas, Rosa apprit à coexister avec elle, trouvant une nouvelle manière de naviguer dans la vie. Le théâtre se montra d'une grande compréhension, lui offrant la liberté de reprendre son rôle sur scène dès qu'elle se sentirait prête, sans pression. Cette marque de soutien lui donna un espoir, une lueur d'espoir dans le tunnel sombre qu'était devenu son quotidien. Francesco, fidèle dans son rôle de protecteur, consacra tout son temps et son énergie à veiller sur Rosa. Il s'était imposé comme son pilier, son gardien, attentif à ses besoins et à son bien-être. En plus de s'occuper de sa sœur, il prenait régulièrement le temps d'appeler leurs parents, les tenant informés des progrès, aussi minimes soient-ils, de Rosa. Ces appels étaient aussi l'occasion pour lui de se connecter avec sa propre famille, de rassurer sa femme sur sa situation et de partager des moments, même à distance, avec ses enfants. Dans ce fragile équilibre, Rosa et Francesco tissaient autour d'eux un cocon de résilience et d'amour, se soutenant mutuellement dans l'adversité.

Alors que les cauchemars de Rosa devenaient de plus en plus oppressants, une période de profond désespoir laissait place à un éveil de sa douleur et de sa colère enfouies. Dans sa quête d'un répit, elle commença à s'automédiquer. Un soir de novembre, assise seule dans son salon avec un verre à la main, son regard fut captivé par un objet qui avait longtemps occupé une place discrète dans son espace : son portrait d'elle, une œuvre commandée par Calum à l'occasion de son vingt-cinquième anniversaire. Face à ce symbole d'un passé révolu, une vague d'aversion la submergea. Sous l'effet de l'alcool, elle saisit un couteau et, avec une détermination teintée de rage, se dirigea vers le tableau.

Devant la toile, elle marqua un instant de pause avant de se lancer dans un assaut furieux contre le portrait, lacérant l'image de son propre visage, libérant ainsi la tempête d'émotions qu'elle avait contenue. Chaque coup porté à la toile était un cri silencieux, un refus de rester prisonnière de son passé. Après avoir irrémédiablement altéré son image sur le tableau, elle se tourna vers d'autres reliques de sa relation avec Calum. Les lettres qu'il lui avait écrites furent jetées au feu, leurs mots se transformant en cendres sous ses yeux. Cet acte de purification symbolique lui permettait d'effacer physiquement les vestiges de son emprise sur elle.

Cette nuit-là, Rosa permit à sa douleur de s'exprimer librement, acceptant enfin de faire face à la réalité de son vécu. Épuisée, mais libérée d'un poids, elle s'effondra sur le sol, se laissant submerger par ses larmes. C'était le début d'un long chemin vers la guérison, une étape nécessaire pour affronter et surmonter les ombres de son passé.

Le lendemain, après s'être abandonnée à une nuit d'émotions brutes, Rosa se leva avec une décision gravée au plus profond d'elle : avancer, malgré tout. Cinq semaines s'étaient écoulées depuis cette nuit tragique, et c'est avec une détermination fragile mais réelle qu'elle choisit de faire son retour au théâtre, un lieu hanté par les souvenirs mais aussi porteur d'espoir.

Le matin de ce retour tant redouté, Rosa se dressa face à son reflet, un visage marqué par la perte, mais animé par une volonté de se relever. C'était le jour où elle devait embrasser la reprise de sa vie, accepter de marcher à nouveau sous les projecteurs, même avec une âme partiellement éteinte. Se préparer ce matin-là n'était pas juste un acte quotidien, c'était un rituel de résilience, un pas vers la guérison. Le jour tant attendu de son retour au théâtre, un chauffeur vint chercher Rosa. Lorsqu'elle mit le pied dehors, pour la première fois depuis cinq semaines, un frisson de réalité la parcourut. C'était un moment charnière, marquant la fin de son isolement et le début d'un effort courageux pour reprendre le fil de sa vie, malgré le poids des souvenirs et de la douleur qui l'accompagnaient encore. Ce simple pas hors de son appartement symbolisait un acte de bravoure, une tentative de réconciliation avec un monde qu'elle avait temporairement quitté derrière elle.

Arrivée au théâtre, Rosa fut chaleureusement accueillie par sa troupe, où affection et soutien lui furent généreusement offerts. Ses amis l'enveloppèrent d'embrassades, témoignant d'une solidarité émouvante. Cet accueil lui réchauffa quelque peu le cœur, mais en elle, le sentiment de vide demeurait omniprésent. Elle se prépara à reprendre les entraînements, une nécessité après son long retrait. Se replonger dans le travail et les répétitions était son accord avec la direction, un pas vers son retour sur scène. Malgré le vide intérieur, ce geste vers la normalité professionnelle marquait pour Rosa le début d'une quête de guérison, même dans l'ombre de ses propres tourments. Cependant, lorsqu'elle se trouva en face de son propre reflet dans la glace des loges, elle sentait que quelque chose avait changé ; elle avait cette étrange impression que sa passion s'était envolée en même temps qu'une part d'elle-même le soir où sa vie avait basculé.

Dès le début de l'entraînement, Rosa se retrouva sur scène, s'efforçant de suivre les mouvements de danse qui lui étaient si familiers. Mais quelque chose n'allait pas. L'air lui semblait de plus en plus difficile à respirer, et une lourdeur s'installait dans sa poitrine. Alors qu'elle tentait de continuer, le monde autour d'elle commença à s'assombrir jusqu'à ce que tout devienne noir. Rosa s'effondra, s'évanouissant sous les regards inquiets de ses collègues. Immédiatement, l'inquiétude se propagea parmi les membres de la troupe, qui se précipitèrent à son secours. La chute de Rosa sur scène avait été un signal d'alarme, révélant peut-être que la reprise des entraînements avait été prématurée, et que la blessure, bien que moins visible, était loin d'être guérie.

Transportée d'urgence à l'hôpital après son malaise au théâtre, Rosa fut submergée par un flot de souvenirs liés à son traumatisme passé. L'environnement hospitalier, si familier et pourtant si redouté, raviva les images douloureuses de ce qu'elle avait vécu. D'abord réticente à l'idée de rester, elle attribua son évanouissement à l'impact psychologique de ses expériences récentes, ainsi qu'à son état de santé précaire dû à son alimentation insuffisante au cours du dernier mois. Sa perte de poids considérable était le témoignage silencieux des épreuves qu'elle avait traversées.

Alors qu'elle était allongée sur son lit d'hôpital, persuadée de se sentir mieux physiquement et impatiente de quitter ce lieu chargé de souvenirs, un médecin entra dans sa chambre pour un entretien de routine. Rosa, loin de se douter que sa vie était sur le point de prendre un nouveau tournant, écouta distraitement le médecin jusqu'à ce qu'il pose une question qui figea le temps autour d'elle : « Savez-vous que vous êtes enceinte ? »

C'est ainsi que le 18 novembre 1958, cette révélation inattendue frappa Rosa avec la force d'un coup de tonnerre, la laissant pétrifiée et sans voix. En quelques mots, l'univers de Rosa s'était à nouveau transformé, confrontée à une réalité nouvelle et inimaginable, ajoutant une couche supplémentaire de complexité à son parcours déjà tumultueux.

Après l'annonce soudaine et inattendue de sa grossesse, Rosa se retrouva submergée par une vague de panique. Cela lui semblait inconcevable. Face à son désarroi, les soignants lui proposèrent une série de tests et d'analyses complémentaires pour préciser l'âge de la grossesse. Lorsque les résultats furent dévoilés, ils frappèrent Rosa comme un coup de poignard en plein cœur : elle était enceinte de presque cinq semaines.

Au plus profond de son être, un tourbillon de panique s'installa. Cette révélation ne correspondait pas uniquement aux moments partagés avec Lorenzo, son fiancé, mais aussi à la nuit du 11 octobre, une nuit que Rosa souhaitait oublier plus que tout. Son monde s'effondrait à nouveau, la laissant déchirée entre deux réalités insupportables. D'un côté, il y avait la possibilité que cet enfant soit le dernier lien qu'elle aurait avec l'amour de sa vie, un souvenir tangible de leur amour. De l'autre, l'horrible possibilité que cet enfant soit le résultat de l'acte impardonnable de Calum, l'homme qu'elle détestait plus que tout.

Coincée entre ces pensées de bénédiction et de malédiction, Rosa se sentit perdue dans un océan d'émotions contradictoires. Chaque battement de cœur était un rappel douloureux de sa situation délicate, chaque pensée une lutte entre l'espoir et le désespoir. Avec une lourdeur dans l'âme et une résolution fragile, elle quitta l'hôpital, marchant à travers les couloirs d'une réalité qu'elle peinait à accepter. La nouvelle de sa grossesse avait non seulement bouleversé son monde, mais l'avait aussi plongée dans un abîme de questions sans réponses, à la croisée des chemins entre le passé et l'avenir.

Ainsi, le jour où Rosa franchit à nouveau le seuil vers l'extérieur, marquant sa première sortie depuis l'annonce bouleversante, fut aussi celui où elle fut de nouveau accablée par le poids d'une révélation dévastatrice. À peine avait-elle commencé à rassembler les morceaux brisés de son existence, à peine avait-elle osé espérer un avenir moins sombre, que le destin s'acharnait à nouveau sur elle. C'était comme si chaque effort pour se redresser, chaque pas en avant était suivi d'un coup qui la ramenait au sol, la rappelant à la dure réalité d'un passé qui refusait de la laisser avancer.

Ce jour-là, en quittant l'hôpital, Rosa portait en elle non seulement le poids de son propre chagrin, mais aussi l'incertitude d'un avenir encore plus complexe, un fardeau rendu d'autant plus lourd par l'ironie cruelle du sort qui lui avait été réservé. De retour dans son appartement, le cœur alourdi par les révélations de l'hôpital, Rosa se confia à Francesco. En lui annonçant sa grossesse, les mots se brisèrent en sanglots, libérant le poids d'une douleur longtemps contenue. Dans cet instant de vulnérabilité absolue, Francesco l'entoura de ses bras, lui offrant un refuge de réconfort et d'amour fraternel. Avec des mots teintés d'espoir, il tenta de la rassurer, lui promettant que, quoi qu'il advienne, elle ne serait jamais seule. Il évoqua le fait que cet enfant portait en lui un fragment de Lorenzo, une lueur dans l'obscurité de leur chagrin.

Mais Rosa, le regard empli d'une douleur insondable, lui dit que cela n'était pas si sûr. Elle partagea alors la sombre vérité de cette nuit maudite, révélant à Francesco l'acte impardonnable subi sous l'ombre de la mort de Lorenzo. Un secret si lourd qu'elle ne l'avait jamais confié à personne, jusqu'à cet instant déchirant. Francesco, bouleversé par le récit de sa sœur, fit le serment de garder ce secret, tout en ressentant une colère féroce envers l'homme qui lui avait tout pris, espérant que celui-ci brûle dans les flammes de l'enfer. « Nous devons rentrer à Naples », déclara-t-il avec une conviction qui ne laissait place à aucune hésitation. Pour Rosa, cet accord sonnait comme une évidence. Rien ne la retenait plus ici, dans ce lieu où chaque rue, chaque pierre lui rappelait son calvaire.

Ainsi, ils prirent la décision de quitter Londres, aspirant à la chaleur et à la sécurité du foyer familial à Naples. Rosa comprenait que, pour panser ses plaies et reconstruire sa vie, elle avait besoin de s'entourer de l'amour inconditionnel de sa famille, loin des spectres du passé qui hantaient son présent. Ensemble, ils s'apprêtaient à franchir le seuil vers un nouvel avenir, cherchant dans le giron familial le courage de se réinventer.

CHAPITRE 26
2008

Après avoir découvert le douloureux passé de Rosa et les épreuves qu'elle avait subies, Luciella et Isabella se trouvaient face à un dilemme persistant. Elles ignoraient toujours qui, du sombre Calum McMurray ou du bienveillant Lorenzo, était leur père et grand-père. La possibilité de ne jamais éclaircir ce mystère planait au-dessus d'elles. Poussées par le besoin de comprendre, elles approfondirent leurs recherches sur ces deux figures contrastées.

Calum McMurray, reposant parmi ses ancêtres dans le mausolée familial, laissait derrière lui un héritage complexe. Reconnu pour l'histoire de sa lignée prestigieuse, son talent d'écrivain, et malheureusement, ses horreurs commises en fin de vie, il était une figure énigmatique. Sur les recoins obscurs d'Internet, elles dénichèrent trois images de lui : un portrait officiel conforme à la tradition de sa famille, une photographie de sa jeunesse d'écrivain et, avec surprise, une photo de lui avec Rosa, élégamment vêtus lors d'une réception. À la vue de ces images, Isabella ressentit un malaise profond, une sorte de résonance étrange, comme si elle se voyait dans le miroir de ses traits.

En parallèle, leurs tentatives pour retrouver des traces de Lorenzo Williams s'avérèrent frustrantes. Les informations étaient rares, le réduisant presque exclusivement au rôle de fiancé de Rosa, son existence semblant s'être dissoute, excepté comme victime de la tragédie liée à McMurray. Confrontées à ces découvertes, Luciella et Isabella se retrouvaient dans une situation délicate, partagées entre la quête de leur identité et la complexité des secrets familiaux. La ressemblance troublante d'Isabella avec Calum ajoutait une couche d'incertitude à leur enquête, les laissant naviguer dans les eaux troubles de leur héritage pour les mener vers la vérité.

Face au dilemme de continuer leurs recherches ou de tourner la page, Luciella et Isabella choisirent de faire une pause, ressentant le poids de leurs découvertes. Épuisée mais soulagée, Luciella, qui avait porté le fardeau de cette quête, se trouvait à présent face à un vide, avec quelques jours de repos avant de reprendre son poste à l'école maternelle.

Ce soir-là, cherchant du réconfort et de la compagnie, Luciella frappa à la porte d'Isabella, suggérant une soirée pizzas et film. Cette proposition, simple mais inhabituelle pour elles qui vivaient ces derniers temps en parallèle sous le même toit, fut bien accueillie. Mère et fille acceptèrent de partager ce moment, brisant le silence et la routine qui s'étaient installés entre elles. Cette soirée se voulait un pas vers un renouveau dans leur relation, un instant de complicité retrouvée après une période marquée par les épreuves et la distance.

Dans l'obscurité tranquille de sa chambre, alors que le monde semblait suspendu dans le silence de la nuit, Isabella fut soudain tirée de son sommeil par une sensation étrangement calme, une quiétude inhabituelle pour ses épisodes de paralysie du sommeil. Au lieu de l'angoisse familière, une paix indescriptible l'envahit. Ses yeux s'ouvrirent sur une vision qui défiait toute logique : Rosa, sa grand-mère, se tenait là, irradiant la jeunesse et la beauté de ses 25 ans, comme si le temps et les épreuves de la vie ne l'avaient jamais touchée. Rosa s'approcha doucement et prit place sur le bord du lit. Son geste était empreint d'une tendresse infinie, comme si elle cherchait à apaiser les peurs et les doutes qui avaient hanté Isabella. En caressant le visage d'Isabella, Rosa établit un lien au-delà des mots, un pont entre les générations qui semblait transmettre force et réconfort. Isabella, paralysée, ne pouvait bouger ni parler, mais son cœur s'ouvrit à cette présence rassurante.

Dans cette communion silencieuse, Rosa prononça alors des mots chargés d'un sens profond : « Tu dois contacter Virginia Marino. » Elle répéta ce nom avec une insistance qui marquait l'importance du message, gravant chaque syllabe dans l'esprit d'Isabella. Puis, tout aussi soudainement qu'elle était apparue, Rosa s'évanouit dans l'air nocturne, laissant derrière elle un mélange de stupéfaction et de sérénité.

Isabella se retrouva seule, les traces de l'apparition de Rosa s'estompant comme un rêve au petit matin. Pourtant, elle savait avec une certitude absolue que ce qu'elle avait vécu transcendait les limites de la réalité connue. Ce n'était pas une hallucination, mais un adieu chargé de sens de sa grand-mère, une mission confiée depuis l'au-delà. Portée par cette expérience extraordinaire, Isabella sentait désormais le poids d'une responsabilité nouvelle, le début d'un chapitre inattendu dans l'histoire de sa famille.

Pour Isabella, cette rencontre était à la fois la plus magnifique, la plus émouvante, mais également la plus triste expérience de toute son existence. Elle comprenait, avec une douleur douce-amère, que cette visite nocturne était un adieu, un dernier geste d'amour transmis à travers les frontières de l'au-delà.

CHAPITRE 27
1958

Le 26 novembre 1958 marqua le départ définitif de Rosa du sol londonien. Accompagnée de son frère, elle monta dans l'avion, laissant derrière elle une ville qui avait été le théâtre de ses triomphes comme de ses tragédies. Londres l'avait vue briller sur scène, l'avait applaudie, lui avait offert des ovations. Elle y avait lutté, s'était sacrifiée, avait consacré des années de sa vie à la poursuite de ses rêves artistiques. Mais ce même Londres avait aussi été le témoin silencieux de ses plus profonds tourments.

Ce jour-là, en s'envolant vers Naples, Rosa sentait une part d'elle-même se détacher, une part qu'elle laissait involontairement derrière elle, emportée par les vents au-dessus des nuages. La décision de partir n'avait pas été facile, prise dans le tumulte d'émotions conflictuelles. Pourtant, au fond d'elle, Rosa savait qu'il n'y avait pas d'autre issue. Son cœur, lourd de chagrin, ne cherchait plus d'espoir ; elle était résignée à embrasser un futur où le bonheur semblait une quête désespérée, un écho lointain de ce qu'elle avait autrefois envisagé pour sa vie. Ainsi, sans espoir en sa vie à Naples, convaincue qu'aucun avenir ne saurait effacer les ombres du passé, Rosa quitta Londres, non pas comme un adieu mais comme une fuite vers l'inconnu, un voyage sans retour vers une existence où elle se voyait résignée à être malheureuse, loin des lumières de la scène, dans l'obscurité de ses propres tourments.

Rosa mit pied à terre à Naples, retrouvant le sol natal qu'elle avait quitté pour conquérir ses rêves, de retour à la case départ. À ses côtés, Francesco la préparait aux défis qui l'attendaient. Il n'y avait pas si longtemps, à Naples, Rosa jouissait de la notoriété, saluée comme celle qui avait osé partir et qui avait triomphé, devenue une étoile scintillante sur la scène londonienne. Mais les vents du destin avaient tourné, et avec la diffusion de son histoire tragique dans les ruelles et les places de Naples, elle était maintenant perçue comme la victime d'un cruel drame.

Le regard des autres sur elle était sur le point de changer une fois de plus. Dès que la nouvelle de sa grossesse deviendrait publique,

Rosa allait endosser une nouvelle étiquette, celle de la femme enceinte et sans mari, un stigmate lourd à porter en Italie, où les mœurs et les jugements sociaux pesaient d'un poids considérable. Francesco le savait bien, et cette réalité l'emplissait d'une profonde inquiétude. Ensemble, ils allaient devoir naviguer dans ces eaux tumultueuses, cherchant une solution pour protéger Rosa de l'œil critique de la société, tout en préservant sa dignité et son âme déjà tant éprouvée.

Rosa fut accueillie par ses parents et son autre frère dans le nid familial, un retour marqué par un mélange de joie et d'appréhension. À Londres, submergée par la honte et la vulnérabilité, elle avait confié à Francesco la lourde tâche d'annoncer sa grossesse à la famille. En d'autres circonstances, cette nouvelle aurait pu provoquer la fureur de ses parents, scandalisés par l'absence d'un cadre conjugal. Mais, contre toute attente, c'est dans un élan d'amour inconditionnel qu'ils l'accueillirent ; ils savaient que leur fille avait déjà bien assez souffert. De retour dans sa chambre d'enfance, Rosa trouva un havre de paix et de sécurité. Son lit, jadis centre de son univers d'enfant, lui offrait maintenant un réconfort inespéré, un ancrage dans la tempête qui secouait sa vie ; avant qu'elle ne quitte celui-ci, sa vie était beaucoup plus simple et insouciante.

Pourtant, cette bulle de sérénité fut rapidement mise à l'épreuve. Une réunion familiale fut convoquée, l'atmosphère grave signalant l'urgence de la situation. L'idée qu'elle puisse donner naissance sans être mariée était inconcevable pour ses parents, synonyme d'un déshonneur insurmontable. Francesco avança l'idée d'un mariage secret avec Lorenzo à Londres, une fiction destinée à sauver les apparences. Mais les contradictions de cette fabulation furent vite mises en lumière, révélant l'absurdité et les limites d'un tel mensonge. Alors que la discussion s'enflammait, Rosa demeurait en retrait, spectatrice passive de son propre destin, se débattant dans les voix de sa famille. Francesco plaida pour son autonomie, soulignant la nécessité d'une évolution des mentalités à l'aube de 1959. Mais pour ses parents, l'opinion publique primait sur les désirs de Rosa. La perspective d'une vie en marge de la société, isolée et rejetée, les terrifiait.

Leur conclusion fut sans appel : Rosa devrait dissimuler sa

grossesse et, à la naissance de l'enfant, s'en séparer. Face à cette ultime décision, Rosa resta muette, paralysée par le dilemme cruel qui s'offrait à elle. Devait-elle renoncer au dernier lien avec Lorenzo ou se libérer de l'ombre de Calum ? La réponse semblait lui échapper, écrasée par le poids d'un choix qui ne lui appartenait pas. Dans ce tourbillon d'émotions conflictuelles, Rosa se retrouvait à la croisée des chemins, son avenir et celui de son enfant suspendus à la fragile balance des conventions et des attentes familiales.

De retour à Naples, Rosa découvrait peu à peu le rythme plus lent et la quiétude d'une vie loin des projecteurs londoniens. Cette existence, empreinte d'une simplicité qu'elle avait presque oubliée, s'opposait radicalement à l'effervescence de sa vie d'antan. L'ennui s'insinuait parfois dans ses journées, contrastant avec le tourbillon d'émotions et d'activités qui avait caractérisé ses années sur scène. Vivre à nouveau sous le toit familial demandait un ajustement : les repas partagés, les conversations quotidiennes, les routines qui se succédaient avec une régularité rassurante, mais parfois pesante. Rosa devait réapprendre à naviguer dans cet espace familial, à trouver sa place dans le tissu complexe des relations et des attentes qui le composaient. C'était un retour aux origines, un chemin de réadaptation, où chaque jour apportait son lot de petits réapprentissages et de redécouvertes, dans la quête d'une nouvelle normalité.

Au début du mois de décembre, Rosa, enveloppée dans ses pensées sombres et son deuil, se rendit à l'hôpital pour un examen. Enceinte et le cœur lourd, elle avançait dans les couloirs, indifférente au monde qui l'entourait. Ce jour-là, par une ironie du sort, c'était Luca Romano, un jeune interne timide, qui fut chargé de son suivi. Malgré son professionnalisme, il ne put s'empêcher d'être touché par la mélancolie qui semblait envelopper Rosa. Leur rencontre fut discrète, presque effacée. Luca, avec une douceur et une prévenance naturelles, mena le rendez-vous, tentant d'alléger le poids du monde qui semblait peser sur les épaules de Rosa. Lorsqu'elle laissa échapper son écharpe en partant, ce fut l'occasion pour lui de lui adresser quelques mots en dehors du cadre médical. « Vous avez oublié cela », dit-il en lui tendant l'écharpe, son regard empli d'une compassion sincère.

Rosa, surprise, leva les yeux vers lui. Dans cet instant, malgré la tourmente intérieure qui la consumait, elle fut touchée par la gentillesse de cet homme, sentiment qui la prit au dépourvu. Elle le remercia d'un signe de tête, un petit geste qui, dans sa solitude, résonna profondément. Cette brève interaction ne changea pas le cours de sa journée. Rosa n'avait pas la tête à s'intéresser aux autres, encore moins dans son état de deuil. Pourtant, la bonté de Luca, même fugace, fut un rappel qu'il restait de la gentillesse dans le monde, une petite lumière dans l'obscurité de ses jours. Le souvenir de cette rencontre lui apporta un confort inattendu, le sentiment d'avoir été vue, ne serait-ce qu'un moment.

Dix jours plus tard, pour la première fois depuis le drame qui avait bouleversé son existence, Rosa choisit de se promener seule à l'extérieur, cherchant un souffle d'air frais pour apaiser son esprit tourmenté. Attirée par la nostalgie et le besoin de se reconnecter à des souvenirs plus heureux, elle se dirigea vers le café du parc, celui où elle avait rencontré Lorenzo pour la première fois. Le hasard ou bien le destin faisait bien les choses, car Luca Romano, l'interne timide, s'y trouvait en tant qu'habitué et remarqua Rosa. Familiarisé avec sa solitude, il hésita à s'approcher d'elle. Néanmoins, poussé par sa voix intérieure, il s'avança avec réserve pour lui proposer sa compagnie. En sa présence, Luca fut frappé par la beauté empreinte de mélancolie de Rosa, percevant en elle une profonde douleur. Il comprenait qu'elle n'était pas prête à se lancer dans une nouvelle histoire, mais cela ne l'empêchait pas de souhaiter être là pour elle, simplement en tant qu'ami. Cette rencontre au café du parc révélait à Rosa qu'il restait des îlots de gentillesse dans un océan de chagrin, et à Luca, l'importance d'être un soutien, même discret, pour quelqu'un en plein deuil.

Le soir du réveillon de Noël, entourée par sa famille, Rosa trouva un fragile réconfort dans les festivités, son visage empreint d'une tristesse résiduelle. L'ambiance chaleureuse de la maison, bercée par les échos de la célébration, apportait un baume temporaire à son cœur meurtri. Le lendemain, alors que la quiétude du matin enveloppait la maison, une surprise attendait Rosa. Luca, dans un geste d'une douce audace, frappa à leur porte, un cadeau en main. Devant la famille réunie, il offrit à Rosa un pendentif en forme d'étoile, symbole d'espoir et de renouveau. Ses mots, pleins de délicatesse, firent écho au geste, lui souhaitant de trouver de la lumière dans les moments d'obscurité.

Rosa, touchée par cette attention, sentit son cœur s'échauffer légèrement face à la bienveillance de Luca. Ce cadeau, un simple bijou en apparence, symbolisait pour elle un soutien inattendu, une lueur d'espoir dans le brouillard de sa peine. Le pendentif, promesse silencieuse d'amitié et de réconfort, devint aussitôt un trésor pour Rosa, un rappel qu'il reste toujours une étincelle, même dans les ténèbres. Suite au départ de Luca, la mère de Rosa, avec une lueur d'espoir dans les yeux, murmura que le jeune homme semblait être un compagnon idéal. « Il a l'air d'un charmant garçon », dit-elle, laissant flotter dans l'air l'idée d'un nouvel avenir pour Rosa. Mais Rosa, le cœur encore en lambeaux et peu encline à envisager quiconque prenant la place qu'occupait Lorenzo dans sa vie, répondit avec une douceur teintée de résolution : « Maman, je t'en prie, ne commençons pas avec cela.» Sa réponse, polie mais ferme, était un appel au respect de son espace et de son temps de guérison, un souhait de trouver son propre chemin avant de pouvoir à nouveau s'ouvrir à quelqu'un.

Le temps filait, laissant Rosa dans un état de mélancolie profonde que seule la nuit connaissait. En apparence stoïque devant sa famille, elle se laissait submerger par ses larmes une fois la solitude retrouvée. Elle portait en elle la vie, cet enfant à naître qui l'emplissait d'ambivalence, sans savoir si l'amour ou le ressentiment prévaudrait ; cet enfant qu'elle ne verrait pas grandir. Lorenzo hantait ses pensées, son absence devenant plus pesante à mesure que son ventre s'arrondissait légèrement sous ses vêtements d'hiver.

Dans le froid de février, Rosa, portant en elle le secret de sa grossesse naissante, décida de visiter Giulia Moretti, la seule personne à Naples ayant également connu Lorenzo. Des années auparavant, lorsque leur amour naissait, Rosa et Lorenzo avaient rendu visite à Giulia, partageant le café et des conversations dans son salon accueillant. Avec appréhension, Rosa frappa à la porte de Giulia. Lorsqu'elle s'ouvrit, Rosa fut accueillie par le visage marqué par le temps de Giulia, qui, malgré les années, reconnut immédiatement la jeune femme qui avait brillé en Angleterre. Invitée à entrer, Rosa se trouva dans un espace où les souvenirs de Lorenzo pouvaient librement affluer, un réconfort rare dans sa solitude.

Le moment le plus poignant de leur rencontre survint lorsque Giulia, se levant avec une lenteur témoignant de son âge, disparut un instant pour revenir avec un objet chargé d'histoire : la corne napolitaine en argent que Lorenzo avait donnée à Giulia. « Elle te portera chance », lui dit Giulia en lui tendant ce précieux souvenir. Ce geste, témoin d'un passé partagé, offrit à Rosa un lien tangible avec Lorenzo, illuminant brièvement l'obscurité de son deuil.

Quand Rosa quitta la maison de Giulia, elle emporta avec elle non seulement la corne napolitaine, mais aussi la chaleur des souvenirs partagés. Promettant de revenir, elle avait trouvé chez Giulia un havre de paix. Cependant, une fois seule, l'émotion l'emporta et les larmes coulèrent, témoignage de sa douleur, mais aussi de la douceur d'un souvenir réveillé, un pont fragile entre son présent tourmenté et le passé qu'elle chérissait.

Au début du mois de mars, alors que Naples s'éveillait sous les premiers signes du printemps, Rosa et Luca se retrouvèrent une fois de plus dans leur café favori. Leur amitié, douce et réconfortante, avait offert à Rosa des moments de paix inattendus. Luca, quant à lui, portait en secret des sentiments plus profonds pour Rosa, une affection née dès leur première rencontre. Ce jour-là, poussé par un mélange de courage et de crainte, Luca décida de partager ses sentiments avec Rosa. Il lui expliqua, avec une sincérité palpable, qu'il était tombé amoureux d'elle, tout en reconnaissant qu'elle n'était peut-être pas prête à entendre cela. Il lui assura qu'avant tout, il désirait rester son ami, car sa présence dans sa vie était déjà un cadeau précieux.

Face à cette révélation, Rosa fut émue. Au moment de se quitter, elle fit un pas vers Luca et l'embrassa, un geste spontané qui symbolisait sa gratitude et son affection. Cette embrassade n'était pas une promesse d'amour, mais un signe de reconnaissance pour la tendresse et le soutien que Luca lui avait apportés. Bien que l'avenir de leurs sentiments fût incertain, cet échange marqua un pas important pour Rosa. Avec Luca, elle commençait à croire qu'un jour, peut-être, elle pourrait à nouveau trouver du réconfort et de la joie. Dans cet instant, Rosa vit en Luca non seulement un ami fidèle, mais aussi une lueur d'espoir pour les jours à venir. Après tout, il était celui qui la faisait rire à nouveau et avait ravivé une petite part de son âme.

Quelque temps après cette déclaration d'amour, Luca se lança dans une démarche audacieuse. Avec une émotion palpable, il se mit à genoux devant Rosa, lui ouvrant son cœur. Il lui promit d'embrasser son passé, d'accueillir l'enfant qu'elle portait comme le sien, et lui demanda d'envisager un avenir commun. Bouleversée, Rosa se retrouva face à un choix crucial et demanda un temps de réflexion pour peser ses options.

Confrontée à la possibilité d'une nouvelle vie aux côtés de Luca, mais également celle de garder l'enfant qu'elle portait, Rosa partagea ses interrogations avec sa famille. Ses parents, témoins de l'évolution de leur amitié, virent dans cette union une promesse de bonheur. Ils louèrent les qualités de Luca, soulignant à la fois son bon cœur et sa future carrière de médecin comme gages d'une vie stable et épanouie. Rosa se souvint alors des paroles du directeur de la clinique dans laquelle elle avait travaillé il y a plusieurs années, qui avait prédit qu'elle finirait par épouser un médecin. Cette prédiction, qui l'avait autrefois fait sourire par son absurdité, semblait désormais se concrétiser d'une manière qu'elle n'aurait jamais imaginée.

Après avoir longuement réfléchi, Rosa décida de dire oui à Luca. Cette décision ne fut pas prise à la légère, mais émergea d'un profond désir de tourner la page, d'ouvrir son cœur à de nouvelles possibilités d'amour et de soutien. En acceptant la proposition de Luca, Rosa choisit d'embrasser l'espoir d'un avenir où, ensemble, ils pourraient se reconstruire sur les fondations du respect, de la compréhension et de l'affection mutuelle. Ainsi, elle s'avança vers une nouvelle étape de sa vie, prête à accueillir l'amour et le bonheur que cette union promettait.

Rosa prit la décision de se marier avec Luca et de garder l'enfant, éloignant toute ombre du passé de son esprit et décidant de se persuader qu'elle avait donner naissance au fils ou à la fille de Lorenzo. Face à cette union, les familles se réunirent. Les parents de Rosa accueillirent cette nouvelle avec espoir, tandis que ceux de Luca, bien que réticents à l'idée que leur fils épouse une femme enceinte d'un autre, finirent par embrasser leur choix, voyant leur fils très amoureux. Unis dans un respect mutuel, les deux familles convinrent qu'il était essentiel de ne pas tarder pour la cérémonie de mariage. Le temps pressait, non seulement en raison de la grossesse de Rosa, mais aussi de leur désir commun de commencer cette nouvelle page de leur vie le plus tôt possible. Ainsi, ils se mirent à planifier un mariage simple mais empreint de joie, prêts à accueillir ensemble les promesses du futur.

Le 2 avril, Rosa ouvrit les yeux dans sa chambre d'enfance, un frisson la parcourant à l'idée que c'était la dernière fois qu'elle se levait en tant que jeune fille. Ce jour marquait un tournant, le début d'une nouvelle ère dans sa vie, mais aussi l'adieu à un passé empreint de souvenirs avec Lorenzo. Dans la solitude de l'aube, elle ne put s'empêcher de penser que, selon un autre destin, c'était avec lui qu'elle aurait dû se marier, lui qui aurait dû l'attendre à l'autel. Submergée par ces pensées, les larmes commencèrent à couler, une douleur silencieuse pour ce qui aurait pu être.

Sa mère entra alors dans la chambre, interrompant ses réflexions. Il n'y avait plus de temps pour les larmes ; le jour de son mariage était arrivé, et il fallait se préparer. Avec cinq mois et demi de grossesse, Rosa et sa mère prirent grand soin de choisir une tenue de mariage conçue pour dissimuler son ventre, un symbole de sa nouvelle vie, mais aussi un rappel poignant de sa complexité. Une fois prête et maquillée, sous les doigts experts de sa mère qui apportait les dernières retouches, cette dernière la rassura avec douceur, lui promettant qu'elle s'apprêtait à vivre un bon mariage. Dehors, le soleil brillait, annonçant une journée magnifique pour une cérémonie simple mais chargée d'émotion, célébrée en petit comité.

Devant l'autel, Rosa retrouva le sourire à la vue de Luca, son cœur s'alourdissant d'une affection nouvelle. Luca, quant à lui, rayonnait, le visage empreint du bonheur le plus pur en voyant Rosa s'avancer vers lui. Leur échange de vœux fut un moment de grâce, où le passé céda la place à l'espoir d'un futur partagé. La petite réception qui suivit fut emplie de rires et de conversations chaleureuses, un début modeste mais heureux à leur vie de couple. Rosa, portée par les événements de la journée, se sentit enfin s'ouvrir à la sérénité, doucement rassurée par la perspective d'une vie meilleure aux côtés de Luca. Ce mariage n'était pas seulement la célébration de leur union, mais aussi le symbole de sa renaissance, de la possibilité d'aimer et d'être aimée à nouveau, dans un environnement de soutien et de compréhension mutuelle.

CHAPITRE 28
2008

Le matin suivant l'apparition de Rosa, Isabella s'éveilla, l'esprit chamboulé par la certitude que ce qu'elle avait vécu était loin d'être un rêve. Elle se trouvait face à un dilemme : comment partager une telle expérience avec sa mère, Luciella, sceptique face au paranormal et peu encline à croire en de telles manifestations ? Isabella conclut que le moment n'était pas venu pour de telles confidences. Sa mère, pensa-t-elle, ne serait pas prête à entendre ce récit.

L'esprit encore hanté par le message de Rosa, Isabella se concentra sur le nom que sa grand-mère avait souligné avec tant d'insistance : Virginia Marino. Munie d'une détermination renouvelée, elle plongea dans les recherches en ligne et les annuaires, espérant dénicher la clé de ce mystère. Sa quête la mena finalement à une adresse et un numéro de téléphone. Poussée par un mélange d'espoir et d'appréhension, Isabella composa le numéro, son cœur battant à l'idée de ce que cette conversation pourrait révéler.

Lorsque la sonnerie céda la place à une voix, Isabella avança prudemment ses lèvres près de l'appareil, se présentant comme la petite-fille de Rosa Rosso et sondant l'eau pour confirmer l'identité de son interlocutrice. La réaction de Virginia Marino fut inattendue, mais révélatrice ; non seulement elle connaissait Rosa, mais elle exprima ses condoléances avec une familiarité déconcertante. Puis, d'une voix chargée d'une normalité surprenante, elle ajouta : « Je m'attendais à votre appel. Votre grand-mère est venue me prévenir la nuit dernière. » Stupéfaite par cette affirmation, Isabella se retrouva sans voix. Elle n'eut pas la force de demander plus de détails, comprenant instinctivement que l'esprit de Rosa avait également visité Virginia, tissant un lien entre elles au-delà des limites terrestres. Dans ce moment de révélation, Isabella réalisa l'étendue de l'héritage spirituel laissé par Rosa, une preuve d'amour et de guidance qui transcendait la mort.

Virginia, avec une assurance qui semblait enracinée dans la connaissance de l'inévitable, invita Isabella à la rencontrer en personne ce même jour. Elle lui communiqua son adresse, insistant sur l'importance d'une conversation face à face pour approfondir leur échange. Malgré l'avalanche d'émotions et de questions qui la submergeait, Isabella accepta, poussée par un mélange de curiosité et de besoin de réponses. Sur l'invitation de Virginia de se rencontrer le jour même, Isabella accepta, malgré l'incertitude et les questions qui l'assaillaient. Elle se prépara rapidement et, prenant son sac, informa sa mère d'une rencontre avec une vieille amie, masquant la véritable nature de son départ.

En route vers l'adresse donnée par Virginia, l'appréhension d'Isabella grandissait à l'idée de ce qui l'attendait. Néanmoins, poussée par une force intérieure et le désir de comprendre le message de sa grand-mère, elle avança vers ce rendez-vous avec détermination. Ce pas vers l'inconnu marquait peut-être le début d'un nouveau chapitre dans sa quête personnelle et familiale.

En arrivant chez Virginia, Isabella fut accueillie par une femme octogénaire à l'aura singulièrement intrigante. Dès l'entrée, elle ressentit chez Virginia une différence palpable, une présence qui la distinguait. Invitée à prendre place, Isabella s'installa, curieuse et impatiente de découvrir ce qui l'attendait. Virginia lui révéla alors son don de médiumnité, expliquant qu'elle avait rencontré Rosa pour la première fois en 1960, lorsque celle-ci avait sollicité ses dons. Malgré son âge avancé et la fatigue qui en découlait, Virginia continuait parfois d'offrir son aide de manière volontaire, guidée par les entités qui la sollicitaient. Elle annonça à Isabella qu'elle détenait de nombreuses informations susceptibles de l'éclairer et se montra ouverte à toutes ses questions.

Isabella, profondément troublée, réalisait à peine que sa grand-mère Rosa avait eu recours à des services de médiumnité. Elle confia à Virginia l'état de désarroi dans lequel elle et sa mère se trouvaient, tiraillées par d'innombrables interrogations. Plus que tout, elles avaient besoin de connaître leurs origines pour pouvoir avancer. Virginia, posant ses mains sur les bras d'Isabella dans un geste de réconfort, partagea une révélation stupéfiante : elle connaissait l'identité du géniteur de Luciella. Rosa elle-même avait eu des doutes, et Virginia avait été celle qui, il y a près de cinquante ans, lui avait confirmé le nom du père de son enfant. Aujourd'hui, près d'un demi-siècle plus tard, elle était prête à transmettre cette même vérité à Isabella, perpétuant ainsi le lien entre les générations et offrant à Isabella la clé pour dénouer le fil de son histoire familiale.

CHAPITRE 29
1959

Après leur union, Rosa et Luca Romano prirent leurs marques dans un appartement modeste composé de deux chambres, leur nouveau nid alors que Luca poursuivait son internat en médecine. Dans cette période de transition, le couple bénéficia du soutien financier de leurs familles, un geste de solidarité qui les aida à s'installer dans leur vie commune. Le mariage, cependant, resta platonique pour le moment. Rosa, avançant dans sa grossesse de presque six mois, ne ressentait pas le désir de consommer leur union. La récente agression qu'elle avait subie laissait également en elle une marque profonde, rendant l'intimité physique particulièrement éprouvante. Elle se trouvait souvent à l'orée de partager cette douleur avec Luca mais retenait ses mots, craignant de révéler l'étendue de sa détresse.

Luca, de son côté, faisait preuve d'une patience et d'une compréhension remarquables. Il ne pressait pas Rosa, respectant son besoin d'espace et de temps pour guérir. Dans le quotidien, il se révélait être l'époux idéal, attentionné et aimant, veillant sur Rosa avec une tendresse inébranlable. Alors que l'été s'annonçait à Naples, leur vie ensemble prenait un rythme doux et mesuré. Les jours s'écoulaient dans une harmonie paisible, ponctués de petites joies et de moments de complicité. Malgré les défis et les épreuves, le couple trouvait dans leur amour mutuel une force qui les unissait, rendant chaque instant précieux. Rosa et Luca, ensemble, apprenaient à naviguer dans les eaux parfois troubles de la vie, portés par l'espoir d'un avenir lumineux et la certitude d'un soutien infaillible.

Le 4 juillet 1959, dans une atmosphère soudainement chargée d'urgence, Rosa ressentit les premières contractions annonçant le début du travail. Une douleur intense et profonde signifiait que le moment était venu d'accueillir une nouvelle vie. Persuadée que cet enfant serait l'unique héritage laissé par Lorenzo, Rosa puisait dans cette pensée la force de surmonter l'épreuve. À ses côtés, Luca lui tenait la main, un pilier de soutien inébranlable, jusqu'à l'arrivée de leur enfant. Lorsque le travail prit fin, les cris de leur nouveau-né emplirent la pièce, signe d'une vie qui commençait. On leur annonça la naissance d'une fille en parfaite santé.

Pour quelques instants après l'accouchement, Rosa flottait dans un état de bonheur pur. Cependant, quand on lui présenta son enfant, son monde bascula.

Elle ne pouvait pas l'expliquer précisément, ne sachant pas si c'était les traits du visage du bébé ou l'aura qu'il dégageait, mais elle comprit avec une certitude glaçante que cette enfant n'avait rien de Lorenzo et très peu d'elle-même. À ses yeux, cette enfant était marquée par l'héritage de Calum McMurray, le résultat de l'abus qu'elle avait subi. L'espoir qu'elle avait nourri pendant sa grossesse s'éteignit brusquement ; elle croyait désormais que rien de Lorenzo ne perdurerait. Rosa se sentait condamnée à voir l'ombre de Calum se perpétuer à travers les générations qui lui succèderaient, un souvenir constant du monstre qui avait bouleversé son existence.

Rosa avait longtemps rêvé du moment où elle nommerait son enfant. Pour une fille, elle avait choisi Luciella, en hommage à l'église où son amour pour Lorenzo avait pris racine et où ils avaient envisagé de se marier. Mais face à la réalité de la naissance, le choix de ce prénom se teinta d'une profonde mélancolie. Épuisée et le cœur lourd, elle décida néanmoins de conserver ce nom, un lien fragile et douloureux avec le passé qu'elle chérissait.

Ainsi naquit Luciella Romano, portant un nom chargé de souvenirs et d'espoirs brisés. Contrainte par les circonstances, Rosa se trouvait dans une position déchirante, percevant sa fille à travers le prisme de son traumatisme. Cette perception altérée teintait leurs premiers moments ensemble d'une tristesse infinie, loin de l'accueil chaleureux que tout enfant mérite. Malgré le nom empreint d'amour qu'elle lui avait donné, Luciella entrait dans ce monde sous le poids d'un héritage complexe et douloureux.

Dans le quotidien de Rosa, l'épuisement et la confusion régnaient. Chaque jour, elle se trouvait tiraillée entre des sentiments contradictoires envers son bébé. Les pleurs incessants de l'enfant, les moments d'allaitement, la responsabilité constante de s'en occuper lui étaient insupportables. Elle ne trouvait ni la force ni l'envie de tisser un lien avec cette petite fille, perçue comme le rappel vivant de son traumatisme.

Luca, de son côté, se révélait être l'incarnation de la patience et de l'amour inconditionnel. Bien que Luciella ne soit pas de son sang, il l'aimait profondément, la considérant comme sa propre fille. Son engagement allait au-delà des attentes, comblant les vides laissés par Rosa. Lorsqu'il était présent, il prenait soin de Luciella avec toute l'attention et l'affection possibles, permettant à Rosa de s'isoler dans sa chambre, plongée dans l'obscurité et le désespoir. Toute la famille était outrée que Luca doive s'occuper autant de sa fille, et non Rosa, l'accablant, disant à cette dernière qu'elle pourrait faire un effort pour son mari et sa fille, sans comprendre la détresse dans laquelle celle-ci se trouvait.

Rosa redoutait les moments où elle devait rester seule avec Luciella, chaque départ de Luca pour ses cours à l'université ou ses gardes à l'hôpital la plongeant dans une angoisse profonde. Luca, conscient de la détresse de Rosa mais impuissant à y remédier seul, avait sollicité l'aide de la mère de Rosa, espérant qu'elle pourrait apporter le soutien nécessaire en son absence. Pour Rosa, chaque journée était une lutte, une épreuve qu'elle comparait à un cauchemar sans fin. Un an auparavant, elle vivait un rêve à Londres, brillante et promise à un avenir flamboyant. Aujourd'hui, elle se sentait prisonnière d'une existence qu'elle n'avait pas choisie : l'amour de sa vie était parti, sa carrière abandonnée, et elle se retrouvait en Italie, enfermée dans un rôle de mère et d'épouse qui lui était étranger. Mariée à un homme qu'elle respectait sans pour autant l'aimer passionnément, et liée à un enfant qu'elle n'arrivait pas à aimer inconditionnellement, Rosa voyait son passé rayonnant s'éclipser, laissant place à une réalité sombre et étouffante. Elle vivait avec cette constante douleur d'avoir tout perdu.

Elle se sentait étouffée dans les ruelles étroites de Naples, une ville qui lui paraissait maintenant minuscule et étriquée comparée à l'immensité libératrice de Londres. Après avoir goûté à la vie moderne de la capitale britannique, où elle avait été libre de poursuivre sa carrière et de vivre sans le poids du jugement social, le retour à Naples était un véritable choc. Ici, chaque pas était observé, chaque décision commentée. La vie à Naples était une régression, un retour à un monde où les rumeurs et les attentes dictaient la conduite des individus, un monde où elle se sentait désormais comme une étrangère dans sa propre vie. Sa belle-mère également, la mère de Luca, ne manquait pas de commenter négativement la manière dont Rosa s'occupait de sa fille et ne cessait de répéter à son fils qu'il avait commis une erreur en décidant de l'épouser.

Avec le temps, la distance émotionnelle entre Rosa et sa fille Luciella ne faisait que s'accentuer. Plongée dans une spirale de dépression, Rosa était tourmentée par des cauchemars incessants. Mais ce qui aggravait son mal-être, c'était cette sensation persistante de ne jamais être seule. Elle se sentait épiée, une présence indésirable semblant s'attacher à elle, rendant son quotidien encore plus oppressant. Les événements inexplicables s'intensifiaient autour d'elle ; ses affaires personnelles se déplaçaient sans raison apparente, et un jour, elle crut sentir une main se poser sur son épaule alors qu'elle était seule dans la cuisine. Il lui arrivait parfois de voir une ombre se promener dans les couloirs de son sinistre appartement.

La réalité de sa situation lui apparut dans toute son horreur un soir, lorsqu'elle entra dans la chambre de Luciella. Là, devant elle, se tenait une silhouette masculine penchée sur le berceau de l'enfant. Malgré la pénombre, Rosa reconnut immédiatement Calum McMurray, une vision qui semblait défier toute logique. La peur la paralysa sur place, mais elle rassembla son courage pour allumer la lumière. À l'instant où la lumière envahit la pièce, la silhouette disparut, laissant Rosa seule avec son effroi et sa confusion.

Ce n'était pas seulement la dépression qui consumait Rosa ; elle était désormais convaincue de perdre la raison, hantée par l'esprit de Calum, l'homme qu'elle considérait comme l'incarnation du mal. Cette persécution spectrale ajoutait une couche de terreur à son existence déjà lourdement éprouvée. Coincée entre le deuil de son ancienne vie et la tourmente de son présent, Rosa se sentait piégée dans un cauchemar sans fin, où même dans la sécurité de son foyer, elle n'était à l'abri ni de ses démons intérieurs ni de ceux qui semblaient la suivre au-delà de la mort.

Rosa, terrifiée à l'idée d'être jugée ou de ne pas être crue, garda pour elle les manifestations surnaturelles et la présence oppressante qu'elle ressentait, condamnée à être suivie par l'ombre McMurray au-delà de toute logique. Le gouffre de sa dépression s'élargissait chaque jour davantage, et elle en vint à regretter l'existence de sa fille. Pour elle, Luciella était la progéniture du mal, une progéniture qu'elle avait en horreur et sur laquelle elle devrait veiller jusqu'à la fin de ses jours. En secret, elle était assaillie par des pulsions destructrices, oscillant entre l'envie de faire du mal à sa fille et de s'infliger elle-même des souffrances. Ces pensées sombres la répugnaient, et elle se détestait pour les avoir.

Elle se sentait différente, à part. En quelques années seulement, elle avait vécu de nombreuses choses que le commun des mortels ne pouvait imaginer, des évènements les plus victorieux aux épisodes les plus sombres de sa vie. Également hantée par son passé à ce jour, son désir le plus profond était de s'évanouir dans la nature, de cesser d'exister pour échapper à son tourment. Luca, bien qu'il s'efforçât de soutenir Rosa, se trouvait démuni face à l'ampleur de sa détresse. Malgré toute sa bonne volonté, il ne pouvait pas être constamment à ses côtés, tiraillé entre ses responsabilités professionnelles et le soin à apporter à sa famille. Il faisait de son mieux pour apporter à Rosa le réconfort dont elle avait désespérément besoin, mais il se heurtait à la barrière invisible de sa dépression, que Rosa ne pouvait plus dissimuler.

La situation familiale était devenue une source de désespoir pour Luca, qui voyait sa femme sombrer de plus en plus profondément sans parvenir à la rejoindre. Malgré son amour et son engagement, il se sentait impuissant, ne sachant plus comment apporter la paix à celle qu'il aimait tant. Rosa, quant à elle, se sentait prisonnière d'une souffrance sans issue, isolée dans son propre esprit tourmenté.

Un jour, le 8 septembre 1959, alors que Rosa lavait sa fille dans la baignoire, cette dernière ne faisait que pleurer sans interruption. Rosa, au bout du rouleau, fit une crise de nerfs comme elle n'en avait jamais fait auparavant. Ne supportant plus les bruits de Luciella, elle se mit à pleurer à son tour, lui hurlant de se taire. Voyant que sa fille ne s'arrêtait pas, elle lui donna des coups au visage. Le bébé se mit à pleurer encore plus fort, ce qui entraîna Rosa dans une détresse encore plus puissante, elle qui voulait juste le silence.

Alors, elle plongea sa fille tout entière dans l'eau pour la faire taire. Les secondes s'écoulaient au ralenti comme des minutes, tandis que Rosa, dans sa crise de folie, était en train de noyer son propre enfant. Elle était en train de la tuer, quand soudain, une force indescriptible et surhumaine la projeta en arrière, la faisant tomber sur le sol de la salle de bain. Rosa, choquée par cette chute et qui n'eut pas le temps de comprendre ce qu'il s'était passé, venait néanmoins de réaliser l'ampleur du geste qu'elle avait commis. Elle se releva vite et sortit Luciella de l'eau in extremis.

Face à la gravité de ses actes, Rosa fut saisie par la réalisation qu'elle avait frôlé l'irréparable, menaçant la vie de sa propre fille. Cette prise de conscience brutale lui révéla qu'elle était devenue un monstre, semblable à celui qui hantait ses cauchemars et sa réalité. Rosa comprit alors qu'elle devait partir, non seulement pour mettre fin à ses propres tourments, mais aussi pour protéger son entourage de potentiels futurs dégâts qu'elle pourrait causer. Dans une résolution empreinte d'une tristesse profonde, elle prit soin de Luciella une dernière fois avec une douceur mélancolique, la sortant du bain, la séchant, l'habillant et la plaçant délicatement dans son berceau. Après avoir déposé un baiser d'adieu sur le front de sa fille, un geste chargé de tous les regrets qu'elle ressentait, Rosa quitta la chambre. Les sentiments de haine qu'elle avait longtemps éprouvés à l'égard de Luciella laissaient désormais place à un sentiment de culpabilité et au regret déchirant de ne pas voir sa fille grandir.

En refermant doucement la porte derrière elle, Rosa était convaincue qu'en s'éloignant, elle protégeait Luciella de la plus grande menace qui soit : elle-même. Elle partait avec la conviction amère que, dans son absence, Luciella trouverait l'amour et le soutien nécessaires auprès de son père et de ses grands-parents, une famille prête à offrir tout l'amour dont Rosa se sentait désormais indigne.

Rosa se dirigea vers la commode de sa chambre, sachant qu'elle y trouverait de nombreux somnifères et barbituriques qu'elle prenait régulièrement contre sa dépression et ses cauchemars. Décidée à quitter ce monde, elle se mit à avaler tous ceux qu'elle avait sous la main et se coucha dans son lit, prête à s'en aller pour un repos éternel et à rejoindre celui qui l'avait quitté une année plus tôt.

CHAPITRE 30

Le 9 septembre, Rosa ouvrit les yeux sur le plafond blanc d'une chambre d'hôpital, signe tangible de sa tentative échouée de quitter ce monde. La veille, dans un geste de désespoir profond, elle avait cherché à mettre fin à ses souffrances, mais c'était sans compter sur l'intervention de Luca qui l'avait trouvée inanimée. Luciella, elle, portait des marques de violence, des traces de la tourmente intérieure de Rosa. Les deux avaient été précipitamment transportées à l'hôpital, un lieu de soins et de révélations douloureuses.

Luca, le cœur lourd de réalisation et d'inquiétude, se tenait au chevet de Rosa, désormais éveillée. Confronté à l'évidence de l'acte de Rosa envers leur fille, il ne ressentait pas de colère, mais une profonde tristesse face à la détresse qui avait poussé Rosa à agir ainsi. Il reconnaissait maintenant qu'il avait sous-estimé la gravité de son mal-être. La maladie qui la rongeait avait finalement manifesté ses symptômes les plus sombres, et Luca comprenait que Rosa avait besoin de soins, de compassion et d'un soutien infaillible pour traverser cette épreuve.

Dans cette chambre d'hôpital, Luca prenait la mesure de la tâche qui l'attendait. Il s'engageait à être le pilier dont Rosa avait besoin, prêt à l'accompagner dans le long chemin vers la guérison. Parallèlement, il était conscient que les traces de violence sur Luciella ne pouvaient être ignorées. Les autorités avaient été informées, introduisant une réalité juridique et sociale dans leur combat personnel contre la maladie de Rosa. Ce 9 septembre marquait un tournant, non seulement dans la vie de Rosa, mais aussi dans celle de leur jeune famille, un chemin semé d'obstacles, mais que Luca était résolu à parcourir à leurs côtés, avec amour et dévouement.

Ainsi, dans les jours sombres qui suivirent l'incident, Luca et le médecin traitant de Rosa prirent une décision déchirante, mais qu'ils jugeaient nécessaire : Rosa serait internée dans l'établissement psychiatrique de Santa Maria. Lorsque Luca, le cœur lourd, lui annonça leur décision, Rosa accueillit la nouvelle avec une surprenante résignation. Malgré la terrible réputation des conditions de vie dans ces institutions, elle voyait dans cet internement une échappatoire à la tourmente incessante de son existence. Elle en avait en réalité rarement ressenti un tel soulagement, et comprit qu'elle avait peut-être survécu à cette tentative de se donner la mort pour une bonne raison.

À Santa Maria, Rosa fut confrontée à un quotidien austère et monotone. Elle partageait sa chambre avec d'autres femmes, certaines perdues dans les méandres de leur esprit, d'autres étonnamment lucides. Le sentiment dominant était un vide émotionnel profond, accentué par les traitements rigoureux auxquels elle était soumise, incluant médication lourde et séances d'électrochocs. Ces méthodes, loin d'apporter un soulagement, ne faisaient qu'effleurer la surface de sa détresse. Le personnel traitait les patients avec une distance clinique, parfois déshumanisante, renforçant l'impression d'être perçue non pas comme un individu souffrant, mais comme un cas à gérer.

Durant des mois, Rosa erra dans les couloirs sombres de l'institut Santa Maria, immergée dans un quotidien lugubre qui semblait dépourvu de toute chaleur humaine. Les murs gris et défraîchis de l'institution résonnaient des cris et des murmures de ses occupants, certains perdus dans leur folie, d'autres simplement brisés par la vie. Chaque jour, elle devait naviguer à travers cette marée humaine, évitant les regards vides et les comportements imprévisibles de ceux qui ne maîtrisaient plus leurs pensées ni leurs actions. Dans cet univers où la tristesse et la mélancolie imprégnaient chaque pierre, Rosa se sentait dépouillée de ses émotions, comme si l'institut avait lentement érodé sa capacité à ressentir, la laissant errer tel un spectre parmi les ombres de ceux que la société avait oubliés.

Cependant, Rosa trouvait un maigre réconfort dans les rares moments passés dans le cloître de l'hôpital, où un peu de soleil perçait la grisaille, lui offrant de brefs instants de sérénité. Elle profitait également de certaines activités parfois mises en place dans l'établissement ainsi que de quelques évènements de petite envergure qui venaient bousculer l'ennui du quotidien. Elle recevait également les visites de sa famille deux fois par mois, principalement de son mari et de sa famille. Sa fille, encore bébé, n'était pas autorisée à entrer dans cet endroit où régnait la folie et Rosa, au fil du temps, réalisa que son enfant lui manquait, elle qui l'avait longtemps détestée.

Pour Luca, la vie avait pris un tournant inattendu. Entre ses responsabilités d'interne en médecine et son rôle de père célibataire, il était constamment tiraillé. Heureusement, la famille de Rosa et quelques amis proches se relayaient pour l'aider, allégeant son fardeau. Les visites à l'hôpital, qui étaient rares, étaient des moments empreints de tristesse et d'espoir.

Au fil des mois, un changement subtil s'opéra chez Rosa. Si les conditions de vie et les traitements restaient durs, elle commençait à trouver en elle une forme de paix, acceptant sa situation avec une résilience nouvelle. Cette évolution interne n'effaçait pas les défis auxquels elle était confrontée, mais lui offrait une lueur d'espoir, un sentiment qu'elle avait cru perdu à jamais.

Au début du mois d'août 1960, après presque un an d'internement à l'institut Santa Maria, Rosa avait subi une transformation notable. Les traitements médicamenteux, avec le temps, lui avaient permis de retrouver une certaine stabilité mentale. Elle se sentait désormais prête à reprendre le cours de sa vie, consciente des difficultés qui l'attendaient. Les médecins, témoins de ses progrès, jugèrent qu'elle était en condition de quitter l'établissement, tout en recommandant une adaptation continue de son traitement et un suivi post-hospitalisation rigoureux pour lui assurer une transition en douceur vers la liberté.

Le 4 août fut le jour choisi pour son retour. Lorsque Rosa franchit les portes de l'institut Santa Maria, le contraste avec le monde extérieur lui sembla aussi brutal que déroutant. Sortie de cet environnement clos et oppressant, elle se sentait désormais encore plus étrangère dans sa propre ville, marquée par le stigmate de l'aliénation. Autrefois célébrée comme la plus belle fille de Naples, puis acclamée comme une étoile sur les scènes de Londres, et enfin perçue comme une victime tragique, Rosa savait que son retour ne serait pas celui de la femme admirée, mais celui de l'âme perdue. Naples, avec ses ruelles étroites et ses commérages incessants, lui imposait maintenant l'étiquette d'une femme qui avait perdu la raison. Chaque regard posé sur elle semblerait peser de jugement et de pitié, rappelant sans cesse à Rosa qu'au-delà de la porte de l'institut, une nouvelle prison sociale l'attendait, où chaque pas serait scruté et chaque geste interprété comme un écho de sa folie passée.

Rosa ressentait également une appréhension profonde à l'idée de retrouver sa famille, et en particulier sa fille, celle à qui elle avait failli ôter la vie. Elle était partagée entre la peur de retomber dans les abîmes de son esprit et l'espoir de reconstruire une vie qu'elle avait crue perdue. Accueillie par les siens, Rosa découvrit un environnement qui avait continué de vivre en son absence. Luca, fidèle et soutenant, avait pris soin de leur fille Luciella avec l'aide des grands-parents. L'accueil fut empreint de chaleur, mais également marqué par une certaine prudence, chacun conscient de la fragilité de Rosa et du long chemin de réadaptation qui l'attendait.

Lorsque Rosa se trouva face à Luciella, elle fut confrontée à une réalité poignante : sa fille avait bien grandi durant sa longue absence. Déjà à sa naissance, le lien mère-enfant n'avait pas réussi à se tisser, et à présent, Luciella, âgée de plus d'un an, semblait être une étrangère à ses yeux. Rosa fut frappée par la ressemblance évidente de Luciella avec Calum McMurray, notamment ses yeux verts caractéristiques. Cependant, Rosa ressentait désormais une transformation intérieure profonde ; la colère et le ressentiment qu'elle éprouvait autrefois envers sa fille s'étaient dissipés, laissant place à une clarté d'esprit renouvelée. Motivée par ce changement, elle éprouvait un désir sincère de forger un lien véritable avec Luciella, tout en cherchant à réparer sa relation avec Luca.

Rosa était pleinement consciente des défis qui l'attendaient sur ce chemin de réconciliation et de guérison. Pourtant, elle demeurait optimiste, convaincue que le temps et la patience seraient les clés pour surmonter les obstacles et réunir à nouveau sa famille.

Le 10 août, Rosa célébra ses 27 ans dans le jardin de la maison familiale des Rosso. Entourée de l'air pur et de la verdure, elle souffla sur ses bougies avec un renouveau d'espoir, nourrissant l'aspiration à des jours plus sereins et heureux.

Luca fut surpris par les avancées de Rosa. Elle retrouvait un lien avec leur fille, affrontait sereinement les moments en tête-à-tête avec elle et affichait à nouveau des sourires. Un jour, Rosa suggéra spontanément à Luca de passer une soirée à deux. Pour Luca, profondément épris, mais attristé par les tumultes passés et l'absence de complicité véritable avec Rosa, cette proposition fut un véritable baume au cœur. Lors de leurs retrouvailles, Rosa exprima sa gratitude envers Luca, le qualifiant d'ange gardien, de sauveur, et s'excusa pour les durs moments qu'elle lui avait fait endurer. Elle souhaitait raviver la flamme avec l'homme qu'elle avait épousé, s'engageant à ses côtés pour le meilleur et pour le pire. Ce soir-là marqua un tournant : Rosa s'ouvrit pleinement à sa relation avec Luca, partageant un moment intime pour la toute première fois depuis qu'ils étaient mariés, signe d'un nouveau départ pour eux deux.

La vie reprenait doucement son rythme à Naples, Rosa ayant évolué du statut de comédienne et chanteuse prometteuse à celui de femme qui avait été internée. Cependant, Rosa restait désormais indifférente aux rumeurs, se sentant à nouveau fière et soutenue aux côtés de Luca et de leur fille. Elle avait progressivement cessé son traitement et y réagissait positivement. La vie semblait sourire à Rosa, et pourtant, un sentiment de malaise s'immisçait de nouveau dans son quotidien depuis son retour. Petit à petit, les phénomènes inexplicables qu'elle avait autrefois attribués à des hallucinations refaisaient surface. Cette fois, Rosa, se sentant pleinement lucide, était tourmentée par le doute : perdait-elle à nouveau pied ou ces expériences étaient-elles bien réelles ?

Seule le soir, lors des gardes de Luca, elle sursautait, persuadée d'avoir été touchée par une présence invisible. Le sommeil lui échappait de nouveau, et la peur de partager ses craintes, de risquer un nouvel internement, l'isolait dans son angoisse. Elle gardait pour elle ce tourment grandissant, dissimulant ses peurs derrière un semblant de normalité. Cependant, un événement vint bouleverser ses certitudes. Observant Luciella jouer seule, Rosa fut saisie par un comportement étrange de sa fille, comme si celle-ci interagissait avec une présence invisible. Ce fut le déclic pour Rosa : elle commença à envisager que ces manifestations pourraient ne pas être le fruit de son imagination. L'hypothèse que quelque chose d'inexplicable se produisait, quelque chose qui dépassait sa propre lutte intérieure, s'ancrait dans son esprit.

À Naples, Rosa apprit l'existence d'une femme réputée pour ses dons exceptionnels, capable de communiquer avec l'au-delà et de prédire l'avenir. Les opinions à son sujet étaient partagées : certains la considéraient comme une excentrique, d'autres comme une imposture, et quelques-uns allaient jusqu'à lui attribuer des pouvoirs de sorcière. Rosa, autrefois sceptique et moqueuse à l'égard des clichés entourant les voyantes et leurs boules de cristal, se trouvait désormais dans une situation désespérée, en quête de réponses pour échapper à cette présence obsédante qui refusait de la quitter. Consciente qu'elle avait besoin d'aide, Rosa réalisa que son dernier espoir résidait en cette femme, Virginia Marino. Poussée par la nécessité de trouver des réponses et, peut-être, une solution à son tourment, Rosa décida qu'il était temps de rencontrer Virginia, espérant que celle-ci pourrait l'aider à se libérer de l'entité qui la hantait.

Après avoir obtenu le numéro de Virginia Marino, Rosa la contacta d'une voix empreinte de mystère pour solliciter une rencontre. Un rendez-vous fut rapidement convenu pour le 25 septembre. Accompagnée de sa fille, faute de solution de garde, Rosa se rendit à l'adresse indiquée. Dès l'ouverture de la porte, une sensation inhabituelle l'envahit, perçant l'atmosphère de la demeure et l'essence même de son hôte. Virginia, d'une sérénité remarquable, accueillit Rosa qui, en franchissant le seuil de la maison, fut surprise par la présence de nombreux objets religieux ornant le salon. Des icônes sacrées aux chapelets, l'intérieur contrastait avec l'image qu'elle s'était faite d'une praticienne des arts ésotériques.

Conduite dans une pièce à l'ambiance feutrée, meublée seulement d'une table et de deux chaises, Rosa sentit l'intensité de l'instant monter d'un cran. L'environnement, chargé d'une aura mystique, préfigurait une consultation qui promettait de plonger au cœur de l'inexplicable. Rosa, partagée entre scepticisme et espoir, s'apprêtait à explorer les profondeurs de l'inconnu, guidée par Virginia. Prenant soin de ne pas divulguer trop d'informations pour tester l'authenticité de Virginia, elle exprima son malaise face à une présence oppressante. Avec une concentration profonde, Virginia posa ses mains sur Rosa, lui demandant étonnamment si elle était veuve, et celle-ci répondit par la négative. L'attention de Virginia se tourna vers Luciella, tranquillement installée dans sa poussette, avant de prononcer des mots qui glacèrent Rosa : « L'esprit qui vous obsède est celui du père de votre enfant, et il ne semble pas prêt à vous laisser, ni vous ni elle. »

Face à cette révélation qui confirmait ses craintes, Rosa se confia pleinement à Virginia. Elle croyait que Calum méritait un châtiment infernal pour ses actes. Virginia corrigea cette croyance, expliquant que l'enfer et le paradis étaient des concepts plutôt symboliques et que Calum vivait un tourment continu, consumé par ses fautes et sa fin violente. Elle ajouta que l'âme de Lorenzo veillait également sur Rosa, mais de loin, sans intervenir directement. Virginia percevait deux esprits autour de Rosa : l'un était en paix et l'autre était consumé par la fureur. Calum, loin de trouver le repos, cherchait à étendre son influence néfaste sur Rosa et Luciella, se renforçant du mal-être qu'il engendrait. Virginia se préparait à une tâche immense pour délivrer Rosa de cette emprise.

Confrontée à la promesse d'un désenvoûtement par Virginia, Rosa, bien que novice en la matière, consentit, poussée par la nécessité de se libérer de cette entité persistante de l'au-delà et qui la suivait depuis tout ce temps. La précision avec laquelle Virginia avait décrit sa situation convainquit Rosa de sa légitimité et de ses capacités exceptionnelles. Virginia prépara Rosa pour la séance, la guidant pour s'allonger confortablement tout en la prévenant des sensations inhabituelles à venir. Elle débuta le rite de bénédiction, énonçant des invocations en latin qui enveloppèrent la pièce d'une atmosphère surnaturelle. Rosa fut prise de frissons puis d'une chaleur envahissante, traversée par des sensations qu'elle serait incapable de décrire même des années plus tard.

L'attention de Virginia se porta ensuite sur Luciella. Avec un geste doux, elle toucha le front de l'enfant, murmurant les mêmes formules sacrées, étendant la protection au-delà de Rosa. Virginia annonça ensuite son intention d'utiliser l'ultime réservoir de son énergie pour s'adresser directement à l'esprit de Calum McMurray dans le but de le bannir définitivement de l'existence de Rosa et de sa fille.

Ainsi, Virginia s'engagea dans une lutte invisible contre les forces qui menaçaient Rosa, armée de sa foi et de son savoir, prête à affronter l'obscur pour restaurer la paix dans la vie de Rosa et de sa fille. En quittant le domicile de Virginia Marino, Rosa se trouvait dans un état de profonde désorientation, comme détachée de la réalité du temps et de l'espace. L'expérience qu'elle venait de vivre avait radicalement ébranlé son système de croyances, ouvrant son esprit à une dimension inconnue de l'existence. Sidérée par les capacités de Virginia, par les vérités qui lui avaient été révélées et par le processus de désenvoûtement qu'elle avait traversé, Rosa était submergée par l'impact émotionnel et spirituel de ces révélations.

Ce bouleversement intérieur était tel qu'une fois de retour chez elle, l'intensité de ce qu'elle avait vécu s'exprima physiquement : Rosa fut prise d'un malaise profond qui la conduisit à vomir, comme si son corps cherchait à expulser la tension et la confusion accumulées durant cette rencontre extraordinaire. Cet épisode marquait le début d'une nouvelle phase dans sa vie, un moment de transition où le monde perceptible et celui des esprits semblaient s'entrelacer, laissant Rosa face à la nécessité de réévaluer sa perception du réel.

CHAPITRE 31
2008

Isabella se trouva chez Virginia Marino, entourée d'une décoration qui avait peu changé depuis la visite de Rosa en 1960. Virginia lui révéla que Calum McMurray était le père de Luciella, faisant d'Isabella une descendante illégitime des McMurray. Elle partagea l'histoire de la persécution de Rosa par Calum et expliqua comment elle avait aidé Rosa à s'en libérer définitivement. Sous le choc de ces révélations, Isabella exprima le souhait de communiquer avec l'esprit de Calum pour obtenir des réponses.

Virginia, après l'avoir observée attentivement, expliqua que cela était impossible, car l'âme de Calum ne vagabondait plus. Isabella, ne comprenant pas ce que cela signifiait, insistant pour plus de détails et de réponses, fut informée que Rosa était présente parmi elles, tentant de communiquer. Virginia assura à Isabella qu'après s'être réveillée le lendemain, elle comprendrait tout et aurait obtenu toutes les réponses qu'elle cherchait.

Ne pouvant en dire plus, Virginia laissa Isabella avec une énigme à résoudre, écho du choc qu'avait vécu Rosa des décennies auparavant. Isabella quitta la maison de Virginia Marino, emportant avec elle le même bouleversement que sa grand-mère avait ressenti 48 ans plus tôt, bien que celui-ci laissait encore de nombreuses questions sans réponses.

Isabella, gardant pour elle les révélations surprenantes de Virginia Marino, ressentait le besoin de digérer seule ces informations et de percer le mystère entourant à la fois Rosa et celui qu'elle venait d'apprendre être son grand-père. Remplie d'interrogations, elle se prépara pour la nuit, sans se douter de l'expérience inédite qui l'attendait. Elle espérait trouver le sommeil malgré le tourbillon de ses pensées, ignorant totalement à quel point cette nuit allait s'avérer exceptionnelle et peut-être même révélatrice.

Comme touchée par une poussière magique ou sous l'effet d'un sort lancé par Virginia, Isabella était sur le point d'expérimenter, dans son sommeil, le rêve le plus prolongé et le plus réaliste qu'elle ait jamais connu : un rêve qui lui raconterait toute une vie.

CHAPITRE 32

Pour Isabella, c'était comme si elle s'éveillait à l'intérieur de son propre rêve. Elle se trouvait dans le corps d'un petit garçon, seul, jouant dans les jardins vastes et verdoyants d'une propriété qui évoquait un château, sous un ciel couvert ; un décor radicalement différent de sa réalité quotidienne et qui semblait appartenir à une autre époque. C'est alors qu'une femme l'appela au loin par un prénom, Calum, lui faisant réaliser qu'elle vivait, à travers ce rêve, les souvenirs de son grand-père biologique.

Plongée dans ce rêve d'une intensité presque tangible, Isabella assista au déroulement de la vie de Calum. Elle ressentait la dualité faite de grandeur, mais également de violence et de solitude, qui imprégnaient l'atmosphère du manoir. Elle touchait du doigt la détresse de sa mère ainsi que la nature violente de son père, cet homme qu'il admirait autant qu'il le craignait. Elle s'imprégnait de son intelligence exceptionnelle, de son énergie débordante et de sa personnalité complexe et flamboyante, que nul ne cherchait réellement à canaliser ou à comprendre. Isabella percevait la frustration dans le regard des parents de Calum et se voyait subitement reléguée à la vie austère d'un pensionnat.

Habitée par une colère profonde et un désir de supériorité, elle se voyait manipuler son entourage, s'imposer comme une autorité incontestée et apprécier ce pouvoir, tout en se sentant intouchable. Elle ressentit une véritable immersion dans l'adolescence de Calum et savoura intensément ses premières pulsions sexuelles. Elle ressentait également la frustration de celui-ci de ne pas être en mesure de réaliser pleinement ses aspirations. Sa frustration quotidienne était si grande qu'il se précipitait à chaque occasion de sortir pour épier des femmes tout en se masturbant. Plus le temps s'écoulait, plus il désirait entrer chez ces femmes afin d'en tirer pleinement parti, mais il était hésitant.

À mesure qu'Isabella contemplait la vie de Calum, celle-ci devenait de plus en plus sombre. Elle se trouva dans son corps d'adolescent de 17 ans, un jour de vacances d'été dans le manoir

163

McMurray, attiré par la nouvelle jeune femme qui remplaçait la gouvernante pour le ménage. Elle se retrouvait en train d'agresser sexuellement cette femme, ce qui lui avait valu de perdre sa virginité et de lui voler la sienne sans qu'elle ne l'ait choisie. Elle ressentait que Calum avait apprécié cet épisode et était satisfait, une fois de plus, d'échapper aux conséquences, se sentant de plus en plus puissant et intouchable.

Chacune de ses émotions était ressentie au centuple ; elle éprouvait sa passion dévorante pour ses écrits, sa soif de découvrir le monde, son talent exceptionnel et son désir d'absorber la vie tout en observant la tumeur noire et indescriptible qui l'habitait. Une partie de lui aimait cette tumeur noire, car il était conscient qu'elle faisait de lui un véritable artiste. Chacun de ses coups, plus ou moins graves, lui revenait en mémoire et elle observait sa famille le sortir de chaque situation, tout en étant victime des coups de son père.

Isabella, en spectatrice silencieuse à travers les yeux de Calum, assista au jour où, submergés par son comportement et ses égarements connus mais niés pour l'honneur familial, les parents de Calum convoquèrent un prêtre pour une confession, espérant le remettre sur le droit chemin. Lorsque Calum franchit le seuil du confessionnal, le prêtre fut immédiatement saisi par une impression maléfique, puis profondément horrifié par les aveux de Calum. À la fin de la confession, dans la chapelle familiale du manoir McMurray, Isabella vit Calum écouter secrètement à la porte le prêtre s'adresser à ses parents. Ce dernier leur déclara que l'âme de Calum était sombre, corrompue par le mal, une présence néfaste qu'il avait détectée dès l'instant même où Calum était entré. Il avertit les parents que sans une intervention, leur fils serait destiné à un avenir tragique et prématuré ; il était impératif de sauver son âme. Les parents de Calum, choqués par de telles affirmations, refusaient d'accepter cette vision de leur enfant. Se voilant la face devant la gravité de la situation, ils ne pouvaient se résoudre à admettre que leur fils incarnait le mal en personne.

Isabella fut ensuite transportée dans une nouvelle phase de la vie de Calum, celle de ses années étudiantes à Édimbourg. Là, elle perçut un mélange de fierté et de liberté nouvellement acquise qui habitait Calum. Éloigné du manoir familial et de l'atmosphère oppressante du pensionnat, il découvrait un monde où il pouvait enfin exprimer pleinement sa personnalité complexe et sa soif de connaissances sans être entravé par les attentes et les jugements de sa famille.

Elle fut témoin des années de Calum en tant qu'étudiant puis de jeune diplômé, périodes pendant lesquelles il s'adonnait pleinement à la débauche. Elle vit comment, libéré des contraintes familiales et armé de son intelligence vive, il explorait les limites de la liberté, flirtant avec les excès sous toutes leurs formes. Son comportement, empreint d'une quête insatiable de sensations fortes et de domination, révélait un désir profond de repousser les frontières de l'acceptable, cherchant constamment à étancher une soif d'expériences toujours plus intenses.

De plus en plus, elle réalisa qu'il avait un attrait croissant pour les filles très jeunes et à peine adolescentes ; plus la fille qu'il approchait était jeune, plus il était excité. Il aimait rencontrer ces filles principalement à la sortie des écoles et appréciait l'idée qu'une jeune fille l'admire ; à leurs âges, elles étaient flattées d'intéresser un homme de son rang aussi beau, charismatique et élevé d'esprit. Calum exprimait à travers Isabella cette excitation croissante envers ce type de fille, mais elle remarquait également qu'il ne s'en satisfaisait pas pour toujours. Au fil du temps, il cherchait de plus en plus de nouvelles sensations plus intenses et prit l'habitude de voir les prostituées lorsqu'il s'installa à Londres. Cependant, cela n'était jamais suffisant pour Calum. Celui-ci avait toujours plus de désir et était en compagnie de nombreuses femmes de tous âges. Le fait de rencontrer des personnes très différentes ou de les payer n'était plus suffisamment excitant pour lui, car ce qu'il préférait surtout était l'interdit.

À travers les yeux de Calum, Isabella observa les femmes défiler dans son appartement londonien ; elle se voyait en train de déposer discrètement des drogues dans les verres de ses proies. Elle éprouvait le bonheur qu'il en dégageait lorsqu'elles étaient inconscientes et totalement sous sa main. En les violant comme il le désirait pendant leur état inconscient, elle ressentait son plaisir et prenait des photos pour immortaliser ces souvenirs en tant qu'artiste de premier plan.

Elle observait en lui la frustration de ne pas pouvoir publier un livre digne de ce nom, trop absorbé par sa vie et ses vices, et elle remarquait également la facilité avec laquelle il avait payé d'autres personnes pour réaliser des œuvres auxquelles il donnerait son nom.

Isabella expérimenta ensuite le jour où Calum rencontra Rosa pour la première fois, ainsi que l'amour obsessionnel qu'il avait développé pour elle dès le départ. Elle éprouvait cette émotion aussi intensément qu'il l'avait vécue, ressentant chaque mot écrit en l'honneur de Rosa, puis assista à sa chute. Il ressentait la crainte de la perdre et était complètement détruit. Lui qui pensait qu'elle mettrait en lumière le meilleur de lui, cet amour malsain avait réveillé en lui sa tumeur noire, la partie la plus tordue de son âme. Elle ressentit le poison du mal se propageant de plus en plus dans son être chaque jour.

Et, enfin, elle arriva au tout dernier soir de la vie de Calum. Elle assista à la plus grande crise de son existence : Calum avait laissé la tumeur noire se répandre dans l'entièreté de son corps et il était désormais devenu la tumeur noire elle-même. Comme s'il était habité par un démon, il n'avait plus aucun contrôle sur lui-même. Habité par le mal, la hargne et la douleur, il s'était dirigé vers Lorenzo ce soir-là et chaque coup de poignard, en laissant exploser sa fureur, soulageait sa rage. Toujours aveuglé par le mal et Isabella ressentant la même folie, il se rendit chez Rosa dans un dernier espoir et était persuadé qu'il pourrait toujours retrouver l'amour de sa vie. Isabella ressentait sa satisfaction de pouvoir de nouveau coucher avec la femme qu'il aimait, qu'elle soit d'accord ou non, lorsqu'il attacha Rosa sur le lit. Par la suite, elle ressentit une chaleur se répandre dans son corps et son cœur battre à toute vitesse à l'arrivée de la police.

Isabella, le corps en transe comme s'il était le sien, assista aux dernières secondes de Calum, qui était conscient qu'il ne pourrait pas faire face à la justice. Quand elle sentit que le moment était venu, elle prit l'arme de Calum, la dirigea vers sa tempe, puis tira.

Quand la balle fut lancée, Isabella se réveilla brusquement et en sueur.

CHAPITRE 33

Après son réveil, Isabella était consciente que ce qu'elle venait de vivre n'était pas un simple rêve ; Virginia Romano, ou bien une force supérieure, lui avait transmis ce rêve, le plus long et le plus réaliste de toute sa vie, en tant que vision. Alors qu'Isabella était encore sous le choc, elle se leva avec une aigreur à l'estomac et comprit alors toute la vérité, toute l'histoire reliée à la nuit tragique d'octobre 1958 ainsi que toutes ses origines. Tout lui avait été transmis depuis l'au-delà et aujourd'hui, tout était clair ; Isabella avait enfin compris qui elle était et d'où elle venait.

Au début de la matinée, elle partit rapidement sans même en informer sa mère. Elle se rendit à la demeure de Virginia Marino et frappa avec hâte à la porte. Quelques secondes plus tard, Virginia lui ouvrit la porte, mal réveillée, mais ne semblant toujours pas étonnée de la nouvelle visite d'Isabella. Elle interrogea alors la petite-fille de Rosa sur la réception des réponses à ses questions.

Isabella lui fit alors une remarque qui semblait hors de toute logique et prononça des paroles qu'elle n'aurait jamais pensé prononcer un jour : « Je suis Calum McMurray, c'est ça ? » Virginia acquiesça et lui affirma qu'elle avait enfin saisi. Elle la convia à entrer.

Virginia fit comprendre à Isabella que l'âme de Calum avait pris une nouvelle vie en se transformant en celle d'Isabella afin d'accomplir un devoir de rédemption au sein de la famille. Tout avait maintenant une signification pour Isabella : son rapport si particulier à Rosa, sa passion pour l'écriture, sa ressemblance frappante avec Calum, les aspects sombres qui la hantaient, les rêves et les cauchemars étranges qu'elle avait vécu tout au long de sa vie, son sentiment de ne pas savoir d'où elle venait.

Suite à cette découverte, Isabella réalisa pleinement les mystères de la vie, ses origines et son lien avec sa grand-mère pour la première fois. Une partie d'elle-même était dérangée, et même horrifiée, car elle était consciente qu'elle avait été un monstre dans son corps précédent. Virginia lui conseilla alors de ne pas être stricte envers elle-même et de ne pas voir sa vie antérieure comme un fardeau dans sa vie actuelle. Ce qu'elle avait fait dans sa vie précédente n'avait plus d'importance, et c'est pourquoi les êtres humains oubliaient toutes leurs vies passées. Il était extrêmement rare qu'une personne se souvienne de ses vies antérieures, sauf dans de très rares cas, ces phénomènes étant généralement à la portée des très vieilles âmes uniquement.

Isabella, suite à cette découverte, souhaitait plus que tout annoncer à sa mère les péripéties qui lui étaient arrivées depuis la veille, ainsi que ses découvertes aux côtés de Virginia. Elle commença alors à lui annoncer qu'elle avait vu une médium. Sa mère l'arrêta immédiatement : elle ne croyait nullement au paranormal et pensa que cette Virginia Marino était une charlatane, qui voulait soutirer de l'argent grâce à la détresse des gens. Isabella assura qu'elle n'avait pas déboursé un seul centime, et que cette femme qui avait connu Rosa de son vivant connaissait beaucoup de détails qu'il lui aurait été impossible de savoir sans une intervention de l'au-delà.

Elle voulait emmener Luciella chez Virginia pour que celle-ci lui révèle des vérités sur sa famille, elle la supplia d'au moins venir et d'écouter ce que Virginia avait à lui dire, sentant qu'elle seule n'aurait pas les capacités d'expliquer cette histoire sortant de l'ordinaire et dure à entendre pour le commun des mortels.

Luciella, peu convaincue, accepta malgré tout de suivre sa fille. Ainsi, Luciella, septique, se rendit chez Virgina Marino, persuadée qu'elle franchissait le pas de sa porte pour la première fois de sa vie, sans même savoir qu'elle avait déjà été chez cette femme alors qu'elle n'était qu'un bébé. C'est pourquoi elle fut étonnée lorsque Virginia lui ouvrit la porte et lui dit que le temps avait passé rapidement, elle qui était en poussette la première fois qu'elle l'avait rencontrée. Mal à l'aise, elle s'installa avec sa fille dans le salon et s'apprêtait à découvrir toutes les vérités qui avaient déjà été partagées avec Isabella, ainsi que des informations qu'elles ignoraient encore sur le reste de la vie de Rosa.

CHAPITRE 34
1960

Après sa visite chez Virginia Marino, Rosa commença à ressentir une libération graduelle. L'ombre oppressante de Calum semblait s'être dissipée, lui permettant de respirer sans sentir le poids d'une présence indésirable. Pour la première fois depuis longtemps, elle ne se sentait plus surveillée ni opprimée.

Avec cette tranquillité retrouvée, Rosa et sa famille purent établir un semblant de routine quotidienne. Ils formaient maintenant une vraie famille, unie malgré les cicatrices du passé. Rosa s'accommodait de son rôle de mère et d'épouse, trouvant un confort dans la normalité retrouvée. Ce n'était pas un épanouissement total, mais plutôt une adaptation à une vie nouvelle, plus calme et structurée. Pour Rosa, ce n'était pas tant un renouveau passionné qu'une acceptation de sa nouvelle réalité, loin de l'ombre de Calum qui l'avait tant tourmentée.

Elle, son mari et sa fille passaient certaines journées en sorties familiales au parc, profitant des moments simples ensemble. Leur fille grandissait calme, sage, douce et facile à vivre, apportant une tranquillité supplémentaire à leur foyer. Luca, pour sa part, incarnait l'époux idéal. Chaque jour, Rosa mesurait la chance d'avoir à ses côtés un homme aussi dévoué et compréhensif. Ils s'entendaient merveilleusement bien, et il était indéniable que Rosa l'aimait ; comment ne pas aimer un homme qui avait tant fait pour elle et qui était son roc dans la tempête ? Pourtant, au fond d'elle, Rosa savait ce que signifiait être passionnément amoureuse, et elle reconnaissait que cette flamme ardente lui manquait avec Luca. Ce n'était pas une passion dévorante, mais plutôt une affection profonde et reconnaissante. Elle s'en contentait, s'accrochant à ce bonheur modeste mais stable, une ligne droite de contentement après des années de tourments. Pour Rosa, même un petit bonheur linéaire était une victoire, un havre après le chaos de sa vie passée.

Luca obtint son doctorat en médecine, couronnant des années de travail acharné et de sacrifices. En plus de ses études, il avait été un père exemplaire, un pilier de force et de soutien pour sa famille. Leur situation financière s'améliora considérablement avec la carrière florissante de Luca, leur permettant de déménager dans le quartier chic de Chiaia, où ils acquirent une belle villa. Ce déménagement marquait un nouveau départ, un éloignement des souvenirs douloureux qui avaient hanté leur ancien appartement. Dans cette nouvelle demeure, avec ses jardins tranquilles et ses pièces lumineuses, la famille envisageait l'avenir avec espoir et optimisme, prête à laisser derrière elle les ombres du passé pour écrire ensemble un chapitre radieux et prometteur.

Mais ce bonheur linéaire fut de courte durée. Rosa, même si elle n'était pas retombée dans la folie et avait repris une vie en apparence normale, était marquée à tout jamais par la nuit tragique d'octobre 1958 ; une partie d'elle était morte et brisée pour toujours. Parfois, elle ressentait une profonde nostalgie de sa vie à Londres, condamnée à vivre dans cette petite ville traditionnelle qu'est Naples, écrasée sous le poids des conventions et du qu'en dira-t-on.

Souvent, elle pleurait Lorenzo, idéalisant cet amour perdu à jamais. Elle se surprenait souvent à rêver de ce que sa vie aurait été si Lorenzo n'était pas mort et si elle n'avait pas subi cet abus. Dans un monde imaginaire, elle s'imaginait mariée à l'amour de sa vie, vieillissant à ses côtés, élevant un enfant qui lui ressemble ; elle fantasmait sur des moments de bonheur, des fêtes, des baisers, des danses partagées. Mais elle était rapidement renvoyée à la réalité, avec dans sa maison cet homme qui n'avait rien à voir avec Lorenzo et une fille qui avait les yeux de l'homme qui avait brisé sa vie.

Au fil des années, Rosa oscillait entre des périodes de dépression et des moments où elle allait mieux. C'était comme si Calum lui avait transmis une part de son héritage maudit ; non seulement biologique, mais aussi les résidus de sa noirceur qui ne quitteraient jamais l'âme de Rosa. Elle alternait entre l'espoir de guérison et des épisodes de profonde détresse. Retournée à l'anonymat, elle ressassait régulièrement le souvenir de sa gloire passée. Elle se sentait incapable de remonter sur scène, mais demeurait nostalgique. Elle décida de ne plus jamais parler à quiconque de sa carrière d'antan ni de sa passion perdue ; c'était devenu un secret qu'elle chérissait comme un trésor.

Plusieurs fois au cours de sa vie, de temps à autre, des sollicitations surgissaient, des invitations à des interviews ou des propositions pour renouer avec les planches qui l'avaient vue briller. Chaque fois, Rosa les repoussait avec une détermination froide. Ce passé qu'elle avait tant chéri, avec ses éclats et ses ombres, était un chapitre qu'elle avait fermé sans la moindre envie de le rouvrir. Sa passion pour la scène avait dévoré son existence, attisant des flammes qui finirent par consumer sa vie même. Cette passion, qui l'avait un jour élevée aux sommets, était aussi celle qui avait précipité sa chute. Désormais, elle choisissait de vivre loin de cette ancienne vie, refusant catégoriquement de laisser les réminiscences de gloire troubler sa tranquillité retrouvée.

Bien qu'elle ne se voyait pas revenir un jour sous les projecteurs, elle éprouvait une frustration profonde dans sa vie actuelle. Passée de l'icône de la femme glamour, puissante et indépendante à la simple épouse d'un médecin, cachée derrière son mari, réduite à tenir une maison et à élever son enfant, elle ressentait un vide immense. Elle avait envisagé de se relancer dans une activité professionnelle pour donner un sens à son existence, mais son entourage insistait sur le fait qu'une femme de médecin prospère n'avait pas à travailler. Pour eux, une femme ne devrait travailler que par nécessité économique ; une femme active signifiait que son mari ne pouvait subvenir seul aux besoins de la famille. On lui répétait qu'elle devait être entièrement disponible pour l'éducation de sa fille et la gestion de son foyer. Elle méprisait cette vision des choses.

Rosa, certaine de ne plus vouloir d'enfants, n'éprouvait pas l'instinct maternel que tant d'autres femmes chérissaient. Sa première expérience de maternité, marquée par une descente abrupte dans la psychose, avait scellé sa décision. Luca, bien qu'il chérisse Luciella comme sa propre fille, espérait encore que Rosa changerait d'avis, désirant ardemment d'autres enfants qui seraient de son propre sang. Cependant, l'entourage de Rosa, particulièrement sa belle-famille, ne manquait pas de la critiquer, la traitant d'égoïste et de mauvaise mère. Ces jugements incessants formaient un chœur oppressant, cherchant à imposer ses choix de vie. Chaque commentaire, chaque reproche creusait un peu plus le fossé entre Rosa et sa famille, laissant émerger une réalité cruelle où sa volonté était constamment bafouée. Face à ces attaques, Rosa restait inflexible, déterminée à ne pas se laisser dicter sa conduite, même face aux conventions écrasantes de son époque.

En 1964, à l'aube de ses 31 ans, Rosa découvrit avec horreur qu'elle était de nouveau enceinte. Déterminée à éviter une répétition de son passé douloureux, elle choisit de subir un avortement clandestin, loin des regards de son mari Luca et dans le secret le plus total. Dans une pièce sombre et isolée, elle endura seule l'intervention, angoissée à l'idée que son acte désespéré puisse être découvert. Après l'acte, la vue du sang qui l'avait trahie était un rappel constant de ce qu'elle avait fait. Elle rentra chez elle, absorbée par la douleur et la peur, nettoyant les traces de son geste dans un effort désespéré pour garder son secret. Chaque jour qui passait était une lutte pour Rosa, cachant sa vérité pour préserver sa tranquillité retrouvée, tout en portant le poids de la culpabilité et de la solitude.

Après cet épisode douloureux, Rosa continua sa vie, mais avec une résignation marquée pour ce destin qu'elle n'avait jamais souhaité. Les jours, les mois et les années se succédaient, et elle trouvait refuge dans le souvenir de Lorenzo, un amour idéalisé qu'elle allait chérir jusqu'à la fin de ses jours. Ses seuls trésors étaient une photographie issue d'un article du journal *The Stage* qui annonçait leurs fiançailles, sa bague d'engagement qu'elle gardait secrètement dans son écrin, et la corne napolitaine en argent que Lorenzo avait offerte à Giulia Moretti, qui la lui avait transmise quelques années plus tard ; cette dernière, qui était le seul lien humain entre elle et Lorenzo de son vivant, finit par quitter ce monde à son tour.

Rosa rendait fréquemment visite à Virginia Marino, la médium devenue pour elle non seulement une confidente, mais également une porte vers son passé avec Lorenzo grâce à ses séances de communication avec l'au-delà. Ces moments étaient devenus son unique réconfort et le seul vrai plaisir qui lui restait. Au fil du temps, une amitié sincère s'était tissée entre Rosa et Virginia, ajoutant une dimension chaleureuse à sa vie, autrement teintée de mélancolie et de regrets.

La découverte de la fréquentation de Rosa chez Virginia sema la discorde entre elle et Luca. Profondément convaincu que Virginia était une charlatane profitant de la vulnérabilité de Rosa, il était persuadé qu'elle lui soutirait régulièrement de l'argent tout en nourrissant la névrose de sa femme. Rosa, cependant, défendait fermement l'aide précieuse qu'elle recevait de Virginia, insistant sur le réconfort et la guidance qu'elle y trouvait. Cette dispute exacerbait une tension déjà présente : Luca se sentait constamment éclipsé par le souvenir de Lorenzo. Épuisé et frustré, il se voyait comme en compétition avec un fantôme, l'amour perdu de Rosa qui, bien qu'absent depuis des années, demeurait son rival le plus ardent. Luca, face à cette ombre persistante et intangible, ressentait un mélange de colère et d'impuissance, luttant contre un passé qui refusait de céder la place au présent.

Les tensions s'accumulaient dans le mariage de Rosa et Luca, exacerbées par les fantômes du passé et leurs divergences profondes sur la vie qu'ils souhaitaient mener. Alors que les disputes devenaient plus fréquentes, des fissures irréparables commençaient à s'immiscer dans leur relation. Rosa, hantée par les ombres du passé, s'adonnait de plus en plus à l'automédication, devenant progressivement amère et irascible. Souvent, lorsqu'elle avait un verre de trop lors de réceptions ou d'événements familiaux, elle laissait échapper sa rancœur envers Luca, enflammant leurs querelles. Luca, désespéré de retrouver la Rosa qu'il avait aimée, tentait de raviver la douceur en elle, mais les périodes de calme étaient de courte durée. Les démons du passé de Rosa resurgissaient régulièrement, teintant leur quotidien d'ombres et de tourments. Entre les moments de répit et les tempêtes, leur vie oscillait, créant un tissu complexe de douleur et d'espoir mêlés.

Luciella, en grandissant, s'épanouissait sans difficulté apparente, devenant la fierté de sa famille grâce à sa sagesse et ses excellentes notes. Rosa, malgré son amour pour sa fille, était souvent assombrie par les yeux verts de Luciella, un rappel constant du passé qui hantait ses jours. Cette amertume rendait Rosa parfois dure et injuste envers sa fille, sans véritable raison. Ces accès de dureté créaient une distance entre Luciella et sa mère, poussant l'enfant à se rapprocher davantage de son père. Luciella ressentait un manque de compréhension et d'affection de la part de Rosa, ce qui alimentait une forme de ressentiment. La proximité et la chaleur que Luca offrait à sa fille contrastaient avec le comportement souvent froid et distant de Rosa, accentuant les tensions familiales et façonnant une dynamique complexe au sein du foyer.

Ce fossé invisible rendait Rosa souvent étrangère au sein de sa propre famille, malgré elle. Elle était consciente de ne manquer de rien financièrement, que sa famille était en bonne santé et que sa vie actuelle était exempte de péripéties majeures. Pourtant, son mal-être persistait, refusant obstinément de la quitter. Ce sentiment était devenu une part intégrante d'elle-même, un compagnon constant dans sa vie quotidienne.

En 1974, alors que Rosa avait 40 ans, elle prit conscience avec une clarté douloureuse de la souffrance qu'elle infligeait à son mari. Après de longues semaines de réflexion, elle se rendit compte qu'il ne serait jamais vraiment heureux à ses côtés ; elle ne l'aimait pas avec la même intensité que lui l'aimait et elle ne pourrait jamais satisfaire son désir d'autres enfants. Elle savait qu'elle s'accrochait à lui pour la stabilité et le soutien qu'il lui apportait, lui, l'homme qui l'avait sauvée alors qu'elle était au plus bas. En quinze ans, beaucoup de choses avaient changé ; le divorce avait été légalisé depuis peu et les mentalités avaient évolué. Elle réalisa qu'elle était égoïste, car elle le privait de la possibilité de vivre un bonheur plus authentique. C'est ainsi que vint le jour où elle comprit, la mort dans l'âme, qu'elle devrait le laisser partir.

Le 2 juin 1974, alors que Luciella était encore à l'école et que Luca venait de rentrer, Rosa l'attendait dans la quiétude de leur cuisine. Avec une immense tristesse, elle lui annonça qu'elle devait le libérer pour qu'il puisse trouver son bonheur et lui proposa le divorce. Elle lui expliqua ses raisons, convaincue qu'il méritait mieux : une vie nouvelle avec quelqu'un qui pourrait pleinement l'aimer et lui donner des enfants, lui qui était encore jeune et méritant. Luca, dévasté par l'annonce, lui confessa avec douleur : « Depuis le premier jour, j'ai espéré plus que tout que tu m'aimerais autant que je t'aime. » Rosa, émue, lui répondit qu'elle aurait voulu ressentir ce même amour, et que si elle avait pu, elle aurait acheté ce sentiment, quel qu'en soit le prix. En larmes, elle le serra dans ses bras, lui murmurant qu'il avait été la lumière de sa vie et qu'elle l'aimerait toujours, d'une certaine manière. Ainsi, Rosa et Luca se séparèrent après quinze années de mariage, un adieu déchirant mais empreint d'une profonde honnêteté.

Rosa et Luca choisirent un moment de calme pour révéler à Luciella, maintenant adolescente, leur décision de divorcer. La nouvelle secoua profondément la jeune fille qui, dans un élan de révolte, blâma sa mère pour avoir brisé leur famille. Submergée par la colère, elle supplia son père de la laisser vivre avec lui, mais Luca, avec une douceur infinie, lui expliqua que c'était important qu'elle reste auprès de sa mère. Il lui fit promettre de ne pas être trop sévère avec Rosa, lui rappelant que la séparation était un choix mutuel et que parfois, la vie prenait des chemins inattendus pour ouvrir la voie au bonheur.

Luciella, luttant contre ses propres sentiments de rancœur, se retrouva contrainte de vivre avec Rosa. Entre les murs de leur maison, les tensions étaient palpables, et chaque jour semblait rappeler à Luciella l'absence de son père, alimentant ainsi son ressentiment envers sa mère, qu'elle tenait pour seule responsable de leur situation.

Dans les mois qui suivirent sa séparation et le divorce finalisé en décembre 1974, Rosa traversa d'abord une période de tristesse, mais elle se ressaisit rapidement. Ayant survécu à bien pires épreuves, elle commença à envisager cette nouvelle phase de sa vie comme une renaissance. À 41 ans, Rosa se rendit compte qu'elle attirait encore les regards et qu'elle possédait un charme intact. Elle redécouvrit sa féminité, prenant plaisir à soigner son apparence et à renouer avec son pouvoir de séduction. Cette période de redécouverte coïncidait avec une ère de libération sociale, marquée par les révolutions féministes et le mouvement hippie. Le monde autour d'elle avait évolué, offrant une nouvelle liberté bien moins entravée par les jugements sociaux. Rosa se sentait comme lorsqu'elle avait 25 ans à Londres, mais avec un emploi du temps bien plus libre. Elle sortait, rencontrait des gens et vivait pleinement sa vie sociale.

Rosa explorait également sa sexualité avec quelques amants, redécouvrant les joies d'une intimité choisie et consentie, loin des contraintes de son mariage passé. Ces expériences la faisaient se sentir vivante et connectée à elle-même d'une manière qu'elle n'avait pas ressentie depuis longtemps. Elle qui avait été emprisonnée dans une vie de responsabilités pendant des années retrouvait désormais sa liberté ; pour elle, c'était une nouvelle ère, une révélation.

Mais la période de renaissance de Rosa fut de courte durée, un malheur s'abattant de nouveau sur sa vie. En mai 1975, alors que Luciella assistait à ses cours, le directeur vint la chercher et l'emmena dans son bureau. Avec gravité, il lui annonça une nouvelle dévastatrice : son père, Luca Romano, avait été impliqué dans un tragique accident de la route et n'avait pas survécu. Pour Luciella, dont le père était le pilier affectif, le monde s'effondra autour d'elle. Lorsque Rosa fut appelée pour recevoir cette nouvelle, le sol se déroba également sous ses pieds. Elle, qui avait partagé quinze années de sa vie avec Luca et qui gardait pour lui une profonde affection, fut submergée par le chagrin. Dans son désarroi, elle ne put s'empêcher de penser qu'une malédiction pesait sur elle, comme si l'ombre sinistre de McMurray s'étendait encore. Elle se sentit maudite, convaincue que tous les hommes qui l'avaient aimée seraient destinés à une fin brutale. C'était comme si Calum, ce maudit soir de 1958, avait non seulement scellé son propre destin, mais avait aussi condamné tous ceux qui toucheraient le cœur de Rosa à mourir dans le sang.

Lors de l'enterrement de Luca, Rosa ressentit un poids écrasant, se percevant plus comme une éternelle veuve que comme une ex-épouse. À la fin de la cérémonie, confrontée à la mère de Luca, l'atmosphère s'alourdit encore. Entre les larmes mêlées de douleur et de colère, cette dernière fixa Rosa et, devant tous les invités, lui reprocha d'avoir ruiné la vie de son fils. Elle l'accusa de l'avoir privé de bonheur, déclarant qu'il ne pourrait désormais jamais connaître la joie. Les mots furent durs ; elle traita Rosa de monstre qui avait volé les plus belles années de la vie de Luca. Son époux, également éploré mais plus mesuré, intervint pour apaiser le tumulte, éloignant doucement sa femme de Rosa, qui restait muette sous l'assaut de la douleur. Les seules réponses de Rosa furent les larmes perlant aux coins de ses yeux, une reconnaissance tacite de la vérité dans les accusations lancées.

Elle quitta la scène en silence, submergée par la honte et la tristesse. Ce jour-là, Rosa, persuadée d'être une malédiction, se jura de ne plus jamais s'engager dans une relation amoureuse, ni laisser aucun homme tomber amoureux d'elle, se condamnant elle-même à vivre pour toujours avec la solitude et quelques relations occasionnelles.

Abattue par le malheur et résignée à vivre dans la froideur de la grande maison héritée malgré le divorce, Rosa continua sa vie en silence. Entourée de sa fille qui, au fond, la méprisait, elle menait son existence dans la discrétion. Rosa entretenait parfois des relations avec des amants, les accueillant secrètement dans son lit, mais elle ne laissait jamais aucun homme s'approcher de son cœur. Lorsqu'elle percevait qu'un homme s'attachait trop, elle le repoussait sans ménagement. Elle devint ainsi une femme énigmatique, mystique et séduisante, élégante mais distante, vivant comme une reine maudite dans son vaste domaine, sans que personne ne parvienne à percer les mystères de son âme tourmentée.

Au fil des années, de plus en plus de proches de Rosa quittaient ce monde. La relation avec sa fille Luciella restait distante et froide, même lorsque celle-ci grandit pour devenir une jeune femme indépendante. Passionnée par les enfants, Luciella poursuivit des études pour devenir institutrice, vivant une vie d'étudiante typique et pleine de promesses. Dès qu'elle le put, elle quitta la demeure familiale pour échapper à l'atmosphère étouffante que sa mère perpétuait.

Peu après avoir obtenu son diplôme, Luciella rencontra Alessandro Bianchi, un jeune homme qui incarnait toutes les qualités qu'elle recherchait. Leur rencontre marqua le début d'une nouvelle phase dans sa vie, loin de l'ombre de sa mère et des souvenirs douloureux de son enfance.

Durant l'été 1984, le mariage de Luciella et Alessandro fut célébré. Rosa, aidant sa fille à se préparer pour la grande journée, fut saisie d'une émotion profonde en la voyant dans sa robe de mariée. Luciella avait exactement 25 ans, l'âge de Rosa lors de son propre mariage. Rosa réalisa alors que sa fille, ayant traversé tant d'épreuves par sa faute, s'était épanouie en une femme merveilleuse. Pour la première fois, Rosa exprima sa fierté envers sa fille, une tendresse nouvelle illuminant ses paroles. Luciella, émue par cette affection si rare et sincère de la part de sa mère, en fut profondément touchée. Rosa, avec une douceur presque timide, s'approcha et étreignit sa fille. Cet instant fut un pont jeté par-dessus les années de froideur, un geste de paix envers sa fille aux yeux verts qu'elle avait tant de fois repoussée. Vingt-cinq ans après l'avoir mise au monde, Rosa semblait enfin s'autoriser à aimer Luciella de façon pure, comme si elle redécouvrait le lien indéfectible qui les unissait malgré les ombres du passé.

Peu après le mariage de Luciella, la famille fut de nouveau touchée par un deuil : le père de Rosa s'éteignit. Puis, le 7 février 1988, un nouvel événement vint marquer la lignée des Rosso : Luciella mit au monde une fille, Isabella Bianchi. Lorsque Rosa rencontra Isabella à l'hôpital, elle fut frappée par une réalité troublante ; chaque trait du visage du nouveau-né semblait avoir été sculpté à l'image de Calum McMurray, lui ressemblant encore plus que sa fille elle-même. Cette ressemblance choquante avec le monstre aux yeux verts, sautant une génération, la heurta profondément. Cette naissance raviva les traumatismes anciens de Rosa, ceux de ses premiers jours en tant que mère sous le poids d'une malédiction qu'elle sentait perpétuelle. Malgré les années qui l'avaient endurcie, Rosa prit instinctivement ses distances avec sa fille et sa petite-fille, laissant Luciella perplexe et attristée. Celle-ci, croyant avoir renoué avec sa mère, se retrouvait une fois de plus face à un mur d'incompréhension et de retrait, résonnant avec la douleur d'un lien maternel toujours entravé par les ombres du passé.

Au fur et à mesure que les années passaient, la ressemblance d'Isabella avec Calum devenait plus marquée, ce qui accentuait la distance que Rosa imposait entre elle et sa petite-fille. Isabella, cependant, dès ses premiers mots, montrait une affection singulière et insistante pour Rosa. Elle parlait constamment de sa « grand-mère merveilleuse », évoquant des moments de complicité que personne d'autre n'avait observés, tant Rosa se montrait distante et réservée en sa présence.

Luciella, consciente du rejet subi par sa fille, s'efforçait de compenser par une affection débordante, espérant rompre avec le modèle maternel qui avait marqué sa propre enfance. Isabella, pleine d'énergie et parfois difficile à gérer, exigeait beaucoup d'attention et de patience, mais Luciella, déterminée, voyait en l'amour la clé pour surmonter toutes les difficultés. Elle rêvait d'une grande famille heureuse, un rêve hélas contrarié par des difficultés à concevoir à nouveau. Malgré plusieurs tentatives, la famille restait limitée à Isabella, renforçant chez Luciella le désir de chérir et de protéger cette unique connexion à un avenir plus heureux.

Quand la mère de Rosa s'éteignit, Isabella était déjà une petite fille énergique, incarnant le cycle perpétuel de la vie. Face à cette perte, Rosa choisit de renouer avec ses racines en retournant vivre dans la maison de son enfance, héritage familial situé dans les ruelles de Naples. Ce retour aux sources réchauffa le cœur de Rosa, la replongeant dans les souvenirs les plus doux et insouciants de sa jeunesse, avant que les tragédies ne viennent assombrir son existence. Cette maison, empreinte de l'aura des jours heureux de son enfance, lui offrait un refuge, un espace pour se reconstruire loin des ombres qui avaient longtemps hanté sa vie.

En vieillissant, Rosa se sentait de plus en plus seule, isolée du monde par les murs qu'elle avait érigés autour de son cœur. L'âge, cependant, semblait adoucir ses traits autant que son esprit. Elle constatait de nombreuses similitudes entre sa petite-fille et celui qui était secrètement le grand-père biologique de cette dernière, pas que physiquement, mais également dans certains traits de caractère, ce qui la perturbait profondément. Malgré cela, l'admiration et l'affection inconditionnelles que lui portait Isabella la troublaient encore davantage ; Rosa ne comprenait pas pourquoi cette enfant semblait tant l'aimer, alors qu'elle-même se jugeait indigne de cet amour.

Cet amour pur et sincère finit par toucher Rosa, apaisant son âme tourmentée. Elle ne pourrait jamais l'expliquer, mais Isabella semblait guérir des blessures que Rosa avait portées en elle pendant des décennies. Chaque sourire, chaque étreinte de la petite fille apportait un baume sur les cicatrices longtemps infligées par la vie, offrant à Rosa des moments de paix qu'elle n'avait pas connus depuis bien longtemps.

Au fil des années, Isabella se transforma en une adolescente rebelle et difficile à gérer. C'est alors qu'Alessandro, son père, traversa une crise de la quarantaine dévastatrice. Il succomba aux charmes d'une autre femme, trahissant Luciella qui vit son monde s'effondrer. Brisée par la trahison, elle choisit le divorce, voyant Alessandro partir avec sa maîtresse. Luciella fut hantée par la peur de répéter le schéma de vie de sa mère ; un sentiment de fatalité l'envahit, comme si l'histoire, cruelle et ironique, se plaisait à se répéter au sein de leur famille.

Heureusement, dans ces moments difficiles, Luciella put trouver du réconfort auprès de Rosa, qui, avec les années, était devenue plus douce et plus compréhensive. Rosa avait également tissé un lien fort avec Isabella, renforçant ainsi les liens entre les trois générations. Cette solidarité féminine leur apporta force et unité pendant les dernières années de la vie de Rosa, créant un havre de paix et d'amour face aux tempêtes de la vie.

Rosa avait connu des années de répit et de bonheur avant que la réalité de la fin ne vienne frapper à sa porte en fin 2007. Lors d'une visite médicale routinière, déclenchée par des symptômes qu'elle espérait bénins, elle apprit avec une stoïcité étonnante que le cancer du pancréas s'était invité dans sa vie, à un stade avancé ; elle était condamnée. Elle accueillit cette annonce non pas avec désespoir, mais avec une paix profonde, presque soulagée de connaître enfin le dénouement de son existence tourmentée.

Cependant, au milieu de cette acceptation, un regret taraudait son cœur : ne pas pouvoir assister à l'épanouissement complet de sa petite-fille Isabella. Rosa se consolait avec l'idée qu'elle pourrait la surveiller et la guider depuis l'au-delà, confiante que la jeune fille aurait une vie pleine et riche.

Lorsque Rosa referma la porte du cabinet médical derrière elle et marcha dans les rues de Naples, chaque pas résonnait avec le poids de son passé et de son imminent avenir. En traversant la place du Plébiscite, lieu chargé de souvenirs de Lorenzo, elle sentit son cœur se serrer. Elle allait bientôt rejoindre l'homme qu'elle n'avait jamais cessé d'aimer, là, quelque part au-delà des ombres de ce monde. Les moments de gloire à Londres, les drames, les amours perdus, et les années de solitude se mêlaient à la brume de l'incertitude de ce qui l'attendait. Un sourire mélancolique éclaira son visage tandis qu'elle absorbait la nostalgie d'une vie pleinement vécue et le mystère de ce qui restait à venir. Elle envisageait ses derniers mois non comme un compte à rebours vers la fin, mais comme une opportunité précieuse de préparer son départ, de régler ses dernières affaires et de laisser derrière elle un héritage de force et de sérénité. Pour Rosa, cette période était un privilège, une chance de fermer les derniers chapitres de sa vie avec grâce et de se préparer à explorer ce qui, elle l'espérait, serait une transition paisible vers une nouvelle existence.

CHAPITRE 35
2008

Luciella et Isabella, après avoir écouté chaque révélation de Virginia sur la vie tourmentée de Rosa, ainsi que des détails intimes sur leurs propres vies que seule une communication avec l'au-delà pouvait expliquer, ressentaient un mélange d'émerveillement et de révélation. La médium, avec une connaissance qui semblait défier toute explication rationnelle, leur avait ouvert les yeux sur un monde où le passé et le présent se mêlaient, où les esprits continuaient de murmurer des vérités longtemps silencieuses. La réalité d'un monde où les frontières entre le présent et le passé étaient floues et où les esprits communiquaient encore s'ouvrait devant Luciella, dissipant son scepticisme initial.

Alors qu'elles se préparaient à quitter ce sanctuaire de mystères, Virginia leur transmit un dernier message, celui de Rosa, veillant sur elles depuis l'au-delà. Elle les exhorta à embrasser la vie, à se libérer des chaînes du passé, comme Rosa n'avait jamais su le faire. « Le monde est vaste et plein de possibilités, ouvrez-vous à lui et il s'ouvrira à vous. Ne laissez pas l'ombre des regrets assombrir votre chemin. Vivez avec joie et audace. » Ces paroles, chargées de l'amour et des regrets de Rosa, résonnèrent profondément chez Luciella et Isabella, leur donnant la force de regarder vers l'avenir avec espoir et détermination.

Alors qu'elles s'apprêtaient à quitter cette maison emplie d'histoires et de secrets, les paroles de Rosa, relayées par Virginia, résonnaient profondément en Luciella et Isabella. Elles ressentaient une libération émotionnelle, une compréhension renouvelée de leur histoire familiale qui transformait leur douleur en puissance. Luciella, longtemps en proie à l'ombre des non-dits et au poids des secrets familiaux, sentait une clarté nouvelle se frayer un chemin à travers le brouillard de son passé. Les révélations sur ses liens complexes avec sa mère lui donnaient enfin le sens des cycles de leur vie, lui apportant à la fois une tristesse pour ce qui avait été perdu et un soulagement pour la vérité révélée.

Isabella, de son côté, confrontée à un héritage familial chargé et mystérieux, se trouvait à la croisée des chemins entre la rébellion juvénile et une maturité naissante. Elle ressentait un mélange d'effroi et de fascination pour les secrets de son ascendance et de sa vie antérieure, mais aussi une détermination renforcée à ne pas laisser l'ombre de Calum McMurray définir qui elle était ou qui elle pourrait devenir. Pour elle, ces révélations étaient à la fois un fardeau et un appel à forger sa propre voie, éclairée par la compréhension des forces qui l'avaient façonnée.

Renforcées par ces émotions et cette nouvelle compréhension, Luciella et Isabella se sentaient inexplicablement liées, non seulement par le sang, mais aussi par les histoires partagées et les vérités dévoilées. En quittant la maison de Virginia, elles partageaient une résolution nouvelle et un espoir renouvelé.

Elles décidèrent de transformer cette prise de conscience en une aventure de découverte et de réflexion. Planifiant un voyage à travers le Royaume-Uni, de Londres aux Highlands écossais, elles chercheraient à retracer l'histoire de leurs origines, espérant que ce pèlerinage les aiderait à apaiser les esprits du passé et à écrire un futur rempli de promesses.

Dans la voiture qui les ramenait chez elles, un silence contemplatif les enveloppait, chacune absorbée par ses pensées mais unies dans leur résolution. Ce voyage à venir symbolisait plus qu'un simple déplacement ; il serait un passage vers la guérison, une occasion de se réapproprier leur histoire et de vivre pleinement, libres des chaînes du passé. C'était une promesse qu'elles se faisaient, de ne plus jamais laisser l'ombre envelopper leur lumière et de célébrer chaque jour comme un nouveau commencement, avec courage et amour.

Ainsi, elles remercièrent Rosa Rosso chaque jour jusque dans l'éternité.

FIN

Printed in Great Britain
by Amazon

40975192R00126